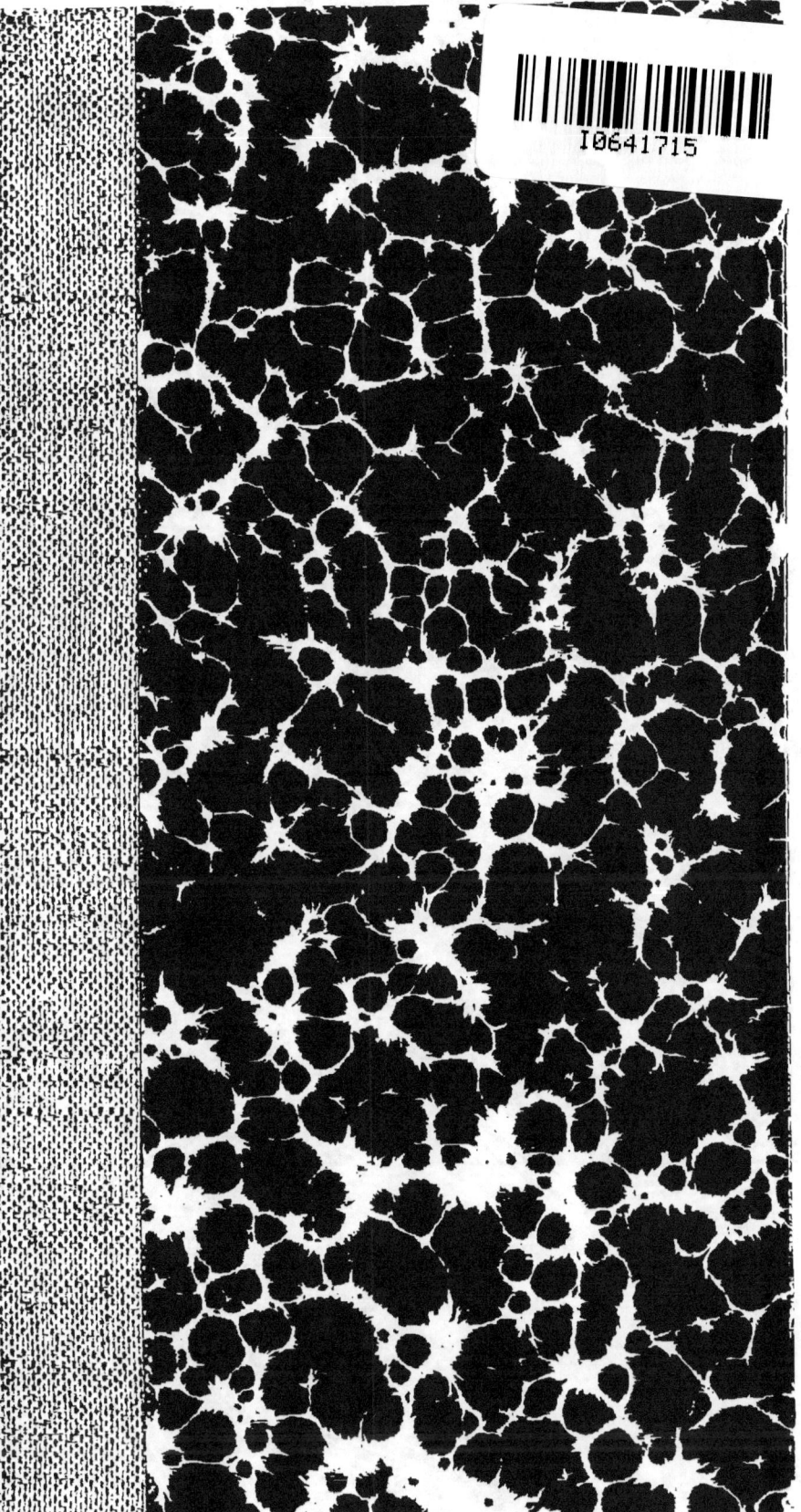

EARAST. REL.

LA

LOI DE DIEU

BIBLIOTHÈQUE DES DAMES ET DES DEMOISELLES
Format in-12

Mᵐᵉ CRAVEN

Le mot de l'énigme. 2 vol.   6 fr.
Fleurange. 2 vol.   6 fr.
Anna Séverin. 1 vol.   4 fr.
Récit d'une sœur. 2 vol.   8 fr.
Adélaïde Capece Minutolo. 1 v.   2 fr.

ROSA FERRUCCI

Sa vie et ses lettres. 2e éd. 1 vol.   3 fr.

MARY O'NELYA

Lettres d'une jeune Irlandaise à sa sœur. 1 vol. 3e édit.   3 fr.

Mᵐᵉ D'ARMAILLÉ

Marie-Thérèse et Marie-Antoinette 2e édit. 1 vol.   3 fr.
Catherine de Bourbon. 1 vol   3 fr.
La reine Marie Leckzinska. 1 v.   2 fr.

Mᵐᵉ MARIE JENNA

Enfants et Mères, poésies. 1 vol. 3 fr.

Mˡˡᵉ CL. BADER

La Femme biblique. 1 vol.   3 fr 50
La Femme grecque, 2 vol.   7 fr

Mᵐᵉ N. GUILLON

L'entrée dans le monde. 2e édition. 1 vol.   3 fr.
Cinq années de la vie des jeunes filles. 1 vol.   3 fr.
Projets de jeunes filles. etc. 1 v. 3 fr.

Mᵐᵉ DE WITT

Charlotte de la Trémouille, comtesse de Derby 1 vol.   3 fr. 50

ANT. RONDELET

Le lendemain du mariage. 2e édit. 1 vol.   3 fr.
Le Danger de plaire, etc. 1 vol.   3 fr.
L'Éducation de la 20ᵉ année. Lettres à ma cousine Nathalie. 1 vol.   3 fr.

MASSON (MICHEL)

Historiettes du père Broussailles. 1 vol.   3 fr.
Les Gardiennes. 1 vol.   3 fr.
Lectures en famille. 1 vol.   3 fr.

Mˡˡᵉ ROGRON

Le Choix de Suzanne. 1 vol.   3 fr.

Mˡˡᵉ BENOIT

Françoise, la vocation d'une chrétienne. 1 vol.   3 fr.

Mᵐᵉ DE LA ROCHÈRE

La Demoiselle de compagnie. 1 volume.   3 fr.

Mᵐᵉ BLANDY

Bénédicte. 1 vol.   3 fr.

Mᵐᵉ DE MIRABEAU

Jane et Germaine, 1 vol.   2 fr

Mᵐᵉ FERTIAULT

L'Éducation du cœur. Causeries et conseils d'une mère. 1 vol.   3 fr.

F. FERTIAULT

Petits drames rustiques. 1 v.   3 fr
La Chambre aux Histoires. 1 v.   3 fr.
Les Féeries du travail, Conférences sur les travaux de dames. 1 vol.   3 fr.

Mᵐᵉ GAGNE MOREAU

Nancy Vallier. 1 vol.   3 fr.
Mémoires d'une Sœur de charité. 1 vol.   3 fr.

Mˡˡᵉ GUERRIER DE HAUPT

Les défauts de Gabrielle. 1 vol. 3 fr.
Marthe (Ouvrage cour. par l'Académie française.) 3e édit. 1 vol.   3 fr.
Forts par la foi. 1 vol.   3 fr.

Mˡˡᵉ GABRIELLE D'ÉTHAMPES

Isabelle aux blanches mains. Chroniques bretonnes. 1 vol.   3 fr.

Mᵐᵉ LENORMANT

Quatre Femmes au temps de la Révolution. (Ouv. couronné par l'Académie franç.) 2e édit. 1 vol   3 fr.

EUG. MULLER

Récits champêtres. (Couronné par l'Académie franç.). 1 vol.   3 fr.

HIPP. AUDEVAL

Paris et province: deux histoires de notre temps. 1 vol.   3 fr.

Mᵐᵉ DE CHANDENEUX

Blanche-Neige. 1 vol.   3 fr.

MILA (Cˡᵃˢˢᵉ DE)

Linda. 1 vol.   3 fr.

Mᵐᵉ THURET

Belle-Mère et belle-fille. 1 v.   3 fr.

Mˡˡᵉ THÉRÈSE ALPH. KARR

La fille du Cordier. Histoire Irlandaise, trad. de GRIFFIN. 1 vol.   3 fr.

Pᵉˢˢᵉ CANTACUZÈNE

Tante Agnès. 1 vol.   3 fr.

J. DE CHAMBRIER

Marie-Antoinette, reine de France. 2e édit. 2 vol.   7 fr.

E. JONVEAUX

Le sacrifice de P. Wynter. 1 v.   3 fr.

Mᵐᵉ MARIE SEBRAN

Rousou. Histoire du village. 1 vol.   3 fr.
Journal d'une mère pendant le siége de Paris. 1 vol.   3 fr.

Mˡˡᵉ AUG. COUPEY

L'orpheline du 41e. 1 vol.   3 fr.

Mᵐᵉ KRAFFT FUCAILLE

Le secret d'un dévouement. 1 v.   3 fr.
L'honneur de la famille. 2 vol.   6 fr.

AUG. DE BARTHÉLEMY

Pierre le Paillarot. (1789-1795) 1 v. 3 fr.

Le Puy, imp. Marchessou.

LA
LOI DE DIEU

PAR

CHARLES DESLYS

PARIS

LIBRAIRIE ACADÉMIQUE

DIDIER ET Cⁱᵉ, LIBRAIRES-ÉDITEURS

35, QUAI DES AUGUSTINS, 35

—

1875

A LA CHÈRE MÉMOIRE

DE

MON PÈRE

Jadis, en m'apprenant les Commandements de Dieu, il t'arriva de dire :

— Si j'étais un autre Marmontel, j'écrirais un conte moral sur chacun des préceptes de cette divine loi.

Ce livre, mon Père, n'est autre chose que la réalisation de ton vœu. Malheureusement, tu n'es plus là!... Je le dédie à ton bien-aimé souvenir.

CH. DESLYS.

LA LOI DE DIEU

LA SŒUR DE CHARITÉ

I

Non habebis deos alienos coram me.

La veille de Solférino, vers le soir, une dizaine
de sœurs grises traversaient le camp.

Leur marche involontairement ralentie, leurs
vêtements poudreux attestaient un long voyage :
elles arrivaient de France.

A quelques pas en avant, l'une des saintes filles, qui semblait guider les autres, s'en distinguait par une taille plus élevée, par un pas plus
ferme et plus calme.

Ce devait être une supérieure. Elle paraissait

jeune encore, et, malgré sa pâleur, elle était encore très-belle.

— Sœur Thérèse! répétaient avec une pieuse vénération tous ceux qui avaient fait la campagne de Crimée. — C'est la sœur Thérèse!

Elle atteignit un monticule, sur lequel causaient quelques officiers de chasseurs à pied : ils se levèrent tous à son approche, tous ils se découvrirent.

Sœur Thérèse passa, suivie de ses compagnes.

Les officiers reformèrent leur groupe, à l'exception de deux jeunes capitaines qui restèrent debout, un peu à l'écart des autres.

Le premier, — un Breton nommé Kerkadec, — semblait en proie à une émotion profonde, et les yeux fixés vers le tournant de la route où venait de disparaître la sœur Thérèse, il était devenu presque aussi pâle qu'elle ; il restait immobile et comme pétrifié, avec une larme roulant sur chaque joue.

— Kerkadec, dit enfin son compagnon qui l'observait, mais qu'as-tu donc?

— Moi, rien..... rien! répondit-il du ton de quelqu'un qui se réveille en sursaut, et qui veut garder son secret.

Puis, comme se ravisant tout à coup :

— Baudouin, fit-il, tu es mon ami, n'est-ce pas?

Pour toute réponse, Baudouin tendit franchement la main à Kerkadec.

— Viens, reprit celui-ci, cherchons quelque
endroit où personne ne puisse nous entendre. Il
faut que tu saches tout, mais toi seul... il le faut!

Déjà le Breton, de plus en plus ému, se dirigeait vers un coteau dénudé, solitaire.

La nuit approchait, déjà pailletée çà et là de
quelques étoiles. Le ciel était d'un bleu sombre,
la chaleur accablante encore. Pas un souffle d'air;
un vague et lointain murmure comparable à celui
de la mer. C'était le bruit du camp qui s'en-
dormait.

Ses tentes blanchâtres s'étendaient à perte de
vue dans toutes les directions; sur toutes les émi-
nences on voyait se dessiner la silhouette d'une
sentinelle. Parfois, un feu qui s'allumait, un roul-
lement de tambour, le pas d'une patrouille, un cri
de ralliement, le refrain d'une chanson. Tel était
le tableau; mais il y planait quelque chose de
lourd, d'orageux, de sinistre... C'était la veille
d'une bataille.

Kerkadec se laissa tomber sur un tertre, parut
un instant se recueillir et commença ainsi :

II

« Tu t'es souvent raillé de mon penchant à la mélancolie, de ma tristesse. Tu ne t'en étonneras plus, lorsque je t'aurai raconté l'histoire de ma vie.

Je n'ai pas connu ma mère, elle mourut comme je venais de naître ; et j'avais dix ans tout au plus lorsque mon père alla la rejoindre. Ces choses-là ne vous font pas l'humeur gaie, vois-tu bien ?

Un de mes oncles fut mon tuteur ; c'était un vieux célibataire, assez égoïste, et qui n'aimait pas les enfants.

Par bonheur, nous avions pour voisin, à Saint-Malo, un digne maître pilote, dont la famille était nombreuse et la maison franchement hospitalière.

Le père Penhoël, — c'était son nom, — avait quatre fils et une fille.

L'aîné des garçons ne comptait guère plus de quinze ans ; les deux suivants étaient à peu près de mon âge. Quant à la fillette, une année de moins que moi, une année de plus que le dernier de ses frères qui, de nom comme de fait, était le Benjamin de la famille.

Dès le matin, j'allais chez les Penhoël, et n'en revenais guère que le soir. J'étais pour ainsi dire comme un sixième enfant de la maison; moi aussi j'appelais Yvonne ma sœur.

Yvonne, c'était la fille du pilote.

Quelles bonnes et joyeuses parties nous faisions dans sa vieille maison en bois, sur les remparts ou sur la grève!... Oh! c'est pour moi comme un paradis perdu que ces souvenirs-là!

Je ne tardai pas à m'en voir exilé cependant; il me fallut entrer au collège de Rennes, où mon tuteur venait de m'obtenir une bourse, comme fils d'ancien militaire; cette bourse constituait pour moi tout l'héritage paternel.

Ce fut un jour de grand désespoir que celui des adieux. Mais au bout d'une année, lorsqu'arrivèrent les vacances, quelle joie de se revoir enfin, quel bonheur de passer un mois tous ensemble, un mois comme ceux d'autrefois!

Il est vrai que maintenant l'aîné des Penhoël, Corentin, faisait déjà son apprentissage maritime avec son père; il devait être pilote comme lui.

Quant au second, qui se nommait Gabriel, il allait entrer au petit séminaire; il se destinait à l'état ecclésiastique.

Il en serait de même pour Benjamin que pour Gabriel, et de même pour Brieuc, le troisième, que pour Corentin. C'était un usage immémorial, une sorte de loi parmi les Penhoël, que l'aîné fût pilote, que le second fût prêtre, et ainsi de suite des autres frères, afin que tous se dévouassent chrétiennement, les uns au service de Dieu, les autres au salut des matelots.

Pour ce qui était des filles, une au moins sur deux se faisait religieuse.

Une sainte famille que celle-là, une famille vraiment bretonne.

Le jour même où Gabriel partait pour le séminaire, Corentin s'en allait en mer affronter sa première tempête. Bien que très-impressionnés tous les deux, Corentin n'avait pas peur, Gabriel ne pleurait pas.

— Chacun son devoir, se dirent-ils en se serrant la main.

A la fin des vacances suivantes, une scène à peu près semblable se renouvelait entre Brieuc et Benjamin ; celui-ci s'en allait avec le séminariste Gabriel, celui-là remplaçait comme mousse son frère Corentin, déjà devenu le matelot du père.

Rien de touchant, je le répète, comme cette famille où chacun avait son rôle marqué d'avance, et l'acceptait avec une simplicité vraiment héroïque.

Il y avait déjà longtemps que la mère Penhoël était morte, et que sa fille, bien qu'enfant encore.

la remplaçait comme maîtresse de maison. Il en résulta pour elle une sorte de gravité précoce et quasiment maternelle. Au lendemain de sa première communion, Yvonne avait déjà l'air d'une femme.

Je crois la voir encore, avec son costume breton, presque toujours de couleur sombre, et sa grande coiffe malouine, aussi blanche que la neige. Soit qu'elle se rendît à l'église avec une allure chastement réservée, soit que d'un pas actif et leste elle allât aux provisions, chacun la regardait passer avec un étonnement admiratif, avec un respectueux sourire. Dans la maison, elle savait entretenir un ordre admirable, et tous ses frères lui obéissaient aveuglément, voire même le père, auquel parfois, le dimanche, elle ne craignait pas de faire un doigt de morale à l'endroit de la sobriété ; c'était elle qui tenait la bourse.

Garde-toi de croire nonobstant que cette austérité de mœurs engendrât la tristesse. Loin de là, c'était un des logis les plus souriants de la ville, et lorsque les vacances nous réunissaient tous, il y régnait un patriarcal enjouement, une franche allégresse ; Gabriel et Benjamin eux-mêmes oubliaient leur soutane noire, et quand parfois, tous ensemble, nous allions faire une promenade aux environs, c'était à qui s'ébattrait le plus joyeusement dans la campagne. Yvonne ne songeait plus à nous retenir ces jours-là ; elle se laissait aller à l'influence expansive du grand air et du grand soleil, à la rieuse agilité de ses quinze ans !

Car elle avait déjà quinze ans, notre chère sœur Yvonne ; c'était une belle et grande fille, à l a taille gracieuse et svelte, aux traits réguliers comme ceux d'une madone, aux yeux noirs et rêveurs, à l'angélique sourire.

Que te dirai-je de plus, ami ? Je l'aimais... Dans notre entourage, chacun nous croyait destinés l'un à l'autre.

Je terminai enfin mes études ; mon tuteur, sans aucun avertissement préalable, me fit entrer chez un armateur en qualité de commis.

— Comporte-toi bien, me dit-il. Grâce à mon héritage, tu lui succéderas un jour.

J'avais craint qu'on ne m'éloignât de Saint-Malo. Je m'empressai d'aller communiquer cette bonne nouvelle à mes amis.

— Bravo ! s'écrièrent d'une même voix les quatre frères, nous ne nous quitterons plus maintenant !

Quant au vieux pilote, il me serra cordialement les mains, il m'appela son fils.

— Je suis bien contente, me dit Yvonne avec une larme de joie dans les yeux.

Oh ! tout semblait me sourire ce soir-là ; je me croyais assuré d'un avenir heureux.

Comme on se trompe, pourtant... comme on se trompe ! »

III

Après une courte pause, le capitaine Kerkadec reprit ainsi :

« Une dernière année s'écoula sans que rien altérât la douce intimité dans laquelle nous vivions, les Penhoël et moi.

Puis, une suite de malheurs se déchaîna contre cette famille, que déjà je considérais comme la mienne.

D'abord, ce fut le départ de Gabriel. Il venait de prononcer ses vœux, il voulut partir comme missionnaire.

— Pourquoi ne pas rester auprès de nous ? lui disait son père. On te promet un vicariat dans les environs ; c'est une noble et sainte mission que celle d'un curé de village.

— Sans doute, répondait le jeune prêtre, et j'espère que mon frère Benjamin restera dans cette voie ; elle n'est pas moins agréable à Dieu. Moi, je me sens attiré là-bas par une irrésistible vocation, j'ai soif de conquérir des âmes.

— Mais si tu n'allais pas revenir, mon pauvre

enfant! mais si ceux que tu veux convertir te martyrisaient...

— Non, père, non... vous prierez pour moi... ne m'empêchez pas de partir. C'est Dieu qui m'appelle!

Le vieillard enfin se résigna; Gabriel partit pour la Chine.

Nous l'avions tous accompagné jusqu'au lieu de l'embarquement; je pus voir alors quelle est la puissance, quelle est l'ardeur de cet instinct religieux, de cette fièvre de dévouement qui existe dans certaines races, et qui pourrait s'appeler la prédestination apostolique.

En regardant s'éloigner le vaisseau qui emportait le jeune missionnaire, ses trois frères l'enviaient, sa sœur ne put se défendre de dire :

— Oh! c'est beau de se dévouer ainsi... pour l'amour de Dieu!

Cette exaltation finit par gagner le vieux Penhoël.

— Mon Dieu! dit-il en levant ses regards vers le ciel, oh! mon Dieu, je viens de vous donner l'un de mes enfants... si ce n'est pas encore assez, parlez... j'en ai d'autres !

Une heure plus tard, cependant, de retour au logis, l'émotion paternelle reprit le dessus. Le vieillard se laissa tomber dans son grand fauteuil rustique, et pleura.

Puis, comme ses fils et sa fille s'étaient groupés autour de lui pour le consoler, il les réunit dans un même embrassement, et murmura :

— Nous ne sommes plus maintenant que cinq !

— Vous m'oubliez ! m'écriai-je, vous m'oubliez, père... Je suis déjà votre fils par le cœur... Voulez-vous que je le devienne en réalité par mon mariage avec Yvonne ?

Les trois Penhoël s'étaient redressés ; ils me regardaient en souriant.

Yvonne, surprise et confuse, se cachait à demi le visage dans un pli flottant du manteau de son père.

Le pilote s'avança lentement vers moi, posa ses deux larges mains sur mes épaules, me regarda dans les yeux, et me dit :

— Tu n'as pas encore vingt ans, Kerkadec... mais tu es digne d'elle, et je t'estime de tout mon cœur !

A ce dernier mot, me prenant la tête, il m'attira vers lui pour m'embrasser au front. C'était m'adopter comme son enfant, comme le mari de sa fille. Un vigoureux hurrah des trois frères acclama joyeusement ces accordailles.

Quant à moi, délicieusement ému, j'eus à peine la force de balbutier :

— Père Penhoël... père Penhoël... mais vous m'autorisez donc à demander le consentement de mon oncle ?

— Quand tu voudras, mon garçon... le mien est donné!

Je courus trouver mon tuteur. Bien que s'occupant fort peu de moi, néanmoins il comptait s'arroger un contrôle absolu sur mon avenir.

— Ce mariage-là ne me va pas du tout, interrompit-il dès les premiers mots.

— J'en suis désolé, répondis-je, mais permettez-moi de vous rappeler, mon cher oncle, que je me nomme Kerkadec, et que je suis breton... c'est tout dire.

— A ton aise, mon cher neveu! mais je ne suis ni moins breton que toi, ni moins Kerkadec. Tu attendras donc jusqu'à vingt-cinq ans, s'il te plaît... D'ici là, nous avons la conscription.

— Ne comptez-vous donc plus m'acheter un remplaçant?

— Avec quoi?

— Je sais bien que mon père ne m'a rien laissé, mais j'espérais, je croyais...

— Que je te libérerais de mes propres deniers, n'est-ce pas?

— Oui, mon oncle.

— C'était effectivement mon intention, et si tu veux t'engager d'honneur à rompre toute relation avec les Penhoël, si tu me jures d'oublier Yvonne...

— Jamais! jamais!

— A merveille, mon ami... j'aime cette franchise... tu seras soldat.

Je n'insistai pas, sachant bien que toute prière serait inutile, et je m'en revins assez tristement vers le vieux pilote.

— C'est dur, me dit-il, mais raison de plus pour obéir. Un tuteur est le représentant d'un père, un père est le représentant de Dieu.

— Comment! vous voulez que je cesse d'aimer votre fille?

— Non. Je veux seulement que tu t'armes de patience et de résignation, je veux que tu nous prouves à tous que ton attachement est de ceux qui savent résister au temps, à la distance. Yvonne t'attendra, sois tranquille... et peut-être qu'un jour ton oncle se laissera fléchir par votre constance.

— Mais si je persiste à lui refuser le serment qu'il exige... et j'y persisterai... il me laissera partir.

— Eh bien! tu partiras... tu serviras ton pays, tu feras ton chemin dans l'armée, à l'exemple de ton père.

Ces mâles paroles, et surtout le regard d'Yvonne, me rendirent espoir et courage.

Le jour du tirage arriva, j'amenai un mauvais numéro.

— As-tu peur! me dit Corentin qui se trouvait

là, mon frère Brieuc et moi nous avons manœu-
vré d'avance afin de pouvoir te haler de là.

— Que veux-tu dire, Corentin?

— Tirons une bordée jusqu'au sloop, et tu sau-
ras la chose.

La barque du pilote se trouvait en ce moment
dans le port, nous ne tardâmes pas à y arriver.

Là, Brieuc me montrant une tirelire dont il faisait gaîment sonner le contenu :

— Voilà ce que c'est! expliqua-t-il, le père nous
laisse maintenant une partie de la gagne, et parfois la sœur y joint en cachette quelques petites
gratifications maternelles. Or donc, dès qu'il a
été question de l'affaire, Corentin et moi, nous
nous sommes dit : « Plus de tabac, plus de
schnick, plus de dépenses d'aucune sorte... faut
devenir économes, faut tout garder pour notre
frère Kerkadec! »

— Et voilà! conclut l'aîné des Penhoël, comprends-tu maintenant?

— Mais vous n'avez pu amasser ainsi deux
mille francs ! me récriai-je.

— Pour ce qui est de ça, non, reprit Brieuc;
mais tu ne pars que dans quelques mois, et d'ici
là notre épargne aura le temps de grossir encore...
surtout si tu peux y mettre un peu du tien. Sup-
posons qu'à nous trois nous parvenions à réunir
cinq cents francs, peut-être six?

— Eh bien! ce ne sera que le quart de la somme?

— Oui, mais Corentin connaît un marchand d'hommes qui se contenterait de cet à-compte, et qui nous ferait crédit pour le reste.

— Quinze cents francs! y songez-vous?

— D'abord et d'une, tu vas commencer à gagner chez ton patron. D'autre part, nous continuerions de plus belle à nous sevrer de tout, et ça pendant deux ou trois ans... s'il le fallait même, pendant dix!

— Quoi! toutes vos distractions, tous vos plaisirs...

— Bah! bah! qu'est-ce que ça fait?... comptes-tu donc pour rien le bonheur de pouvoir conserver à ma sœur son mari, à nous tous un bon frère?

Dignes garçons! braves garçons! Je leur sautai au cou, je les embrassai, en pleurant de joie... j'étais sauvé!

— Motus! reprit Brieuc, faut rien en dire au père, ni même à Yvonne. La tirelire est cachée, là, dans le coffre à Corentin... Motus avec tout le monde!

. . . .

Deux mois plus tard, par une effroyable tempête, le sloop se perdait corps et biens sur la côte de Guernesey.

. . . .

◆

Ce jour-là, le vieux pilote était resté à terre.

Quant à Corentin, quant à Brieuc, l'Océan les avait engloutis.

Ce fut un deuil général à Saint-Malo, tant les Penhoël étaient aimés de tous. Jamais je n'oublierai le passage du convoi funèbre à travers les rues, sa dernière halte au cimetière.

Les cheveux du vieux Penhoël avaient entièrement blanchi, son visage était baigné de larmes. Mais il ne laissait échapper aucun cri, aucune plainte ; mais il ne chancelait pas en chemin, et jusqu'au bout il continua d'avancer, majestueusement recueilli dans sa stoïque douleur.

A sa droite marchait Benjamin, qui venait d'arriver du séminaire. Il avait alors dix-huit ans ; il était pâle et doux comme un ange en pleurs.

Quant à Yvonne, qui marchait à la gauche du vieillard, elle avait ce regard et cette physionomie que les peintres donnent à la *Mater dolorosa;* elle était divinement belle.

Lorsque les deux jeunes pilotes eurent été descendus dans une même fosse, le vieillard s'agenouilla, toujours entre Yvonne et Benjamin.

— Seigneur ! dit-il, je vous avais offert tous mes enfants... vous m'avez repris ces deux-là, que votre volonté soit faite !

— *Amen!* répondit derrière eux une voix qui les fit retourner tous les trois.

C'était Gabriel.

Il arrivait de Chine ; il venait de débarquer juste à temps pour rendre les derniers devoirs à ses deux frères ! »

IV

Kerkadec, oppressé par l'émotion, fit une nouvelle halte dans son récit.

La nuit était devenue complète ; l'azur sombre du ciel s'illuminait d'une myriade d'étoiles, mais voilées, pâles et tristes.

Un profond silence pesait sur le camp endormi : les feux ne jetaient plus que de mourantes lueurs ; les tentes et les sentinelles semblaient autant de fantômes blancs et noirs.

Dans l'immobilité même de cette atmosphère sans un souffle de vent, il y avait quelque chose d'étrangement mélancolique, en harmonie parfaite avec la douloureuse confidence de l'officier breton.

Il continua :

« Ce pauvre Gabriel avait déjà bien souffert !

Il portait au front, aux mains, aux pieds, de sanglantes cicatrices.

A l'exemple, en dérision du divin Maître dont

il était allé répandre la doctrine et prêcher la Passion, on l'avait couronné d'épines, on l'avait cru-
cifié.

Oh ! je me souviendrai toujours de l'attendrissement, de l'admiration d'Yvonne et de Benjamin
lorsque, de retour à la maison, ils firent asseoir
entre eux le bien-aimé missionnaire, ils examinè-
rent, ils touchèrent, ils baisèrent pieusement ses
glorieuses blessures.

Que fût-ce lorsqu'il raconta son long voyage et
ses douloureuses épreuves, lorsqu'il décrivit ce bizarre et mystérieux pays, lorsqu'il parla des périls
qu'il avait affrontés, des souffrances qu'il avait
subies, des conversions dont il avait eu la gloire!

Benjamin surtout, Benjamin l'écoutait avec
une ardente curiosité, avec un enthousiasme qui,
de jour en jour, sembla grandir encore.

Aussi, lorsque Gabriel parla de repartir :

— Je t'accompagnerai! lui dit Benjamin d'une
voix fermement résolue, je désire m'associer à
ton apostolat... je t'en prie, frère... je le veux !

Cette fièvre de dévouement, cette ardeur chrétienne, nous avait gagnés tous. Dans le premier
élan de son âme, le vieux Penhoël lui-même ap-
plaudit à la courageuse résolution de son plus
jeune fils.

Mais, se ravisant aussitôt, et des larmes plein
les yeux :

— Ah! s'écria-t-il, je n'ai plus que vous deux...
Si vous alliez aussi mourir!

Ce fut Yvonne qui répondit :

— Quand on meurt comme sont morts Brieuc
et Corentin, comme mourront peut-être Benjamin
et Gabriel..., en cherchant à sauver des hommes
ou des âmes..., c'est-à-dire pour le service de
Dieu..., la mort est une récompense..., un bien!

Tandis qu'elle prononçait ces paroles, Yvonne
rappelait ces vierges chrétiennes qui jadis, le
front calme, le sourire aux lèvres, le regard illuminé par une dernière prière, attendaient, héroïquement au milieu du cirque, la couronne du
martyre, et qui sont des saintes dans le ciel.

— Partez! partez tous les deux! dit alors le
vieux Penhoël, et si le Seigneur veut que je reste
seul ici-bas, que sa volonté soit faite!

Quelques jours plus tard, Gabriel et Benjamin
s'embarquaient pour la Chine. De loin, à l'extrémité de la jetée, le père et la jeune sœur adres-
saient aux deux missionnaires un suprême adieu.

Puis, tous les trois, nous allâmes nous agenouiller au pied de la grande croix qui domine la
rade. Jusqu'alors le vieillard n'avait pas versé
une larme. Mais, en rentrant dans sa maison déserte, il se laissa tomber sur le fauteuil rustique,
autour duquel se groupaient autrefois ses quatre
fils, et il pleura.

— Je vous reste, mon père, dit Yvonne en l'entourant de ses bras, en baisant ses cheveux blancs.

Quant à moi, j'avais pris les deux mains du vieillard dans les miennes, je lui criai du fond du cœur :

— Ne suis-je pas aussi votre fils ?

Hélas ! j'oubliais en ce moment la dette qu'il me fallait payer à la patrie.

— Courage ! me dit Yvonne au moment du départ, faire son devoir, servir son pays, c'est encore servir le Seigneur !

V

Cinq années se passèrent.

J'étais en Afrique, je venais d'être décoré, j'étais sergent-major, lorsque deux lettres m'arrivèrent presque simultanément... deux lettres cachetées de noir.

La première m'annonçait la mort du père Penhoël, la seconde celle de mon oncle Kerkadec. J'étais riche maintenant, je pouvais être libre.

Je m'empressai de retourner à Saint-Malo. Oh !

comme le cœur me battait en rentrant dans la maison d'Yvonne !

Sous son vêtement noir, elle était plus belle encore ; elle m'accueillit avec un sourire plein de tendresse, mais dont cependant la grave mélancolie me frappa.

— Ma promise, lui dis-je en m'agenouillant devant elle, — ma fiancée... ma femme !

Pour toute réponse, elle me montra sa robe noire.

— A l'expiration de votre deuil, répondis-je, nous nous marierons, Yvonne ?

— Je l'ai promis à mon père expirant, murmurat-elle, et je tiendrai ma promesse.

Les jours suivants, elle me renouvela la même assurance. Et cependant il y avait dans son regard, dans son attitude, quelque chose de plus en plus étrange.

On eût dit que son âme se détachait des choses terrestres, que ses yeux cherchaient à l'horizon comme un monde invisible. Elle avait la pâleur et presque l'immobilité d'une statue de marbre ; elle semblait plongée dans une sorte d'extase.

Etonné, inquiet, je lui fis l'aveu de mes craintes, je la suppliai de s'expliquer franchement.

— Ce n'est rien..., rien, dit-elle, j'ai l'âme encore tout attristée...

— Mais, répondis-je, il sera bientôt temps de reparler mariage.

Et, lui prenant la main, j'y mis un baiser.

Au contact de mes lèvres, elle frissonna. Un douloureux pressentiment m'étreignit le cœur, je m'écriai :

— Yvonne... ah!... vous ne m'aimez plus, Yvonne !

Elle me regarda, tout étonnée. Puis, voyant que je pleurais à ses genoux, elle m'embrassa au front, elle s'enfuit.

Tout cela devenait de plus en plus alarmant, de plus en plus incompréhensible. Une fiévreuse angoisse, un morne chagrin, s'emparèrent de moi. Yvonne s'en aperçut: elle s'efforça de redevenir ce qu'elle était autrefois, affectueuse et souriante.

Le dernier mois de son deuil s'écoula ainsi.

— Faut-il faire publier nos bans? demandai-je enfin.

— Ami, répondit-elle, attendons qu'il m'arrive une lettre de mes deux frères qui sont là-bas, en Chine... Voici plus d'une année que je n'ai reçu de leurs nouvelles.

— Cependant, murmurai-je, si ce retard devait se prolonger longtemps encore...

— Non! interrompit-elle avec un accent convaincu, ne craignez pas cela. ce sera bientôt...

quelque chose me le dit là... un de ces pressentiments du cœur qui ne trompent jamais.

J'insistai néanmoins. Yvonne me supplia de ne pas lui refuser ce délai suprême, elle me le demandait avec des larmes dans les yeux, à mains jointes. Je me résignai. Hélas! je n'attendis pas longtemps. Le lendemain soir, comme j'arrivais à la maison d'Yvonne, j'en vis sortir un auguste prélat, l'évêque de Rennes.

J'entrai vivement, j'aperçus Yvonne agenouillée non loin du seuil, et pâle comme une morte. A plusieurs reprises je voulus l'interroger, mais vainement; elle semblait ne pas m'entendre. Enfin, je lui touchai l'épaule.

Elle releva les yeux, me reconnut, se redressa lentement, me fit asseoir dans le grand fauteuil du père Penhoël et me dit :

— Ecoutez... ce que je viens d'apprendre et ce que j'ai résolu. J'espère que vous me comprendrez, mon ami... je l'espère.

Voici, ou du moins à peu près, ce qu'Yvonne me raconta.

VI

Après un premier temps d'épreuves, Gabriel
et Benjamin étaient parvenus à fonder, dans l'une
des provinces les plus reculées de la Chine, dans
le Kouang-si, ce que les missionnaires appellent
une *chrétienté*.

Cette humble et primitive paroisse, perdue dans
une montagneuse contrée, au bord d'un grand
fleuve, ne se composait tout d'abord que de quelques chaumières habitées par de pauvres parias
convertis au culte du vrai Dieu.

Grâce aux efforts persévérants, grâce à l'attrac-
tive vertu des deux jeunes apôtres, la colonie
s'accrut rapidement, devint très-prospère.

De nombreuses habitations s'élevèrent sur
cette·rive jusqu'alors déserte; les campagnes en-
vironnantes furent défrichées, se couvrirent d'in-
telligentes cultures, car les frères Penhoël n'en-
seignaient pas seulement la religion, mais aussi
le travail.

Ce travail fut béni de Dieu; la *chrétienté* ne
tarda pas à se trouver assez riche pour élever,
dans ce pays idolâtre, une chapelle que surmontait la croix.

Toutes les vertus évangéliques, toutes les béatitudes possibles ici-bas s'épanouissaient, ignorées et paisibles, dans ce simple coin de terre, dont les frères Penhoël avaient fait une sorte de paradis.

Bientôt leur réputation s'étendit au loin, leur attirant de nouveaux prosélytes. Quelque temps encore, et toute la province allait devenir chrétienne.

Mais la jalousie des prêtres de Boudha ne l'entendait pas ainsi, leur fanatisme réveilla la colère endormie des persécuteurs et des bourreaux.

Un jour même le village fut cerné, envahi par des soldats avides de pillage, altérés de sang. C'était toute une armée de *tigres*.

La résistance était impossible. On somma les chrétiens d'abjurer leur croyance. Ils refusèrent.

Vainement on incendia leur village ; vainement on les menaça de la mort; vainement on en tortura quelques-uns, on en crucifia quelques autres. Pas un seul ne faiblit, même dans les plus atroces supplices.

Il est vrai que ceux-là qu'on martyrisait le plus cruellement, c'étaient les frères Penhoël, dont l'exemple était un encouragement, dont l'héroïsme semblait un miracle.

Les *tigres*, enfin, désespérant de vaincre tant de courage, imaginèrent un terrible moyen d'en

finir. Des bâteaux à soupape, des bâteaux sem-
blables à ceux de Carrier, apparurent sur le
fleuve. On y transporta la *chrétienté* tout entière,
hommes, femmes, enfants, vieillards... tous enfin, à l'exception de quelques malheureux qui se
tordaient sur les grandes croix sinistres, élevées
çà et là parmi les ruines fumantes du village réduit en cendres.

Les deux jeunes pasteurs avaient été embar-
qués les derniers. Vers le milieu du fleuve, les
soupapes furent ouvertes, et tous les chrétiens
engloutis.

La plupart de ces malheureux revinrent à la
surface des eaux, se recherchant, s'appelant,
s'embrassant dans un suprême effort.

Parmi les bourreaux, qui les criblaient de flè-
ches et de balles, c'étaient des clameurs féroces
ou de grands éclats de rire ; parmi les victimes,
des gémissements, des cantiques et des prières.

A travers les groupes et les cadavres à demi
submergés, Gabriel et Benjamin allaient et venaient, nageant d'une main, bénissant de l'autre.

Une dernière décharge eut lieu. Un dernier cri
s'éleva du fleuve, où tout s'engloutit, disparut.
Avec le troupeau, les pasteurs.

On ne distinguait plus, sous les eaux ensanglan-
tées, que leurs deux longues soutanes noires
qu'emportait le courant.

VII

Tel fut le récit d'Yvonne.

Puis, me regardant d'un air doux et triste :

— Mon ami, reprit-elle, vous comprenez que je ne puis plus me marier, à présent.

— A présent, oui... mais dans quelques mois, dans une année...

— Jamais !

Vainement je voulus protester au nom de notre amour.

Elle m'interrompit du geste ; elle continua d'une voix douloureusement oppressée, mais fermement résolue :

— Ecoutez-moi jusqu'au bout... il le faut. Dans la famille Penhoël, il y a toujours eu quelqu'un qui se vouait à Dieu. Mes frères sont morts, je dois prendre leur place... Je veux entrer au couvent, devenir sœur de charité.

— Mais vous ne m'aimez donc plus ! m'écriai-je, mais vous ne m'avez donc jamais aimé !

— Je vous aimais... répondit-elle, — et vous aimerai toujours. Voyez plutôt, je pleure en vous disant adieu... mon cœur est brisé... mais ce sont

là de ces sacrifices qui plaisent au Seigneur...
mais j'entends une voix qui m'appelle vers lui...
mais déjà j'appartiens aux pauvres, aux malades,
à tous ceux qui souffrent...

— Et croyez-vous donc que je ne souffre pas,
moi ! interrompis-je avec l'accent du désespoir ;
j'avais votre parole, et je saurai vous disputer à
tous, même à Dieu !

La main d'Yvonne se posa sur mes lèvres, et
tout en me souriant à travers ses pleurs :

— Je n'ai pas oublié mon serment, reprit-elle,
mais j'espère que vous voudrez bien m'en délier
vous-même. Ne me dites pas que c'est impossible... Ne me dites rien aujourd'hui... laissez-moi
seule... A demain... à demain !

Je m'éloignai, jurant bien en moi-même de ne
jamais renoncer à Yvonne.

Mais elle ne tarda pas à devenir si languissante
et si pâle, que je craignis de la voir tomber malade ; je crus qu'elle allait mourir.

Elle ne se plaignait pas cependant, la loyale et
courageuse Bretonne... elle ne me parlait plus
même de cette ardente soif de dévouement qui la
dévorait.

Dès que je n'étais plus là, elle s'empressait de
courir vers les malades, vers les pauvres, vers les
affligés ; elle se faisait déjà leur sœur.

Un jour, je la trouvai entourée de petits enfants.

la veille encore couverts de haillons, et qu'elle
venait d'habiller tout à neuf; elle leur enseignait
la prière.

Oh! qu'elle était touchante et belle ainsi, ma
chère et sublime Yvonne!

Avant de la céder à Dieu, quels combats! quelle
lutte!

Un soir enfin, — j'en suis encore à me demander comment cela se fit, — ce soir-là, nous nous
promenions, Yvonne et moi, le long des falaises,
et sans avoir conscience du chemin parcouru,
nous nous trouvions déjà très-éloignés de la ville.

Je m'aperçus que ma compagne était fatiguée;
je la fis asseoir sur un quartier de roc.

A nos pieds, l'Océan. Sur nos têtes, le ciel étoilé.
Dans la campagne, vers la droite, au milieu d'une
perspective bleuie par la lune, un clocher.

Le clocher d'un couvent... d'un couvent de femmes.

Tout à coup, au milieu du silence, l'*Angelus*
sonna.

Quelque chose comme une force invincible me
fit courber la tête et, durant quelques minutes,
réfléchir.

Lorsque je relevai les yeux vers Yvonne, son
visage me sembla blanc comme un linceul. Elle
regardait fixement le clocher; des larmes muettes
inondaient son visage.

Je lui pris la main... cette main était brûlante.

— Yvonne, m'écriai-je, vous avez la fièvre?

— Oui, répondit-elle, la fièvre de la charité.

Et elle souriait... le sourire d'un ange aspirant au ciel.

— Tu le veux! repris-je avec un sanglot, mais tu le veux donc absolument, Yvonne!

— Y consentez-vous? me demanda-t-elle d'une voix suppliante.

La cloche de nouveau tinta, comme pour l'appeler.

J'eus enfin le courage de lui répondre :

— Va!... va!... tu es libre!

Et nous nous séparâmes en courant tous les deux, elle avec un cri de joie, moi avec un geste désespéré.

Le sacrifice était accompli; mais j'étais fou de douleur.

Après une longue maladie, lorsque je recouvrai la mémoire, mon amour vivait encore en moi, mais il était vaincu, résigné.

Un seul désir me restait... revoir une dernière fois celle que j'avais perdue.

La veille du jour où je repartis, cette amère joie me fut permise.

— Pardon! dit-elle en devinant à ma pâleur tout ce que j'avais souffert, pardon, mon pauvre Alain... ayons confiance en Dieu... Dieu est bon...

il réunit là-haut ceux qu'il a cru devoir séparer ici-bas... il marie les âmes dans le ciel !

Et, comme dernier gage d'affection terrestre, elle me donna cette petite médaille de Notre-Dame-D'Auray, que je n'ai plus quittée. Depuis ce jour-là, nous ne nous étions pas revus.

Juge donc de mon émotion, de ma joie !

Cette femme qui vient de passer... sœur Thérèse... eh bien !... c'est Yvonne ! »

VIII

Au moment où Kerkadec achevait, une lueur rose parut à l'orient.

Quelques fanfares, comme réveillées par l'aube, se répondirent.

C'était le signal de la bataille.

Les deux capitaines rejoignirent chacun sa compagnie, mais non sans s'être une dernière fois serré la main, mais non sans s'être mutuellement dit :

— Bonne chance !

Dès la première heure du combat, le Breton tomba mortellement frappé.

Une sœur, conduite par un hasard providentiel. accourut vers lui.

Sœur Thérèse... Yvonne.

Déjà Kerkadec ne pouvait plus parler. Mais il la reconnut... mais il trouva la force de lui montrer la petite médaille de Notre-Dame-d'Auray, pieusement conservée sur son cœur.

En même temps, de l'autre main, il indiquait le ciel.

Sœur Thérèse comprit ce muet adieu.

— Oui, répondit-elle, oui... bientôt...

Elle ne put achever. Une balle, la frappant en pleine poitrine, la renversa mourante, auprès de son fiancé mourant.

Ils expirèrent en même temps, les yeux dans les yeux, la main dans la main.

— Et pour sûr, — ajoutait l'officier dont je tiens ce récit, — pour sûr, ils sont arrivés ainsi devant Dieu, qui marie les âmes !

LE BATON DE LA HIRE

I

Non assumes nomen Domini tui in vanum.

. . . .

Et le colonel Bourgachard fit entendre un terrible juron.

Disons-le tout de suite, il jurait souvent et terriblement, ce colonel Bourgachard.

A part ce défaut-là, c'était un des plus charmants, un des plus brillants colonels de la jeune garde.

Trente ans tout au plus, un mâle et noble visage, un regard d'aigle, une crinière de lion, l'élégante crânerie militaire qui sied si bien à la bravoure.

Fils de ses œuvres, il avait conquis tous ses grades à la pointe de l'épée. C'était Napoléon qui l'avait fait colonel et comte de l'empire.

Puis, grâce à l'un de ces mariages qu'on appelait alors une *savonnette à vilain,* le colonel comte Bourgachard était devenu l'époux de Mlle de la Roche-Aymon, un des plus beaux noms de la vieille noblesse française.

La comtesse Bourgachard — une toute jeune et toute gracieuse patricienne — avait eu d'abord grand'peur de son mari. Mais bientôt, se rassurant par la découverte que, sous cette rude écorce, il y avait un cœur d'or, elle s'était sentie fière de lui, elle l'avait aimé.

Il était si généreux et si bon ! Sans ce fâcheux travers de jurer à tout propos avec sa grosse voix de batailleur, on eût dit un vrai gentilhomme.

Mais, hélas ! c'était comme une tache originelle, indélébile.

Chaque fois qu'un juron s'échappait à travers la noire moustache du comte, la douce et impressionnable comtesse tremblait, pâlissait, chancelait comme une délicate rose secouée par un vent d'orage.

Ce matin-là encore, par la fenêtre entr'ouverte, elle avait entendu les éclats de voix du colonel.

qui se promenait dans le jardin, et, toute frissonnante, toute consternée, elle se cachait le visage
dans ses deux mains.

Auprès d'elle se trouvait le dernier des la Roche-Aymon, un digne ecclésiastique que son inal-
térable douceur avait fait surnommer *l'abbé Patience.*

— Calme-toi, mon enfant! dit-il. Chacun de
nous n'a-t-il pas son péché mignon?... Il le rachète
par tant de qualités... Il ne te savait pas là...

Le vieillard avait écarté les mains de la jeune
femme. En apercevant son visage, il ne put se
défendre d'une douloureuse exclamation.

Elle était d'une effrayante pâleur. Dans ses
yeux, il y avait des larmes.

— Renée!... ma chère Renée!...

— Non... croyez-moi, mon oncle, c'est plus
fort que moi. A chacun de ces affreux excès de
colère, je me sens le cœur rempli d'épouvante et
de sinistres pressentiments. Il me semble que,
comme autant d'oiseaux effarouchés, je vois s'enfuir toutes mes illusions, toutes mes espérances.

— Folle!

— Oubliez-vous donc que je ne suis plus seule
à ressentir maintenant ce dangereux effroi... qu'un
pauvre petit être tressaille en mon sein et pourrait
y mourir avant d'avoir vécu...

— Tais-toi! fit le vieillard, tu me fais trembler à mon tour... Il faut absolument que pareille chose ne se renouvelle plus... Il le faut...

— Impossible !

Le vieil abbé réfléchit un instant. Puis, comme souriant à quelque inspiration secrète :

— Qui sait? murmura-t-il, laisse-moi faire... j'ai mon idée... Ton vieil oncle Pierre corrigera le colonel Bourgachard, ou bien il ne s'appelle plus l'abbé Patience !

Et, de plus en plus mystérieux, il sortit.

II

Lorsque l'oncle Pierre aborda le colonel Bourgachard, celui-ci marchait à grands pas sur la lisière du parc, dont il cravachait les buissons, tout en laissant échapper encore quelques derniers grondements, comparables à ceux du tonnerre qui s'éloigne.

— Eh ! mon vaillant neveu, d'où vient donc cette grande colère ?

— Croiriez-vous que Baptiste s'est permis de frapper Marengo, mon cheval favori... Mille millions de...

— Chut! fit le vieillard, un doigt sur ses lèvres.

— Bah! riposta le comte, ma femme ne peut
pas entendre.

— Elle était tout à l'heure à la fenêtre, elle
vous a entendu.

— Bigre! se récria le comte, sur le visage duquel se peignit aussitôt un sincère regret.

— Qu'a-t-elle dit?

L'abbé raconta la scène dont il venait d'être témoin.

— Ah! misérable que je suis! s'emporta le colonel, lui donner de ces terreurs-là... causer peut-
être la mort de mon enfant... Mais je ne pourrai
donc jamais dompter ma maudite langue... Ah!
mille millions de...

— Hum! hum! toussa l'abbé.

— Vous le voyez! reprit avec découragement
Bourgachard, je m'oublie toujours... je ne peux
pas, je ne peux pas!... Tonnerre!... Voyez plutôt,
encore!... et Dieu sait pourtant que j'adore ma
femme, que je voudrais être digne d'elle, que je
donnerais tout au monde pour ne plus jurer... du
moins quand je suis ici, auprès d'elle!

— Pourquoi pas ailleurs, et toujours... car
Dieu le défend, colonel, et c'est un gros péché.

— Oh! oh! quant à ça, monsieur l'abbé, vous
savez bien que je ne suis pas superstitieux, répli-

qua l'officier de fortune avec un dédain superbe.

— Pourquoi donc, reprit finement l'abbé Patience, pourquoi portez-vous au doigt cette simple
bague d'argent, qui vous fut donnée par je ne sais
plus quelle abbesse italienne dont vous aviez gé-
néreusement protégé, défendu le saint asile ?

— Parce que... parce que c'est une sorte de talisman, qui m'a toujours porté bonheur. Elle me
l'avait bien prédit, la digne nonne, et je n'y croyais
pas trop d'abord. Mais il a bien fallu me rendre à
l'évidence. Avec cet anneau je suis presque invul-
nérable, et ma bonne chance ne bronche jamais.
Une seule fois j'oubliai de le mettre à mon doigt ;
ce jour-là je fus blessé... on me fit un passe-droit.
Oh ! oh ! j'ai de la religion aussi... à ma manière...
je prie souvent le bon Dieu... depuis mon mariage
surtout, pour ma femme... et durant notre prochaine campagne... car, vous le savez, mon cher
oncle, c'est dans trois jours le départ... je compte
bien le prier pour mon fils aussi, bien qu'il soit
encore à naître. Et je n'aurai garde d'aller au feu
sans avoir à mon doigt l'anneau de l'abbesse.
Pourquoi souriez-vous, monsieur l'abbé ? Est-ce
que vous n'y croiriez pas, vous, un homme d'E-
glise ?

— Dieu m'en garde ! répliqua l'oncle Pierre.
D'abord et d'une, parce que c'est le prix d'une ac-

tion généreuse, et qu'une généreuse action porte
toujours bonheur... comme aussi une bonne résolution, à laquelle on reste pieusement fidèle.... En
second lieu, parce que, dans notre famille, nous
avons un de ces talismans-là... un talisman de
soldat.

— Ah ! ah ! contez-moi donc ça...

— Volontiers... Je présume, que vous avez ouï
parler de Jeanne d'Arc ?

— Assurément ! Tout bon Français doit la connaître et vénérer sa mémoire. Elle délivra le pays
des Anglais... Ce fut un grand capitaine.

— Une sainte fille ! colonel, et, qui plus est, l'é-
lue de Dieu...

— Le Napoléon de son temps, monsieur l'abbé,
voilà son plus beau titre.

— Je vous en remercie pour elle, poursuivit en
souriant l'oncle Pierre. Ainsi que votre glorieux
empereur, elle avait ses lieutenants, ses enthou-
siastes, ses fidèles... et parmi ceux-là, un nommé
La Hire.

— Je sais ! je sais, mon oncle... car nous ap-
prenons l'histoire tout en en faisant à notre tour...
Ce La Hire n'était-il pas un officier de fortune.
un chef de bande, un des Bourgachard de ce
temps-là ?

— Je n'aurais pas osé le dire. monsieur le
comte; mais j'accepte l'assimilation. Je signalerai

même entre vous deux ce point de ressemblance
tout particulier, qu'il avait aussi l'humeur prompte,
irascible... et jurait à tout propos comme un
diable.

— Vraiment!...

— Ce qui choquait fort la pauvre Jeanne d'Arc,
et l'affligeait davantage encore. Dame! c'était une
fille religieuse... Elle s'efforçait de réformer, à
force de douceur, ses farouches compagnons de
guerre. Un seul lui résistait, La Hire. Non pas
qu'il y mit de l'entêtement, loin de là; mais il était
comme vous, colonel, il ne pouvait se défendre
de sacrer et de blasphémer, c'était plus fort que
lui.

— Voyez-vous ça, ce pauvre La Hire!

— Un jour enfin, Jeanne accomplit je ne sais
plus quel exploit qui tenait du miracle, et, dans
cette même affaire, sauva la vie du vieux routier.
En la remerciant, pour mieux attester sa reconnaissance, il jura de façon à faire envoler tous les
anges qui servaient d'invisible escorte à la vierge
de Vaucouleurs. Elle devint toute triste, et se prit
même à pleurer... Tenez! comme tout à l'heure
votre femme.

— Ah! ah! ça lui faisait aussi cet effet-là, à
Jeanne d'Arc?

— La Hire comprit sa faute, et, se laissant
tomber aux genoux de l'héroïne, il lui demanda

pardon. « Mais, ajouta-t-il, quant à me corriger, pas moyen!... Il faut absolument que je jure par quelque chose, n'importe par quoi. — Eh bien! répondit-elle, jurez par votre bâton... mais plus rien que par votre bâton... je le permets... et si vous vous y résignez fidèlement, mon brave ami, je serai bien contente. »

— Comment! fit Bourgachard, par son bâton?

— Oui, expliqua l'abbé, La Hire boitait un peu, par suite d'une ancienne blessure, et s'appuyait sur une sorte de canne, dont parfois aussi, dans certains cas de surprise, il s'était servi comme d'une massue pour frapper l'ennemi.

— C'est-à-dire l'Anglais... Bravo!

— En entendant les paroles de Jeanne, il prit à deux mains ce bâton, le regarda longuement, l'é-treignit avec un ferme vouloir... Puis, l'élevant vers le ciel : « Je veux mourir, dit-il, si désormais je jure autrement que par toi! J'en fais le serment à Dieu... et à vous aussi, Jeanne! »

L'oncle Pierre se tut, mais en continuant de re-garder le colonel Bourgachard, les yeux dans les yeux.

III

— Eh bien ! questionna le comte, vivement impressionné par le récit de l'abbé, eh bien ! ce serment, La Hire y manqua-t-il ?

— Jamais tant que vécut Jeanne... et même en apprenant qu'elle venait d'être brûlée vive. Il était terriblement furieux ce jour-là cependant...

— Il y avait de quoi !

— D'accord ! mais au moment même où sa bouche s'ouvrait pour... ce que vous savez... il se rappela sa promesse, et, regardant le bâton, sur lequel ses yeux laissèrent tomber une larme : « Jeanne, dit-il, ma pauvre Jeanne, je tiendrai parole à ta mémoire »

— Bien ! s'écria Bourgachard, très-bien ! C'était un digne soldat que ce La Hire !

— Aussi son bâton lui devint-il un porte-bonheur... absolument comme pour vous l'anneau de l'abbesse. Un seul jour il s'oublia... C'était après un revers. On battait en retraite... Il jura... Quelques minutes plus tard, un trait l'atteignit en pleine poitrine.

— Blessé ?

— Mortellement. Il fit venir toute sa lignée, laquelle était fort nombreuse, car, à défaut d'héritiers directs, une ribambelle de neveux et de cousins étaient venus se grouper à sa suite depuis qu'il s'était fait un grand nom, depuis qu'il avait conquis une grande fortune. La même chose aussi vous arrivera, monsieur le comte... gardez-vous d'en douter.

— Oui, oui, ça commence déjà, répondit en riant le colonel; mais moi, j'aurai des enfants, s'il plaît à Dieu...

— Et si vous ne causez plus à ma nièce de ces terreurs qui peuvent tuer à la fois le présent et l'avenir! répliqua solennellement l'oncle Pierre.

— On y fera tout son possible! fit Bourgachard en s'efforçant de dissimuler son émotion sous un sourire. Mais, je vous en prie, achevez l'histoire de La Hire.

— Lorsque tous ses parents furent réunis, le héros mourant se fit apporter son bâton, ordonna de le rompre en autant de morceaux qu'il y avait là d'héritiers, et remettant à chacun d'eux l'une de ces reliques : « Ce sont, dit-il, autant de talismans qui doivent se perpétuer dans votre descendance, et sauvegarderont celui qui portera l'un d'eux dans les combats... à moins toutefois qu'il ne tourne ses armes contre la France ou qu'il n'enfreigne le second commandement de Dieu. Ce

cas échéant, malheur à lui, malheur! » Tel fut le
testament de La Hire. Les la Roche-Aymon des-
cendent de ce fameux capitaine, et moi, leur dernier représentant, je possède, dans un vieux médaillon, la dernière parcelle de ce bâton sacré. Un
jour peut-être, s'il vous naît un fils qui devienne
soldat à son tour, et si vous m'avez permis de l'é-
lever dans la crainte de Dieu, je lui remettrai cet
héritage.

— Pourquoi ne me le confieriez-vous pas à
moi-même, et dès aujourd'hui? demanda Bourgachard.

— Oh! oh! vous jurez, vous... ce vous serait
un présent fatal.

— Eh bien! fit le comte après un silence, eh
bien! je le réclame de votre amitié, mon oncle...
au moins pour les trois jours qui me restent à demeurer ici. Quant à ces trois jours, je renouvelle
le serment de votre ancêtre... Je me souviendrai
tout à la fois de Jeanne d'Arc et de ma chère Renée. Je ne jurerai plus que par le bâton de La
Hire.

— Parole d'honneur?

— Parole d'honneur! Et qui sait, si je m'en
montre digne, peut-être me permettrez-vous de
l'emporter avec moi, ne fût-ce que pour lui faire
traverser de nouveau le fracas des batailles.

— Eh! je ne demande pas mieux! conclut

l'abbé, je remonte chez moi, venez m'y rejoindre... mais dans un quart d'heure seulement...
Patience !

IV

Le colonel se garda bien de manquer au rendez-vous. Il reçut des mains de l'abbé la sainte
relique.

— Mais, observa Bourgachard, ce médaillon ne
me semble pas aussi ancien que vous voulez bien
le dire ?

— Il fut remis à neuf par le dernier marquis
de la Roche-Aymon, qui était le père de Renée,
de votre femme.

Puis, voyant que le comte cherchait à l'ouvrir,
ainsi qu'un enfant curieux :

— Le ressort est brisé, s'empressa de dire
l'oncle Pierre, il faut me croire sur parole... Il n'y
a que la foi qui sauve !

— Soit ! conclut le colonel, qui se laissa sus-
pendre au cou le talisman.

Durant les trois jours qui suivirent, il eut plus
d'une occasion, plus d'une velléité de colère.

Mais chaque fois que son sourcil se fronçait,

chaque fois qu'un éclair s'allumait dans ses yeux, chaque fois que sa bouche s'entr'ouvrait pour laisser échapper un juron, bien vite l'oncle Pierre lui rappelait son serment par un geste et, du regard, indiquait la place où se trouvait le médaillon.

Le comte aussitôt se calmait. Il souriait.

Arriva l'instant du départ.

La comtesse, toute en pleurs, palpitait d'un tendre effroi entre les bras de son époux, en murmurant :

— Si c'était un éternel adieu ! si tu n'allais plus revenir !

— Ne crains rien ! répondit-il, notre oncle Pierre m'a prêté un talisman, une relique... et quelque chose me le dit là, s'il veut bien ne pas me la reprendre, les balles et les boulets me respecteront... je reviendrai général.

— Gardez le médaillon ! s'écria l'abbé Patience, gardez-le, mon neveu... mais qu'il vous rappelle votre serment !

— Le vieux La Hire est mort pour l'avoir oublié, conclut le colonel en embrassant une dernière fois sa femme ; et moi qui suis jeune, heureux, moi qui aime et suis aimé... je ne veux pas mourir !

V

Ainsi qu'il l'avait annoncé, le colonel Bourgachard revint général.

En accourant au-devant de lui, la comtesse Renée portait dans ses bras un enfant, un fils.

— Eh bien ! fit l'abbé Patience, que dites-vous de mon talisman ?

— Je dis... je dis que très-réellement, à Austerlitz, il m'a sauvé la vie en recevant pour moi certaine balle autrichienne, dont il garde encore la trace. Voyez plutôt, mon oncle !

Entr'ouvrant son uniforme, il montrait le médaillon tout fracassé.

— C'est, ma foi, vrai ! fit le vieillard, il vous a servi d'égide.

— Oh ! mon Dieu ! s'écria la comtesse en pressant le médaillon contre ses lèvres.

Puis, tout à coup :

— Tiens ! il s'est ouvert !

— Tant mieux ! fit le général, je ne serais pas fâché de voir...

— Regardez maintenant, mon neveu ; regardez, je vous le permets.

La jeune mère ouvrit sa main, sur la paume de

laquelle les deux parties du médaillon s'écartèrent ainsi que les deux valves d'une coquille.

Bourgachard fit un mouvement de surprise.

Pas le moindre fragment de bois, mais un portrait de Renée, au bas duquel, sur une petite bande de vélin, ces deux lignes écrites par l'abbé Patience :

> Dieu en vain tu ne jureras,
> Ni autre chose pareillement.

L'oncle et le neveu se regardèrent en souriant.

— Ainsi, vous vous êtes moqué de moi, monsieur l'abbé...

— M'en voulez-vous, général?

— Bien au contraire! je vous remercie, mon oncle... car, grâce à vous, je ne serai plus un épouvantail pour ma chère Renée, je ne donnerai pas un mauvais exemple à notre fils... Vous m'avez radicalement corrigé... Je ne jure plus que par mon bâton... comme La Hire!

LES LUNDIS DE JACQUES

———

I

Memento ut diem sabbati sanctifices.

C'était un samedi soir, dans l'un de ces chantiers de construction maritime qui bordent la grève, entre Sainte-Adresse et le Havre.

Les derniers rayons d'un resplendissant soleil d'été, qui bientôt allait disparaître à l'horizon, embrasaient le ciel, empourpraient la mer, et venaient allumer de rougeâtres reflets sur le sable, parmi les galets, jusque dans les vitres flamboyantes des quelques masures voisines. Temps calme, silence profond, délicieuse soirée, bien que la chaleur fût grande encore.

Aussi les ouvriers travaillaient-ils mollement comme au déclin d'une fatigante journée dont le lendemain doit être un jour de repos, sinon de plaisir.

L'un d'entre eux cependant, un charpentier, se distinguait par sa consciencieuse ardeur à la besogne.

C'était presque un vieillard, mais un vieillard alerte et de joyeuse humeur. Ses cheveux, déjà tout blancs, formaient une sorte de frange à son grand front chauve, et faisaient davantage encore ressortir la teinte bronzée de son mâle visage. Ses bras nus, sa large et musculeuse poitrine, que permettait de voir la chemise entr'ouverte, attestaient la force et la santé ; son air de bonhomie narquoise, son clair regard, son franc sourire, annonçaient un honnête homme, un homme heureux.

Par intervalle, cependant, une certaine inquiétude, mêlée d'impatience, se lisait sur ses traits. Il se redressait un instant, et regardait du côté de la ville. Puis, après un soupir, il se remettait au travail. On eût dit qu'il attendait quelqu'un.

Non loin de là, ses camarades organisaient une partie de plaisir pour le lendemain... et le surlendemain peut-être.

— Dites donc, père Jaques, questionna tout à coup l'un d'eux, pourquoi donc que vous travaillez toujours le lundi?... Pourquoi donc que vous ne *nopcez* pas même le dimanche?

— Le dimanche appartient à Dieu! répliqua le vieil artisan avec une sorte d'austérité naïve.

— Soit! fit l'autre, on sait que vous avez de la religion, monsieur Jacques Renaud : mais le bon Dieu permet les lundis...

— Mes lundis!... se récria le vieillard avec une expression étrange, oh! oh!... mes lundis à moi...

Mais, s'interrompant tout à coup comme s'il eût craint de révéler un secret :

— Suffit!... Je m'entends... conclut-il.

— Ce n'est pas une réponse! se récrièrent plusieurs voix.

— Il vous en faut une autre?... Attendez!

Jacques Renaud alla chercher dans la poche de sa veste un lambeau de journal qui, selon toute apparence, avait enveloppé sa frugale collation de l'après-midi.

Il l'avait lu par hasard, et précieusement conservé comme des plus instructifs.

— Tiens!... dit-il en indiquant l'article en question au plus jeune de ses interlocuteurs, tiens... lis cela, Guillaume... et lis tout haut... ce sera ma réponse.

Guillaume était le lecteur du chantier. Sans se faire prier, il prit le fragment, le repassa d'un

revers de manche et, doctoralement, commença
ainsi :

« L'ouvrier qui ne travaille pas le lundi, indé-
« pendamment de sa journée qu'il perd, fait des
« dépenses inutiles. Pour ne rien exagérer, esti-
« mons à quatre francs la perte de temps et les
« dépenses de ce chômage hebdomadaire. Comme
« il y a cinquante-deux semaines dans l'année,
« cela fait 208 fr. par an, qui, multipliés par qua-
« rante, — moyenne ordinaire des années de tra-
« vail, — donnent pour résultat une perte de
« 8,520 fr. Or, toute somme se double par les in-
« térêts au bout de quatorze ans; cette même
« somme, placée tous les mois à la CAISSE D'ÉPAR-
« GNE, aurait produit à l'ouvrier 25,864 fr., capi-
« tal plus que suffisant pour garantir sa vieillesse
« de la misère et qu'il laisserait après sa mort à
« ses enfants, comme un souvenir de son affec-
« tion pour eux et comme un exemple à suivre. »

A la suite de cette démonstration si catégorique, il y eut un silence.

— Voilà! conclut Jacques.

Ce mot, ce seul mot, sembla rompre le charme
qui retenait tous les ouvriers béants et pensifs.

— Allons donc! se récrièrent-ils à qui mieux
mieux, allons donc! c'est pas possible. Est-ce
qu'il ne faut pas se donner un peu de bon temps?
Est-ce qu'il ne survient pas toujours une circons-

lance, une ambition, qui empêche qu'on ne puisse
thésauriser ainsi ses économies? Est-ce que toi-
même, Jacques, tu n'as pas fondu toutes les tien-
nes pour éduquer ton garçon, pour en faire un
monsieur, un moderne?

— C'est vrai, reconnut le père Renaud. Cependant...

Il s'interrompit pour la seconde fois, et changeant tout aussitôt de ton, de physionomie, d'allures :

— Parlons plus de ça ! fit-il, voici mon fils qui
vient là-bas... faut que je lui cause.

Il courait à la rencontre d'un jeune homme qui
venait d'apparaître au détour du chemin.

II

Ainsi qu'on vient de l'apprendre, le fils de Jacques n'était point un ouvrier; c'était un monsieur.

Son père lui avait fait donner une certaine éducation, dont il avait su profiter, mais sans en con-
cevoir un sot orgueil. Bien qu'il fût premier commis chez le plus riche armateur de la ville, et de
plus assez élégant, très-joli garçon, ce qui ne gâte
jamais rien, il était resté simple, modeste, un peu

timide même, et se faisait aimer de tous, voire
même des camarades de son père qui, tout en le
raillant parfois à propos de sa tenue de gentleman, en arrivaient invariablement à dire de
lui :

— C'est un bon enfant, qui n'est fier avec personne, et qui vous aime crânement son vieux bonhomme de père !

Maurice Renaud méritait donc d'être heureux.
Mais l'était-il ? Quiconque eût pu le voir en ce moment, eût répondu non.

Le pauvre jeune homme arrivait pâle, frissonnant, abattu. Un profond désespoir se lisait sur
ses traits ; il y avait des traces de larmes dans ses
yeux.

— Eh bien ! eh bien donc, mon fieu ? fit anxieu-
sement le bonhomme Renaud.

Trop douloureusement oppressé pour lui répondre encore, autrement que par un geste de
découragement, son fils s'assit ou plutôt se laissa
tomber sur une pièce de charpente.

— Mais tu n'as donc pas osé aborder ton patron ? questionna Jacques.

— Si fait, répond Maurice, j'ai parlé à M. Durand.

— Tu lui as tout dit ?

— Tout.

— Carrément... avec courage...

— Avec courage. Je venais de la rencontrer... elle !

Dans ce dernier mot, dans ce soupir, Maurice avait mis toutes les tendresses de son âme.

— Et qu'a-t-il répondu, lui ?

— Que j'avais raison de vouloir partir, et qu'il se chargeait de mon avancement là-bas.

— Rien de plus ?

— Rien de plus. Ah ! si fait... il a dit que j'étais un honnête homme... et en me disant cela, en me serrant la main, il semblait ému.

— Je le crois bien, morbleu !... Il y a dix-huit mois, au péril de ta vie, n'as-tu pas sauvé sa fille ?

— Oh ! je ne lui ai pas rappelé cela.

— C'est d'un cœur généreux, mon enfant... mais il ne faut pas qu'il l'oublie non plus.

— Il s'en est montré reconnaissant, mon père. Ne m'a-t-il pas ouvert ses salons, admis dans son intimité, moi, pauvre enfant du peuple ?

— Belle récompense, par ma foi ! c'est en voyant tous les jours Mlle Clémentine...

— Plus bas, mon père, plus bas ! supplia le jeune homme avec un geste d'effroi.

Jacques se retourna pour bien se convaincre que tous ses compagnons de travail se trouvaient à distance, et que personne ne pouvait entendre.

Néanmoins, baissant la voix :

— C'est en la voyant ainsi, reprit-il, que tu as
eu le malheur d'en devenir amoureux fou.

— Mon père...

— Et que, de son côté, bien que tu ne veuilles
pas en convenir, elle-même...

— Non, mon père, non! interrompit vivement
Maurice, — jamais je ne me suis permis de lui
laisser soupçonner que je l'aimais... jamais elle
ne m'a laissé entrevoir qu'elle m'eût compris, que
je fusse aimé d'elle!

— Possible! répliqua le vieillard avec un reste
d'incrédulité, mais c'est justement ce qui fait ton
éloge. Comment, tu vas trouver le père, et là,
franchement, loyalement, héroïquement, tu lui
dis : « Monsieur Durand, je ne dois pas, je ne
veux pas abuser de votre confiance... j'aime votre
fille, qui peut-être a quelque amitié pour moi...
envoyez-moi bien loin, dans quelqu'un de vos éta-
blissements des colonies... il faut que je renonce
à ma position, que je quitte mon vieux père, que
je m'expatrie... il le faut, je le veux! »

— Oui, reconnut Maurice, oui, c'est à peu près
cela que je lui ai dit...

— Et il ne t'a pas dit de rester?

— Je ne le lui demandais pas, mon père!...

— Eh bien!... moi, à sa place, si tu étais venu
me parler ainsi... si j'avais une fille... et si tu n'é-
tais pas mon fils!...

A cette boutade paternelle, Maurice eut un amer
sourire, et répondit :

— M. Durand est si riche !... c'était un rêve,
une folie... je partirai... j'oublierai...

Mais, les larmes lui venant tout à coup :

— Oh! non... je n'oublierai pas ! acheva-t-il en
cachant son visage dans ses deux mains, je l'aime
trop ! j'en mourrai !

Jacques aussi pleurait.

— Mon fils! s'écria-t-il en le saisissant dans ses
bras, en l'étreignant contre sa poitrine. Mon enfant!... mon pauvre enfant... mais c'est donc un
de ces amours qui sont toute la vie. Oh!... c'est
ma faute à moi, qui t'ai peut-être mis trop d'ambition dans le cœur... Eh bien ! ne désespère pas
encore... j'irai chez M. Durand... et... je ne te dis
que ça... j'irai demain !

Et comme Maurice le regardait, tout étonné :

— Demain! répéta Jacques en mettant un doigt
sur ses lèvres.

III

Durant la promenade de la veille au soir, bien
qu'en se maintenant sur une certaine réserve
mystérieuse, le bonhomme Jacques s'était, comme

on dit, mis en quatre pour consoler, pour encourager son fils.

Néanmoins, le pauvre amoureux passa la nuit blanche, et ne s'endormit qu'au jour naissant.

Aussi sommeillait-il encore lorsque, vers les huit heures, son père rentra, tout frais rasé, vêtu de son bel habit neuf.

— Comment!... déjà! fit Maurice tout palpitant d'angoisse.

— Déjà... quoi? demanda narquoisement le père Renaud.

— Vous étiez sorti... vous revenez...

— Je viens d'entendre une messe basse, mon garçon... faut avant tout la part du dimanche.

— Et maintenant...

— Maintenant nous allons manger un morceau sur le pouce... et tandis que tu iras prier à ton tour, moi j'agirai.

— Oh! que vous êtes bon, mon père !

— Habille-toi vivement, si tu veux que je parte de même.

Maurice ne se le fit pas répéter deux fois.

Le déjeuner fut court et silencieux. Bien que Jacques affectât une certaine assurance joviale, il n'y fit guère plus honneur que Maurice.

Le père et le fils sortirent ensemble, et, sans se dire un mot, remontèrent la grande rue jusqu'au portail de l'église.

Là, toujours en silence, ils se serrèrent la main et se séparèrent.

Jacques s'achemina vers la maison du riche armateur.

A mesure qu'il s'en rapprochait, la démarche lui semblait de plus en plus épineuse, et, bien que sans ralentir le pas. — Jacques était brave, — son émotion se trahissait par de fréquents hum ! hum !

Que fût-ce donc lorsqu'en arrivant en face de la porte cochère, la comparaison de cet opulent hôtel avec son modeste logis dut lui rappeler toute la distance qui existait entre la fille du millionnaire et le fils de l'artisan, entre Clémentine et Maurice !...

Nonobstant, il prit son courage à deux mains, franchit le seuil et se fit annoncer à M. Durand.

Comme il attendait la réponse, Mlle Durand traversa l'antichambre, un livre de messe à la main. Elle aussi, se rendait à l'église.

C'était une adorable enfant, blonde avec des yeux bleus, avec un air de douceur et de bonté qui la rendait encore plus charmante ; une vierge de Greuze.

En reconnaissant le père de Maurice, elle fit un mouvement, rougit et baissa les yeux.

Puis, gracieuse et souriante, elle disparut.

Mais, rien qu'au rapide regard qui venait de s'échanger entre le vieillard et la jeune fille, Jacques avait lu dans le cœur de Clémentine ; il se disait :

— Ah!... si nous n'avions affaire qu'à elle ! Mais il y a M. Durand !...

Et, comme le domestique revenait le chercher de la part de son maître, il entra.

IV

C'était un excellent homme que M. Durand, bien qu'un peu entiché de sa fortune, qui, du reste, était son ouvrage.

En dépit de l'estime qu'il professait pour Jacques Renaud, son ancien condisciple à l'école communale, il avait hésité à le recevoir, devinant bien ce qui l'amenait et, par avance, désolé de ce qu'il aurait à lui répondre.

Aussi son visage exprimait-il un regret sincère, mais en même temps une résolution irrévocable.

Dès le premier regard, les deux pères se comprirent. Et, comme l'ouvrier cherchait encore une façon d'entamer l'entretien :

— Je sais... je sais tout, commença brusquement l'armateur ; mais ce n'est pas faute à moi !... Que veux-tu que j'y fasse ?

— Eh!... parbleu... que tu les maries! répliqua intrépidement le bonhomme Renaud.

— Comme tu y vas, toi!

— Pourquoi pas? Est-ce que tu ne nous estimes pas tous les deux, le père comme le fils?

— Quant à ça, d'accord. Toi, tu es la probité, l'honneur même... et ton fils vaudra encore mieux. De plus, une aptitude aux affaires, un coup d'œil, une intelligence d'élite. Et je lui dois la vie de ma fille. Tu vois que je n'oublie rien, Jacques, et que je rends toute justice à Maurice.

— En ce cas, tu dois être convaincu qu'il aime sincèrement ta fille, et qu'il la rendrait heureuse?

— Oui. Je te l'avouerai même, je serais enchanté de l'avoir pour gendre...

— Eh bien! alors?...

— S'il avait ce qui lui manque.

— Que lui manque-t-il?

— Une fortune.

Sous ce grand mot, Jacques sembla courber la tête.

Mais la relevant aussitôt, comme s'il n'eût fait que se replier sur lui-même afin de reprendre un nouvel élan pour la lutte:

— Durand, dit-il avec un grand calme, je te remercie de m'avoir parlé aussi franchement, aussi amicalement. Je n'ai plus de crainte pour l'avenir

4

de nos enfants, je suis certain que tu vas consentir à leur bonheur.

Le millionnaire eut un geste de vif déplaisir; il avait espéré que tout était fini.

— Tu ne veux pas d'un gendre qui aurait les mains vides, poursuivit Renaud, c'est trop juste. Mais tu es trop raisonnable pour exiger que lui, jeune homme, il soit aussi riche que toi, alors surtout qu'il possède, c'est toi qui l'as dit, une intelligence d'élite, de l'honneur et de la volonté. Avec ces qualités-là, tu l'as prouvé par ton exemple, on arrive.

Le sourire qui effleura les lèvres de l'armateur, prouva suffisamment au père Jacques qu'il avait touché juste.

Aussi s'empressa-t-il d'appuyer davantage encore sur la corde sensible.

— On arrive à gagner des millions, monsieur Durand. Je dirai plus : avant de les avoir en portefeuille, on les a déjà dans le cerveau. Ils étaient dans le tien dès l'âge de vingt ans, comme ils sont aujourd'hui dans celui de mon fils. Tu es un homme trop habile pour ne pas les y voir. Ose dire que non!...

— Mais, malheureux! sais-tu bien que je donne à ma fille...

— Je ne te demande pas quelle sera la dot de Mlle Clémentine. mais bien quelle devrait être la dot de Maurice.

— A quoi bon!

— Dis toujours. Voyons..., quel serait ton chiffre pour lui... pour moi?

— Tu le veux absolument.

— Je t'en prie.

— Eh bien!... deux ou trois cent mille francs... pour le moins.

— Mettons deux cent mille.

— Eh! tu ne les as pas, mon pauvre Jacques!

— Assurément, non. Mais il faut que je te conte une histoire.

— Une histoire?

— Oui, la mienne.

M. Durand haussa les épaules.

— Il le faut! exigea dignement le père de Maurice,

— Allons!... va... puisque tu y tiens absolument. Mais, je t'en préviens, tout ce que tu pourras dire ne changera rien à ma résolution.

— Peut-être!...

Le bonhomme Jacques se carra dans un large fauteuil, parut un instant se recueillir, et commença ainsi :

V

« Il y a de ça une trentaine d'années, j'en avais vingt-cinq alors, et j'étais un bon ouvrier, mais noceur en diable. Un vrai héros de guinguettes.

J'y festoyais régulièrement le dimanche et le lundi, quelquefois même le mardi. Ce qu'il y a de pire, c'est que, non content de mal faire moi-même, je débauchais encore les camarades... Entre autres, un pauvre garçon nommé Jean-Marie.

Il était marié celui-là, père de famille.

Un soir, dans une rixe, il reçut un coup de bouteille à la tête, et tomba mourant à côté de moi.

Ce n'était pas ma main qui venait de frapper. Oh! non... je le jure devant Dieu! Mais c'était moi qu'il l'avais entraîné au cabaret, c'était ma faute.

En expirant dans mes bras, il me regarda d'un air de reproche. Oh! ce regard-là, je l'ai revu bien des fois en rêve!

Avec toutes sortes d'angoisses et de prières dans cet adieu suprême, il avait murmuré :

— Ma pauvre femme! ma pauvre petite Jeanne!

Jean-Marie avait une fille qui s'appelait Jeanne.

J'étais gris ; ces quelques mots me dégrisèrent du coup. Je rentrai chez moi tout honteux, tout pensif, et durant la nuit suivante, je ne pus dormir. Le remords me tenait éveillé.

Non-seulement le remords, mais encore quelque chose d'inconnu, comme un retour sur moi-même, comme une bonne et courageuse pensée qui me germait dans le cœur.

Le lendemain au soir, en revenant du cimetière, je me dirigeai machinalement vers la demeure de la veuve.

C'était une maisonnette située du côté de Sainte-Adresse, avec un jardinet par devant, un assez vaste potager par derrière, une haie vive à l'entour.

La porte était fermée. Pas un bruit, personne.

Sans trop savoir pourquoi, je passai à travers la haie, je me promenai dans l'enclos, en attendant Magdeleine.

Magdeleine, c'était la veuve au pauvre Jean-Marie.

Un peu plus tard, comme elle ne paraissait pas, comme la nuit venait, j'allai m'asseoir sur le seuil, où, sans penser à rien, je me mis à tirer quelques fétus de paille qui passaient en dessous de la porte.

Bientôt, éprouvant une certaine résistance, je

remarquai que tout le contour de cette porte était tamponné de paille.

Je me relevai pour regarder au trou de la serrure, la serrure était bouchée.

De plus en plus surpris, j'allai à la fenêtre.

Tout à l'entour de cette fenêtre, des hardes formaient bourrelet comme pour intercepter le moindre courant d'air.

Devant les vitres, un épais rideau,

A travers ce rideau, comme la nuit devenait plus sombre, je crus distinguer de vagues lueurs.

Au-dessus de la cheminée, pas de fumée.

Un horrible soupçon me traversa l'esprit ; je me ruai contre la porte et, d'un seul coup je l'enfonçai.

C'était une inspiration du ciel ; elle ne m'avait pas trompé.

Dans toute l'étendue de la chambre, hermétiquement close, des réchauds remplis de charbons ardents.

Sur la couchette, Magdeleine évanouie, avec la petite Jeanne à demi asphyxiée entre ses bras.

Une pauvre fillette de douze ans !

En un clin d'œil, je m'empressai de jeter au dehors les réchauds, de déboucher toutes les issues, de raviver la fille et la mère.

Magdeleine enfin rouvrit les yeux, me regarda, stupéfaite et béante,

— Malheureuse!... vous avez voulu mourir!

— J'ai voulu rejoindre Jean-Marie!

— Dieu défend le suicide!

C'était la première fois, depuis bien longtemps, que le nom du bon Dieu me revenait à la bouche.

En ce moment-là, Jeanne, qui avait recouvré la parole, jeta ses petits bras au cou de Magdeleine en l'appelant : Ma mère?...

Ce mot, ce cri lui donna bien plus de repentir encore que toutes les belles phrases que j'aurais pu lui dire.

— Ma fille! s'écria-t-elle en l'étreignant sur son sein, en la couvrant de baisers et de larmes. Mon enfant!... ma pauvre enfant!... Oh! pardon, pardon!

Mais, après ce premier mouvement :

— Comment l'élever! dit-elle, comment la faire vivre!

— N'avez-vous pas cette maison, cet enclos?

— Qui le cultivera, maintenant que Jean-Marie n'est plus là?

— Moi! répondis-je comme soufflé par un esprit invisible, je travaillerai chaque dimanche ici, pour vous, comme il travaillait lui-même!

Elle me regarda tout émerveillée. Je poursuivis :

— Et si vous trouvez que ce n'est pas suffisant,.. eh bien! je vous donne aussi le lendemain,

et chaque lundi soir, fidèlement, religieusement,
je vous en apporterai le reste de mon salaire!

— Mais pourquoi...

— Parce que... parce que je devais de l'argent
à votre mari, parce qu'il faut que je paie ma dette.

— Je ne sais si je dois croire, accepter...

— Oui... pour votre fille!

Magdeleine se laissa convaincre, et, sans discu-
ter davantage, elle consentit. C'est moi qui étais
content!

A partir de ce jour-là, plus de bamboches, plus
de guinguettes.., Mais aussi plus de remords, et,
par-dessus le marché, la douce satisfaction d'a-
voir fait mon devoir et de me sentir utile à quelqu'un.

Chaque dimanche, dès quand l'aube, j'arrivais
à l'enclos; je labourais, je semais, je plantais, je
sarclais, je récoltais; et quand il me restait du
temps, j'allais vendre aux environs l'excédant des
produits du jardin.

L'hiver, c'étaient des réparations à la maisonnette, au mobilier, ou bien encore un peu de poisson que je m'en allais pêcher en rade.

Mais tout et toujours pour la veuve à Jean-Marie. Je lui appartenais ce jour-là, corps et âme.

De même quant à mon gain du lundi. Je n'y ai
jamais manqué, parole! et si le pauvre Jean-Marie
a pu me voir, il doit m'avoir pardonné!

De son côté, Magdeleine avait repris courage, et, bien que sa santé fût mauvaise, elle travaillait autant que possible de son état de blanchisseuse, avec Jeanne pour apprentie, bien entendu.

Une certaine aisance régnait donc dans la maison de la veuve, mais c'était à moi seul qu'elle en faisait remonter tout l'honneur. Comme elle se montrait reconnaissante envers moi, la pauvre chère femme!... Et Jeanne donc!... comme elle aimait son grand ami Jacques!

Involontairement, elles m'avaient déjà redonné l'amour du travail et de l'honnêteté, sans lesquels il n'est pas de vrai bonheur ici-bas : un peu plus tard, mais en le voulant cette fois, ce sont elles qui m'ont remis au cœur les bons sentiments religieux de la première enfance. Le jour où ma Jeannette fit sa première communion, ce jour-là je suis redevenu un vrai chrétien.

Aussi, le digne curé de Sainte-Adresse commençait-il à m'estimer, à m'aimer, dès ce temps-là.

Un dimanche soir, — oh! je m'en souviens comme si c'était hier, — la chaleur était accablante, et j'avais rudement travaillé durant le jour. Sentant un peu de fraîcheur dans l'air, je me redresse pour quelques instants, une main encore sur la bêche, et, du revers de l'autre, essuyant mon front trempé de sueur. Qui est-ce que j'aperçois?... M. le curé, qui me regardait en sou-

riant par-dessus la haie. C'est moi qui fus penaud de me voir ainsi surpris en flagrant délit de
travail un dimanche.

— Pardon!... — que je voulus balbutier, —
pardon... faites excuse...

Mais lui, m'interrompant d'un geste qui semblait me bénir :

— Travailler au champ de la veuve, dit-il, c'est
prier Dieu, et de la bonne façon. Continue, Jacques Renaud, ça te portera bonheur !

Brave curé, va! Il disait vrai, c'est de ce com-
mencement-là que m'est venue la sage résolution
qui fera peut-être aujourd'hui le bonheur de mon
fils !

Mais n'anticipons pas sur les événements,
comme j'ai lu dernièrement dans un livre. »

VI

En cet endroit de son récit, le père de Maurice
reprit haleine.

M. Durand, qui tout d'abord avait manifesté
quelque impatience, commençait à devenir plus
attentif.

Jacques s'en aperçut, il s'empressa de poursuivre :

« Six années s'étaient écoulées depuis la mort de Jean-Marie. Magdeleine ne se consolait pas de sa perte. Sans cesse elle priait pour lui; elle y pensait toujours. Dieu lui fit la grâce de le rejoindre.

Au moment du départ, elle me dit :

— Jacques, ma fille a dix-huit ans, toi trente-deux. Tu es assez jeune encore pour être son mari... promets-moi qu'elle sera ta femme, et je mourrai tranquille.

Stupéfait, croyant rêver, n'osant croire à tant de bonheur, je regardai Jeanne.

En baissant les yeux, elle me tendit la main.

Le bon curé était là, qui plaça cette main dans la mienne. Et Magdeleine rendit l'âme, en bénissant ses enfants.

Nous étions fiancés, nous fûmes bientôt époux. Puis, notre Maurice vint au monde.

Le soir même des relevailles de Jeanne, auprès du berceau de son fils, elle me dit :

— Jacques, c'est toujours cinq francs que tu gagnes par jour, comme au temps de ma mère?

— Six maintenant, ma Jeanne... car je suis devenu plus habile dans mon état, et, du reste, le salaire augmente.

— Bravo! Ce sera mieux encore que je ne l'espérais.

— Qu'espérais-tu, femme?... Voyons...

— Tu comptes toujours travailler le lundi. n'est-ce pas?

— Assurément, c'est une habitude prise.

— Eh bien!... puisque ma pauvre mère n'est plus là maintenant, il faut que tous tes lundis à venir soient pour Maurice.

— Fameuse idée!.. J'y souscris des deux mains.

— Ça ne suffit pas, mon Jacques; il me faut un serment.

— Sur quoi?

— Sur notre fils.

Et doucement, pour ne pas le réveiller, elle écarta les rideaux de la bercelonnette.

L'enfant semblait nous sourire dans son sommeil.

— Jeanne, dis-je, il n'y a pas seulement les lundis, il y a encore les dimanches.

— Que veux-tu dire?

— Une promenade avec toi me suffit à présent, et ne coûte rien. Jadis, chaque dimanche, je dépensais à la guinguette au moins six francs... si nous doublions la somme?

— Non. Ce serait peut-être plus que nous ne pourrions, Jacques.

— Eh bien!... dix francs par semaine?

— Va pour dix francs. Jure...

J'étendis solennellement la main au-dessus du berceau, je répondis :

— Devant la chère ombre de maman Magdeleine comme devant Dieu, je jure de ne jamais riboter le dimanche, et de travailler tous les lundis pour mon fils Maurice. Total : dix francs par semaine que je m'engage à déposer, chaque samedi soir, dans une tire-lire que j'achèterai dès demain...

Jeanne m'interrompit :

— C'est déjà fait, j'en ai acheté une tantôt, en revenant de l'église... et la voici, Jacques?

C'était justement un samedi, ma paie se trouvait encore dans ma poche.

J'en sortis deux beaux écus tout neufs.

— Attends ! dit Jeanne.

Et, toute souriante, elle plaça la tire-lire entre les petits doigts de l'enfant qui, bien que toujours endormi, semblait me la présenter lui-même.

Tandis que ma main y laissait tomber les deux pièces de cinq francs, sur cette main Jeanne mit un baiser.

C'était, comme qui dirait, le sceau du pacte que nous venions de conclure ; il n'y avait plus à s'en dédire. Aussi, jamais les dix francs de Maurice n'ont manqué, pas plus qu'à chaque matin la lumière du jour.

Je crois même que de son côté, sur son propre travail, en cachette de moi, la bonne mère y glissait quelquefois un supplément de petites pièces blanches.

Tant et si bien qu'en moins de deux ans la tire-lire se trouva pleine.

Comment faire ?

— Il y a la caisse d'epargne, me dit Jeanne, c'est la grande tire-lire à tout le monde.

— Et qui plus est, ajoutai-je, l'argent y rapporte un intérêt.

En conséquence, ce fut là que désormais, chaque dimanche matin, ensemble tous les deux, bras dessus bras dessous, nous portâmes les capitaux de M. Maurice.

Mais ne voilà-t-il pas qu'un beau jour on me dit que le total arrive au maximum, et qu'il n'y a plus de place non plus dans la tire-lire du gouvernement.

Ah ! je l'avoue, nous fûmes bien embarrassés tout d'abord.

Mais le receveur m'ayant fait observer qu'il m'était possible d'avoir de plus gros intérêts, j'ouvris l'œil et cherchai tout de suite un autre placement.

J'avais pour cousin le plus habile pêcheur de Trouville, laborieux, du reste, et probe comme l'or : un Renaud, c'est tout dire. Il lui manquait deux mille francs pour se faire construire une barque neuve. J'achetai à Maurice une part dans cette barque, qui, par un singulier hasard, fut appelée la *Jeanne-Marie*. Quoique bien vieille aujour-

d'hui, elle conserve encore le renom d'être la plus
chanceuse de toutes.

Puis, tandis que ce premier magot pêchait pour
l'enfant, nous commençâmes à lui en amasser un
second, qui fut placé non moins avantageusement.
Et ainsi de suite.

Dame ! sans être un grand financier comme toi,
on n'en est pas moins né natif de Normandie, on
a l'instinct de l'argent.

Mais, vas-tu me dire peut-être ainsi que les camarades me le disaient encore pas plus tard que
ce matin, mais toutes tes économies ont dû s'engloutir dans l'éducation de ton fils ?

Hélas! nous en avions grand'peur, la femme
et moi. Fort heureusement, comme récompense
de notre épargne, le bon Dieu nous réservait une
joyeuse surprise.

A l'expiration du premier mois d'école, comme
j'en allais porter le prix à monsieur le maître :

— Gardez votre argent, me dit-il, c'est payé.

— Et par qui donc ?

— Par M. le curé.

Je courus bien vite remercier cet excellent
homme.

— C'est à la bonne conduite qu'il faut en savoir
gré, me répondit-il, et puis encore à la gentillesse
de l'enfant; mon intérêt pour lui ne se bornera
pas là..

Effectivement, lorsque Maurice eut passé le temps ordinaire à l'école communale, M. le curé s'arrangea de façon à le placer, toujours sans qu'il nous en coûtât rien, dans un pensionnat des environs.

Et comme j'insistais pour payer, alléguant mes économies :

— Garde ton argent, me répondit ce digne serviteur de Jésus-Christ, ton fils en aura peut-être besoin plus tard !

Brave curé, va ! ne dirait-on pas qu'il devinait l'avenir ?

Il est vrai que notre Maurice se montra digne de tant de bontés. C'était le plus studieux, le plus intelligent, le plus savant de toute sa classe. Tant et si bien qu'une bourse gratuite ayant été mise au concours par la ville du Havre, ce fut lui qui la gagna d'emblée.

Le voilà donc au collège, et sans un sou de dépense, pas même pour son entretien. Ce fut le proviseur, puis M. le maire lui-même qui voulurent s'en charger, comme encouragement à Maurice qui, chaque fin d'année, régulièrement, remportait les premiers prix.

Oh ! ces jours-là, ces jours-là... comme nous étions glorieux, Jeanne et moi !

Notre fils était complimenté, fêté par toutes les autorités. On imprimait son nom dans le journal !

D'autre part, son petit pécule allait toujours grossissant, que ça faisait plaisir à voir. Jamais un temps d'arrêt dans notre épargne ignorée de tous ; jamais la plus petite brèche pour les besoins de Maurice... Sa gentillesse avait payé les frais de l'école, son talent paya ceux du collége et le reste.

Je te le disais bien, monsieur Durand, il y a des enfants qui naissent avec une mine d'or dans leur cerveau. Toi-même, lorsqu'il entra dans cette maison, tu m'avais tout d'abord demandé une année de surnumérariat, et, dès le premier mois, tu lui donnais des appointements, qui furent augmentés dès le second trimestre, et ainsi de suite.

De là, une nouvelle succession de joies, mais, désormais, pour moi seul. La pauvre mère était morte.

Morte heureuse et souriante, car elle savait l'avenir de son fils assuré.

A partir de ce grand chagrin-là, je mis encore plus d'acharnement à mon travail, à mon système d'économie et de spéculation. Nous étions deux à gagner maintenant : Maurice me donnait les trois quarts de ses appointements, et, sans se douter, le digne garçon, que je lui gardais cet argent-là, que je lui faisais faire aussi la boule de neige.

Oh ! oh ! ce matin je montrais aux camarades un bout d'article de journal, dans lequel il est

prouvé qu'un sage travailleur peut amasser deux
mille cinq cents pistoles en sa vie ; mais le journal
a calculé sur une économie de quatre francs seulement par semaine, et sans tenir compte de ce
que peut l'amour paternel.

D'ailleurs, il m'est survenu, à moi, quelques
bonnes aubaines. J'avais acheté une obligation
qui a été favorisée au tirage. Sainte-Adresse est
devenue à la mode, et j'ai vendu, cinq ou six fois
plus cher qu'ils ne valaient, la maisonnette et le
champ de Magdeleine.

Mais ces petits bonheurs-là, M. le curé pré-
tend que le bon Dieu les donne toujours à ceux
qui les méritent. Et je crois les avoir mérités.

Bref, voici dans ce portefeuille tous mes titres
et toutes mes valeurs en bon ordre.

Ouvre-le, Durand, et vérifie... tu t'y connais.

Il y en a pour cent vingt-trois mille francs.

C'est la dot de Maurice. »

VII

L'armateur avait écouté toute la seconde partie
de l'histoire de Jacques avec une émotion de plus
en plus visible. Plusieurs fois même, il s'était
senti la paupière humide.

En entendant ce gros chiffre de cent vingt-trois mille francs, il se redressa tout à coup, stupéfait, incrédule encore.

Mais Jacques, ayant insisté du geste, il ouvrit le portefeuille, examina, additionna.

C'était exact, c'était vrai.

— Quant à ce qui manque pour parfaire la somme ronde, reprit Jacques, au lieu de laisser partir le fils, envoie le père en Californie, en Australie, où tu voudras. Je suis encore assez jeune, assez vigoureux, pour gagner là-bas soixante-dix-sept mille francs, et, Dieu aidant, je les rapporterai, foi de Jacques Renaud ! Je ne te marchande donc pas, je te demande du crédit, voilà tout.

— Quoi? Jacques, tu partirais?

— Il le faut de toute façon, car la veste du bonhomme Renaud jurerait dans ton hôtel... et je le comprends bien, va... pour que mon fils soit heureux, faut que son père disparaisse... il disparaîtra.

Jacques se détourna pour essuyer une larme.

Puis, voyant que le millionnaire évitait de répondre :

— Est-ce une affaire conclue? demanda-t-il en retrouvant le sourire.

— Mais, balbutia Durand, mais sais-je seulement si ma fille...

— Elle va te répondre elle-même, dit Jacques

en montrant la jeune fille qui venait de paraître
sur le seuil ; interroge... la voici !

Clémentine avait tout entendu ; des pleurs bai-
gnaient son charmant visage ; son regard seul
était un aveu.

Elle vint cacher sa rougeur dans le sein paternel.

— Victoire ! s'écria Jacques, il ne manque plus
ici que Maurice. Mlle Clémentine arrive de l'é-
glise, il s'y trouvait, gageons qu'il n'est pas bien
loin... Et tiens ! que te disais-je ?... le voici justement en face de cette fenêtre... Ohé ! Maurice,
ohé !

— Comment ! tu l'appelles...

— Eh ! parbleu, oui... ne faut-il pas qu'il vienne
remercier son beau-père ?

— Mais tu n'oublieras pas ce que tu m'as promis... tu partiras...

— Dès le lendemain du mariage !

VIII

Jacques ne partit pas.

On le sait, Clémentine avait tout entendu. Ce
fut elle qui dit en l'embrassant :

— Oh! mais je ne veux pas qu'il nous quitte, moi!... je le garde!...

Au lieu d'exiler la veste de Jacques Renaud, on l'allongea ; c'était plus généreux et plus sage.

Seulement, pour compléter la dot de son fils, — et Jacques y tenait absolument, — il a acheté le chantier, il est devenu le patron.

Ce qui ne l'empêche pas de mettre encore la main à la besogne et parfois, durant les heures de repos, au bord de la mer, de raconter à ses ouvriers, comme exemple de ce que peuvent le travail et l'économie, l'histoire des lundis de Jacques.

LA MÈRE AUX CHATS

———

I

Honora patrem tuum et matrem tuam.

C'était à Villerville; il y a quatre ou cinq années de cela.

Dans la maisonnette voisine de la nôtre habitait une bonne vieille femme dont j'avais remarqué tout d'abord la singulière physionomie, les allures encore plus étranges.

Elle était grande, extrêmement maigre, et se tenait très-droite encore malgré son grand âge : soixante-dix ans pour le moins. Pauvre mère François! jamais je n'oublierai son front haut et étroit, sur lequel la coiffure normande laissait à peine

s'égarer quelques cheveux blancs ; ses petits
yeux vert-clair, tout pleins de bonté malicieuse ;
ses joues parcheminées et ridées comme les vieilles pommes de rainette ; sa bouche profondément
rentrée ; son nez mince à la forte courbure et son
menton de galoche.

Je ne voudrais pas faire rire à ses dépens, mais
la vérité me force à le confesser, et c'était d'ailleurs l'un des traits caractéristiques de sa physionomie : ce nez, ce menton, se touchaient presque.

Quant au costume, notre voisine était des plus
proprettes. Rien de blanc comme le bonnet de coton qu'elle conservait durant toute la matinée,
comme la *canipette,* qui le remplaçait vers le midi.
Son caraco d'antique mode, ou sa *dodotte* — espèce de camisole calvadocienne, — ainsi que ses
longues jupes d'ancienne étoffe à grands ramages,
n'avaient jamais un accroc, jamais une tache. Le
dimanche, pour aller à la messe, elle mettait un
châle.

Dans tout cela, il y avait beaucoup de la paysanne, mais beaucoup aussi de la petite bourgeoise, de la dame.

Souvent je l'apercevais dans son jardinet, tantôt bêchant et sarclant comme si elle n'eût fait
autre chose de sa vie, tantôt se promenant avec la
lente gravité d'une vieille marquise. Deux ou trois
fois je l'avais entendue fredonner, non point des

airs villageois, mais de rococottes romances da-
tant pour le moins du Directoire ; sa voix était si
cassée, si dolente, que je m'en étais senti le cœur
tout ému.

A l'exception de ces rares murmures, un silence profond régnait dans sa demeure, où jamais
personne, ni parent ni ami, ne semblait lui rendre
visite : un isolement complet. Ajoutez à cela la
bizarrerie de son aspect, la réserve de son main-
tien, l'espèce de mystère qui se pressentait dans
sa destinée, la tristesse de son regard et de son
sourire, la belle révérence bien polie par laquelle
elle répondait ordinairement à mon salut... Bref,
sans trop savoir pourquoi, je m'intéressais de
plus en plus à ma vieille voisine. Oui, la mère
François m'inspirait de la sympathie et surtout,
j'en dois faire l'aveu, énormément de curiosité.

Un soir donc, rencontrant ma propriétaire, — à
laquelle j'avais à adresser je ne sais plus quelle
réclamation, — je me dis : Par la même occasion
faisons la jaser un peu.

C'était une accorte et franche commère de vingt-
cinq ans, qui ne devait pas mieux demander que
de se dégourdir la langue.

De plus, elle était assise sur le vert rebord du
sentier de la dune, ou de la falaise, si mieux vous
aimez, et regardait au loin en mer si la barque de
son mari ne revenait pas ce soir-là.

Le moment et l'endroit me parurent on ne peut plus favorables pour tailler une bavette.

Je pris place à ses côtés, et tout en allumant un cigare :

— Madame Guillemain, débutai-je, c'est à vous aussi, n'est-ce pas, la maisonnette de la mère François ?

— Oui, m'sieur... une bien brave vieille tout d'même !

— Ah ! ah ! vous la connaissez ?

— Pardine !

— Depuis longtemps.

— Depuis son arrivée au pays.

— Ce n'est donc point une Villervillaise ?

— Oh ! que non. Ça vient de loin... des villes.

— De quelle ville ?

— On ne sait point.

— Bah !

— Comme j'ai l'honneur. Oh ! oh ! c'est toute une histoire.

— Eh bien !... cette histoire, racontez-la moi, madame Guillemain ?

— Ne m'appelez donc point madame... mais tout bonnement, à la façon de chez nous, la Guillemaine.

— La Guillemaine, soit ! Mais arrivons à la mère François.

« — M'y voici. Dix ans et plus de cela... j'étais

encore une jeunesse... une voiture nous arriva
par un beau matin de Pont-l'Evêque.

« Dans cette voiture deux voyageuses et, derrière, des malles. L'une des deux dames — elles
avaient à peu près même âge — était la maîtresse,
et l'autre la servante, mais quasiment une amie...
Vous verrez plus tard.

. « V'là donc qu'elles demandent l'adjoint Prentout, qu'était mon père, sauf votre respect, et
qu'elles lui remettent une lettre de m'sieu Chrétien, le notaire de Pont-l'Evêque.

« Dans cette lettre, le notaire disait : « Si vous
« avez une maison de vacante, et qu'elle soit en
« bon état de demeurance, faites accord avec la
« personne que je vous adresse et tout particu-
« lièrement vous recommande. C'est une vieille
« dame qui a eu bien des malheurs, et qui mérite
« le respect, les égards, la bonne amitié de tout
« un chacun. »

« Oh! pour ce qui est de ça, monsieur, c'est
bien vrai. Mais ne larguons pas le filet avant que
d'arriver au poisson, comme dit mon homme...
qu'est pêcheur, et qui ne m'a pas l'air de vouloir
revenir aujourd'hui, car je ne reconnais pas encore sa voile parmi celles qui tirent leurs bordées
là-bas, vers l'atterrissage de La Capelle.

« Pour lors, la petite maison qu'habite encore
la mère François se trouvait précisément à louer,

ben proprette, ben gentillette, je m'en vante. Mon
père s'empressa de la montrer à la dame étrangère, qui répondit : « Ça nous va comme un gant. »

« On convint de prix.

« Puis vint la question du meuble, qui se régla
de même aussitôt, vu qu'il y avait une occasion
dans le pays ; la dame acheta pour elle un lit de
bois blanc, et pour sa servante, qui l'exigea ainsi,
un simple baudet.

« Un baudet, — soit dit en vous respectant,
monsieur, — c'est un lit de sangle.

« Avec ça, il ne leur fallut pas grand'chose, allez. Une vieille armoire en chêne, deux grands fau-
teuils encore plus anciens que l'armoire, une commode, quelques tables et quelques chaises, un bout
de miroir, un peu de vaisselle et de dindanderie...
qu'est la batterie de cuisine... et voilà tout.

« Le soir même, tout étant paré, les deux vieilles bonnes femmes s'installaient dans la maisonnette.

« Mon père n'avait pas même eu le temps de
demander le nom de la dame.

« — Comment donc que vous vous appelez? lui
dit-il dès le lendemain, en allant s'informer si tout
était à son bon plaisir.

« — François, qu'elle répondit.

« — François... qui?... voulut insister le bonhomme.

« — Madame François, répéta-t-elle d'un ton
à faire comprendre qu'elle ne voulait plus s'appeler autrement.

« M'est avis cependant que François... c'est un
nom chrétien, je ne dis pas... mais ce n'est qu'un
nom de baptême. Elle doit avoir un nom de famille, et elle le cache, elle le *muche*. Enfin, que
voulez-vous, c'est son affaire.

« Par exemple, ça ne fit point celle des commè-
res du pays. Vous comprenez, chacun se connaît
au village, et l'on aime à savoir.

« Mais ici, bernique! Ce fut en vain qu'on
tourna tout à l'entour des deux nouvelles venues,
en vain qu'on les espionna, qu'on les *écornifla*,
comme on dit à Villerville. Personne ne découvrit
rien, *absolument* rien.

« Quant à les interroger, ou du moins à leur
arracher par surprise le moindre petit renseignement sur l'endroit d'où elles venaient, sur la façon
dont elles avaient vécu jusqu'alors, sur les motifs
qui les avaient fait s'expatrier ainsi, on l'essaya
bien tout d'abord... et des curieuses, et des achar-
nées, et des malignes. Ah! ouiche! défunt ma
mère elle-même y perdit son temps... et Dieu sait
que c'était une rusée Normande!

« Non pas cependant que Mme François se
montrât fière ou point parlante. Bien au contraire, elle rendait bonne mine et franc entretien

à tous ceux qui lui faisaient politesse. Elle avait
même des conseils au service des malades et des
pauvres d'esprit, car je la crois un tantet savante,
voyez-vous bien.

« Mais quand on visait à l'amener en douceur
sur son propre chapitre, sitôt qu'on en arrivait à
lui demander avec adresse si elle connaissait les
grandes villes, — Honfleur ou Lisieux, — si elle
avait eu des enfants, si elle avait été heureuse ou
malheureuse durant sa vie... brrout! elle vous
glissait dans la main ni plus ni moins qu'une an-
guille, virant aussitôt la conversation sans en
avoir l'air.

« Oh! la vieille fûtée! elle vous questionnait à
son tour sur ceci ou sur cela, ou bien se mettait
à vous causer morale et religion... Car, au demeurant, monsieur, c'est une vraie bonne femme
du bon Dieu !

« Je ne voudrais pas dire du mal non plus de
la servante... Oh! non... oui-da!... mais sous le
rapport du mystérieux, elle est bien pire encore
que sa maîtresse, allez! Il y avait des jours cependant où elle aimait à jaser, comme une femme
naturelle... il y en avait d'autres, lorsque précisément on se croyait sur le point de la prendre
en défaut, où tout à coup, sans dire ni pourquoi
ni comment, elle devenait sourde et muette.

« Mais comme elle se montrait prévenante en-

vers sa dame! comme elle la soignait! comme
elle la veillait!... Quel dévouement! quelle amitié!... On eût dit quasiment de la vénération!...

« C'était donc deux vertueuses femmes que
celles-là. Néanmoins, à cause de leur réserve, il
y eut contre elles un premier mouvement de dépit, de rancune. On leur fit un crime de ce qu'elles taisaient, on voulut se venger par la médi-
sance.

« Heureusement, les deux pauvres vieilles
étaient d'un âge qui ne prête guère à ce jeu-là.
Mais rien ne bride les mauvaises langues. On
imagina des histoires; on prétendit que là maîtresse avait commis quelque forfait, que la servante était sa complice, que c'était par punition
ou par crainte qu'elles se séquestraient ainsi toutes les deux. Que sais-je, moi? Des menteries,
des misères. Mais ça ne dura guère; elle était si
évidemment innocente, la mère François, si cha-
ritable et si bonne!

« Vers ce temps-là, d'ailleurs, il lui arriva
grand chagrin. Sa seule confidente et compagne,
son amie, sa servante, tomba malade et mourut.

« Elle l'avait soignée, elle la pleura comme une
sœur bien-aimée, et maintenant encore, chaque
dimanche, après la messe, elle va lui faire visite
au cimetière.

« Il n'y a rien de tel qu'un malheur. — pas

vrai, monsieur? — pour qu'on rende justice au
monde. La mort de la servante occasionna un retour général envers la maîtresse.

« Les plus curieux eux-mêmes oublièrent leur
curiosité, et se dirent avec tout le pays : Après
tout, qu'est-ce que ça nous fait? Puisqu'il n'y a
moyen de rien savoir, puisqu'elle ne veut pas se
laisser connaître davantage, eh bien! acceptons-
la, adoptons-la, aimons-la comme ça. Pour sûr et
certain, elle le mérite.

« Et depuis cette époque-là, monsieur, tout un
chacun l'a traitée, l'a considérée comme une vraie
Villervillaise de Villerville.

« Il est juste de dire que, de son côté, elle se
faisait de plus en plus pareille à nous autres, les
paysannes de l'endroit. Lors de son arrivée, on
l'avait surnommée la dame, car elle portait chapeau. Mais le chapeau étant venu à s'user, elle ne
le remplaça pas. Il en fut de même des quelques
objets apportés de la ville; elle en commanda
d'autres à la Jeanneton, la modiste du village ; des
canipettes, quoi... des coiffes normandes. Un jour
enfin, elle se montra en bonnet de coton; à partir
de ce jour-là, nous ne l'avons plus appelée que la
mère François !

« Elle s'est entêtée à ne pas prendre une autre
servante, mais c'est à qui fera ses petites com-
missions, ira remplir sa cruche à la fontaine, et

lui rendra les mille petits services que son grand
âge exige.

« Ce n'est pas qu'elle manque de force, au
moins, ou qu'elle soit mauvaise marcheuse ! Faut
la voir trottiner menu quand elle s'en va, pour ses
provisions, tantôt à Trouville et tantôt à Honfleur,
voire même jusqu'au Pont-l'Evêque, lorsque vient
le temps de sa rente !

« Cinq cents francs, et pas davantage. Je sais
le chiffre, parce qu'autrefois mon père et maintenant mon mari ont souvent, à l'occasion, touché
chez le notaire pour elle.

« Ils ont bien tâché tous les deux, de ce côté-
là encore, d'obtenir quelques petites révélations,
mais pas moyen non plus; c'est si cachottier, ces
notaires !...

« Voilà donc tout ce que je puis vous apprendre, monsieur. Depuis plus de dix ans que la
mère François habite Villerville, jamais personne
d'étranger au pays n'est venu la voir, ni même
s'informer d'elle. Faut croire que sa famille, que
tous ses amis et connaissances d'autrefois l'ont
complétement oubliée !

« Pauvre vieille ! son secret est fièrement
gardé !

« Un jour cependant...

« Oh !... mais quant à ça, je me suis bien promis de n'en jamais parler à personne...

« Et puis, d'ailleurs, je crois que là-bas... tout
là-bas... voilà enfin le bâteau à Jean-Louis! »......

II

A ces derniers mots, la Guillemaine s'était levée tout à coup, et venait de bondir jusqu'à l'extrême bord du chemin.

De là, à demi penchée en dehors de la falaise,
et des deux mains s'abritant le regard contre les
trop vifs rayons du soleil couchant, elle cherchait
à reconnaître une dernière voile qui, pas plus
grosse encore qu'une mouette, commençait à se
détacher en noir sur l'horizon enflammé, dans les
lointains presque bleus de la mer.

Quant à moi, immobile et tout songeur, je restai à la même place.

C'était l'heure où tout se tait, où tout s'endort
dans la nature, mais où le cœur de l'homme devient plus impressionnable et plus facile à s'attendrir.

L'intérêt que m'inspirait la mère François, venait de s'accroître encore par le récit de la Guillemaine, et surtout par sa restriction finale. par ce

mystérieux appât qu'elle avait laissé à mon avide
convoitise de tout apprendre.

— Que sait-elle donc de plus? me disais-je à
part moi. Pourquoi ce secret comme péroraison
à cette confidence? Oh! je veux qu'elle achève!

— Ça n'est pas encore notre *plate!* dit-elle en se
retournant soudain vers moi.

Nos yeux se rencontrèrent. Elle me devina, car
elle se prit à sourire.

Je l'imitai, voyant bien qu'elle n'avait pas moins
envie de parler que moi d'entendre.

Sans dire un mot, je me rangeai quelque peu
de côté ; je l'invitai du geste à se rasseoir.

— Oh!... fit-elle d'un air bon enfant, les hommes sont encore plus curieux que les femmes...
surtout ces Parisiens !

— Quant à ce qui concerne la mère François,
je l'avoue ! répondis-je avec une impatiente franchise. Voyons! voyons ce que vous n'avez jamais
dit à personne.

— A personne... parole d'honneur!... si ce
n'est à quelques amies... des intimes.

— Traitez-moi donc en intime... je vous en prie!

— Eh! vous voyez bien que j'y souscris, puisque je commence.

Là dessus, ma commère villervillaise se rapprocha quelque peu plus, et, d'une voix toute
grosse de mystères :

« — C'était trois ou quatre ans pour le moins avant mon mariage, on m'appelait dans ce temps-là Mariette la Rieuse!... Non point que je manque de contentement avec mon Jean-Louis... Oh! dà non!... Mais ce n'est point d'ça qu'il s'agit. Pour lors, la mère François n'était guères ancienne encore dans le pays, et si elle intriguait fortement les vieilles, elle ne piquait pas moins les jeunesses. Nous étions surtout quelques fillettes, de quatorze à quinze ans, qui grillaient de découvrir le pot aux roses, ou tout au moins de pénétrer dans la chambre du premier étage de la maisonnette que vous savez. Jamais personne n'y avait été admis, dans cette chambre-là ; jamais autre que l'étrangère, ou sa défunte servante, n'en avait depuis des années franchi le seuil. On se figurait qu'il devait s'y trouver des choses extraordinaires, diaboliques... comme qui dirait l'antre d'une sorcière, quoi !.

« — Gageons que je m'y faufile tout de même ? dis-je un jour à mes compagnes.

« — Gageons que non !

« Ceci se passait précisément à quelques pas de la maison. La porte qui donne sur la rue se trouvait ouverte, et l'autre aussi, celle du jardin.

« Tout au fond de ce jardin, on apercevait la vieille qui, tournant le dos à la rue, paraissait cueillir des fleurs.

« M'élançant aussitôt dans la salle basse, je la traverse à pas de loup, j'entrebâille tout doucement la porte de l'escalier, je la referme sans bruit sur moi, et crac! en trois bonds, me voici sur la dernière marche.

« Mais là, je m'arrêtai, toute surprise de ma hardiesse, et n'osant pas même toucher le loquet. Peut-être qu'il allait me brûler la main!

« Nonobstant, je pris mon courage à deux mains...j'ouvris... j'avançai tout d'abord la tête... Puis, peu à peu, avec toutes sortes de précautions, le reste.

« Rien que de très-naturel ne m'apparut : rideaux blancs comme neige aux deux fenêtres, pas un pli à la couchette, de l'ouvrage en train sur la table, dans les moindres détails infiniment d'ordre et de propreté... Voilà tout ce qu'il y avait de merveilleux... pas autre chose!

« Vous jugez du désappointement, n'est-ce pas? Ce fut au point que je m'en allai vers le miroir, afin de regarder la mine que je devais faire et de me rire au nez à moi-même.

« Alors seulement je remarquai qu'aux côtés de ce miroir il y avait deux portraits.

« L'un représentait un monsieur d'un certain âge, l'autre un tout jeune homme. Une telle ressemblance existait entre eux, que je me dis aussitôt :

« — Assurément, voilà le père... et voici le fils ?

« Puis, avec la réflexion :

« — Le vieux, c'était probablement le mari à la dame. Il est peut-être mort, celui-là... Mais l'autre, le fils, il doit être encore de ce monde... et s'il vit, alors...

« Tout à coup, j'entendis dans l'escalier le bruit des pas de la mère François.

« Elle montait, j'étais prise !

« Non... car il y avait dans la chambre une seconde porte, celle par où on va au grenier.

« En un clin d'œil, je fus cachée, blottie derrière. Et voyez un peu la chance, monsieur, c'est une porte vitrée.

« De plus, son rideau — un rideau de serge verte... oh ! je le vois encore — se trouvait être de mon côté. J'en écarte un petit coin, je regarde.

« La mère François arrivait précisément dans la chambre, avec un gros bouquet dans chaque main.

« Elle sortit de l'armoire deux beaux vases de porcelaine, elle les remplit d'eau fraîche, elle y mit des bouquets.

« Puis, se rapprochant de la cheminée, elle posa un vase devant chacun des portraits ; et, les regardant tour à tour avec une tendresse attristée, bien que souriante :

« — C'est demain la Saint-François, je vous
« souhaite à tous deux votre fête. »

« Décrochant ensuite l'un des cadres, celui où
se trouvait l'image de l'homme âgé :

« — Mon pauvre ami, dit-elle, pourquoi donc
« ne sommes-nous pas réunis dans la tombe,
« ainsi que nous l'avons été durant notre vie !
« Jamais tu ne m'as causé un chagrin, tu m'as
« rendue bien heureuse, ô cher mari... et mon
« souvenir, mon amour... ce n'est que de la re-
« connaissance ! »

« Tout en parlant ainsi, elle tenait le portrait
à deux mains, elle l'approchait lentement de ses
lèvres, et, finalement, à plusieurs reprises, elle le
baisa.

« Après quoi, passant à l'autre, à celui du jeune
homme :

« — François, dit-elle, ma tendresse pour toi,
« c'est presque du pardon. Tu m'as fait verser
« bien des larmes... mais il n'est pas de jour où
« je ne prie le bon Dieu d'oublier à ton égard le
« quatrième commandement :

> « Tes père et mère honoreras,
> « Afin de vivre longuement...

« où je ne lui demande de t'accorder longue pros-
« périté, ainsi qu'à celles qui m'ont pris ton

« cœur. Il n'était pas méchant, je le sais... et je
« t'aime aussi, va... Oh! oui, je t'aime bien, mon
« fils! »

« Son fils, son mari... vous le voyez, monsieur,
j'avais deviné juste...

« Quand la mère François se retourna de mon
côté, elle avait les yeux tout en pleurs. Mais les
essuyant aussitôt :

« — Allons! reprit-elle d'un air guilleret, al-
« lons! plus de tristesse... un jour comme au-
« jourd'hui, un jour de fête! »

« Là dessus, elle débarrassa la table, et la re-
couvrit d'une nappe bien blanche.

« Puis, s'adressant de rechef aux portraits :

« — Mes deux François, fit-elle avec un sou-
« rire, nous allons dîner ensemble tous les trois...
« comme jadis à pareil anniversaire, comme au
« bon temps qui n'est plus... et jamais ne re-
« viendra... Ah! »

« Elle soupira, fit le geste de quelqu'un qui
veut écarter le souci, et s'empressa de redes-
cendre.

« A franchement parler, monsieur, je n'en fus
point mécontente du tout, d'abord et d'une parce
que j'étais fort mal à mon aise, ensuite j'étouffais
d'envie de pleurer aussi.

« Car je ne puis vous dire tout ce qu'il y avait
de doux, d'attendrissant, de navrant, dans la tris-

tesse de la pauvre vieille, et surtout dans sa joie. C'est au point, monsieur, que ses moindres paroles sont encore gravées là, que je crois encore les entendre, et que je vous les rapporte à peu de chose près... parole!

« Après deux ou trois voyages dans la salle basse, la table se trouva mise au grand complet. Il y avait trois couverts. Au milieu, celui de la mère François ; à droite, celui de son mari ; à gauche, celui de son fils.

« Sur la serviette qui restait toute ployée dans l'assiette de chacun d'eux, elle avait bien soigneusement placé, ici le portrait de l'absent, là le portrait du mort.

« Elle s'assit, et le repas de fête commença.

« Sans cesse elle parlait à ses deux convives, sans doute du passé, mais à voix basse maintenant, de sorte que j'entendais à peine et ne comprenais plus du tout.

« De plus, elle avait entr'ouvert la fenêtre par laquelle arrivaient un beau rayon de soleil et toutes sortes de chansons d'oiseaux. Oh! c'était bien triste, je vous le jure.

« Quant à la dinette en elle-même, ce ne fut pas une débauche, allez! Quelques cuillerées de potage, un œuf à la coque, un gâteau d'un sou et deux demi-verres d'eau rougie qu'elle vida tour à tour à la santé de ses deux François.

« Se relevant enfin :

« — Mes bien-aimés, dit-elle à voix haute, au-
« trefois, lorsque vivait le père et que le fils était
« encore un enfant, nous avions coutume de finir la
« journée par une promenade... Allons nous pro-
« mener comme autrefois, mes amis ; allons nous
« promener ensemble sous les grands arbres. »

« Effectivement, après avoir une seconde fois
embrassé son mari, une seconde fois embrassé
son fils, elle mit le portrait de celui-ci dans sa poche gauche, dans sa poche droite le portrait de celui-là, et s'en fut avec eux.

« Je sortis alors de ma cachette, je m'aventu-
rai jusqu'à la fenêtre entr'ouverte, et j'aperçus la
pauvre vieille qui, lente et recueillie, peut-être
heureuse en rêve, se dirigeait à pas tremblotants
vers le bois.

« Ses deux bras restaient enfouis dans les plis
de son châle, dont elle venait de se parer comme
en grande cérémonie. Sans doute qu'elle donnait
la main à ses deux bien-aimés, sans doute qu'en
marchant elle caressait leur image.

« Quant à moi, je m'empressai bien vite de re-
descendre l'escalier, de sortir de la maison.

« Au-delà du seuil, je respirai enfin, et je me
pris à sangloter comme un enfant.

« Passait une de mes parieuses, qui me demanda vivement :

« — Hé donc ! la Mariette, qu'est-ce qui t'est
arrivé là-haut ?...

« — Rien.

« — Qu'as-tu vu, entendu ?

« — Rien... rien !...

« Et je devais avoir un air farouche en lui répondant ainsi... et je m'enfuis sans vouloir ajouter un mot... et durant je ne sais plus combien de
temps, ni à celle-là ni à d'autres, je ne fis
confidence de mon aventure chez la mère François.

« Ce ne fut que plus tard, et tant seulement
lorsqu'on me tourmenta... comme vous tout à
l'heure, que je me décidai à tout dire.

« Oh ! mais, dame... c'est que ça m'avait émotionnée fameusement, et que depuis ce jour-là je
l'aime tout plein... la mère François... pauvre
bonne vieille !

« Quant à vous instruire touchant ce qu'a été
son mari, touchant ce qu'est son fils, n'y comptez
pas, monsieur... vu que je n'en sais pas davantage.

« Mais... Dieu me pardonne !... voici déjà la
nuit close. Bien décidément, il n'y a plus à espérer Jean-Louis... Je m'en retourne.

« Est-ce que vous ne rentrez pas aussi, monsieur le Parisien... monsieur le curieux ? »

. . . .

·A cette dernière boutade, la Guillemaine se

leva, et, tout en s'attifant quelque peu, me donna l'exemple de la retraite.

Machinalement, car j'avais encore l'esprit tout en émoi du récit qu'elle venait de terminer, je la suivis.

Nous ne tardâmes pas à arriver à l'encoignure de la grande rue de Villerville.

Dans toute la montée, on ne voyait encore de lumière qu'à une seule fenêtre, celle du rez-de-chaussée de la maisonnette à la mère François.

Il n'y avait là rien que de très-simple, et néanmoins je ne pus retenir un premier mouvement de surprise, car, revenant d'ordinaire beaucoup plus tard, tout se trouvait alors éteint chez ma voisine.

— C'est là !... murmura la Guillemaine en me poussant du coude.

— Oui, c'est là ! répétai-je de plus en plus songeur.

Et, sans trop savoir pourquoi, je m'arrêtai.

La Guillemaine, au contraire, pressa le pas, et, longeant la muraille, arriva promptement à la fenêtre éclairée.

Là, je la vis avancer la tête en silence, et plonger dans l'intérieur un regard indiscret.

Elle se redressa presque aussitôt, m'appelant du geste,

Avouons-le sans fausse honte, je ne me fis nullement prier pour accourir et pour *écornifler* à mon tour.

Seulement, comme la chose était nouvelle pour moi, j'eus peine à retenir un premier cri de surprise.

Quel singulier spectacle venait de frapper mon regard !

III

La salle basse n'était éclairée que par une mince chandelle et par quelques brindilles flambant dans l'âtre.

Ces deux lueurs, de teintes différentes, laissaient dans l'ombre les quatre angles, et dans la partie la plus rapprochée du centre, allumaient à peine quelques vagues reflets, çà et là, dans des ferblanteries ou des faïences.

Toute la lumière se concentrait aux abords de la haute cheminée, car c'était là, sur une petite table où se voyaient les débris du souper, qu'était posé le flambeau.

A côté de cette table, dans un vieux fauteuil de forme antique, la mère François était assise ou

plutôt étendue, la tête renversée en arrière, les
bras à l'abandon, les yeux tout grands ouverts,
mais le corps tellement immobile qu'on eût dit
une morte.

La chandelle qui brûlait précisément à la hauteur de son visage, en faisait ressortir davantage encore le pâle décharnement, la fantastique
silhouette.

N'eût été la morne désolation de la pauvre
vieille, — désolation dont la vue seule vous
serrait le cœur, — on eût vraiment dit une sorcière.

Ce qui lui donnait surtout cette apparence, c'é-
tait l'étrange et nombreuse compagnie qu'elle
avait en ce moment.

Sur le dossier de son fauteuil, un gros chat
noir... un second sur ses genoux, un rouge... trois
ou quatre devant elle, à l'entour d'une sorte de
poêlon, sur le bord de l'âtre... d'autres encore sur
la table, sur des chaises, partout... ceux-ci sou-
pant, ceux-là dormant ou se chauffant... et des
petits, et des moyens, et des gigantesques... mais
presque tous d'un aspect incivilisé, sauvage. En
moins d'une seconde, j'en comptai treize.

Sans y comprendre quelques paires d'yeux qui
flamboyaient çà et là dans l'ombre.

Je n'en pouvais revenir encore.

— Eh quoi! fit la Guillemaine à demi-voix,

vous n'aviez donc pas remarqué les commensaux
de votre voisine... Vous ne saviez donc pas qu'on
l'appelle la mère aux chats?...

— Aux chats?

— Aux chats.

— Non, je ne lui soupçonnais même pas cette
vilaine passion-là.

Et je devais avoir l'air déjà tout refroidi à l'é-
gard de la Mère aux chats.

Mais la Guillemaine répliqua vivement :

— Une passion!... elle... la pauvre femme!...
Oh! que nenni!... C'est de la pure bonté de cœur.

— Comment cela?

La Guillemaine ne me répondit pas tout d'a-
bord, elle se contenta de me regarder avec son
malicieux sourire, son sourire normand.

Puis, se penchant vers moi tout à coup, un œil
à demi clos, une main sur la hanche :

— Qu'est-ce que vous me donneriez, fit-elle, si
je m'arrangeais de telle manière que cette explica-
tion-là vous fût donnée par !a vieille elle-même?

— Par la mère François?

— Oui... Et ça dès ce soir, à l'instant.

— Mais il faudrait d'abord...

— Attendez-moi là... je reviens.

Elle ne m'avait pas permis d'achever, elle disparut en courant.

Resté seul, je me retournai vers la fenêtre, et

contemplai de nouveau le bizarre tableau de genre qu'elle encadrait.

Rien ne semblait avoir bougé, tout était encore à la même place. Seulement, l'âtre flambait moins, et la mèche allongée de la mince chandelle ne projetait plus que de douteuses lueurs.

Quant à la maîtresse du logis, elle gardait la même attitude, la même immobilité, le même silence.

Il y eut un bruit de sabots derrière moi : c'était la Guillemaine qui m'annonçait ainsi son retour.

Au moment où j'allais l'interroger, elle me mit dans les mains quelque chose de velu, de vivant.

— Eh... bon Dieu!... m'écriai-je. Qu'est-ce que c'est que ça?

— Ne le laissez pas s'enfuir... c'est un *p'tit kat*.

— Un petit chat?

— Oui... Les enfants devaient aller le jeter ce soir même à la grève, et c'est tout justement une occasion de lui sauver la vie. En voilà un qui aura eu de la chance !

— Mais expliquez-moi donc au moins...

— Non, puisque je vous ai dit que c'était le tour à la mère François.

Elle ouvrit soudain la porte, et me poussant malgré moi dans la maison :

— Mère François, ajouta-t-elle d'une voix re-

tentissante, c'est votre voisin qui vient de trouver
à la dune un pauvre petit abandonné... il vous
l'apporte.

— Permettez...

Mais déjà la Guillemaine était ressortie, me
laissant seul avec la mère François, qui, bien que
toute ébaubie de cette brusque intrusion, m'accueillit cependant avec une de ses plus belles ré-
vérences.

IV

Quelques minutes plus tard, la salle basse n'a-
vait plus du tout le même aspect ni la mère François non plus.

Son visage avait repris quelques couleurs, l'expression de ses traits s'était adoucie, elle semblait
avoir oublié ses chagrins, elle souriait.

Quant à son entourage, grâce à deux ou trois
poignées de bois sec, le feu s'était remis en joie;
les mouchettes venaient de rendre quelque éclat
à la lumière, et les moindres objets, visibles
maintenant, reprenaient peu à peu leur bonne et
simple physionomie villageoise.

Il n'était pas jusqu'aux chats qui, vus de plus

près et réveillés par l'espèce de panique dont j'avais été la cause, ne me semblassent une très-admissible compagnie, une société presque égayante.

Elle était un peu trop nombreuse, voilà tout.

Mais j'aurais eu mauvaise grâce à le dire, moi qui en apportais un de plus.

La mère François venait de me le prendre des mains, et tout en le caressant :

— Pauvre petite bête ! disait-elle ; et vous l'avez trouvé comme ça, jeté dans la falaise, à l'entrée de la nuit, mourant de froid, de faim peut-être...

Elle se pencha pour le placer devant l'assiette qui était à terre.

Pendant ce temps, je lui dis :

— Vous aimez les chats, voisine ?

— Moi !... se récria-t-elle d'un ton presque guilleret, mais pas du tout... c'est un animal que je n'ai jamais pu souffrir.

— Il me semble, cependant, qu'en voici une certaine quantité...

— Oh !... ce n'est pas à moi, monsieur.

— A qui donc ?

— A tout le village.

Et, comme je la regardais, étonné :

— Mon Dieu ! oui, reprit-elle, il est peu de Villervillais dont le chat ne vienne plus ou moins rendre visite à la mère François. La preuve en

7

est que je les reconnais, que je les appelle chacun
par le nom de son maître. Celui-ci, c'est Pierre
Aubert ; celui-là, c'est Charles Francin ; ce gros
noir, feu Prentout ; cette petite blanchette, la
Guillemaine.

Et puis, il y a les autorités : je vous présente
M. l'adjoint, M. le maire ; un peu plus loin, ce
sont les deux Lamidey... Je compte jusqu'à trois
Manoury.,. Allons ! Manoury premier, faites place
à monsieur mon voisin... Allons donc !

Le Manoury en question, superbe matou à l'œil
vert, se cramponnait energiquement à la chaise
sur laquelle il feignait de dormir encore d'un
sommeil hypocrite ; ce ne fut qu'après un assez
long combat qu'il consentit à me la céder enfin:

Je m'assis donc ; la singulière vieille continua :

— Il faut d'abord que vous le sachiez, monsieur,
les chats de Villerville ne sont pas des chats
comme les autres chats. On ne songe nullement à
leur gîte, à leur nourriture encore moins. Attra-
pez des souris, et dormez à la grâce de Dieu. Des
chats sauvages, monsieur, de vrais petits léo-
pards. Et des mœurs ! Aussi malgré la famine, la
froidure, les batailles et les persécutions de toute
espèce, la gente féline se multiplie dans des
proportions effrayantes. Ils sont maigres !... Ah
si je n'étais pas là! Le premier sur lequel je m'api-
toyai, ce fut un certain matou qui semblait ci

avoir vu des grises. OEil poché, oreille en lam-
beaux, train de derrière hors de service. Je le re-
cueillis presque mourant, je le soignai, je le remis sur ses pattes. Il commençait même à
engraisser, lorsqu'un beau matin il disparut.
« Tant mieux ! me disais-je, m'en voici débarras-
sée ! » Hélas ! non, monsieur. Le soir même, il revint... et pas seul. Il me ramenait un camarade,
auquel il avait sans doute vanté le logis, et qu'il
se permit de me présenter sans façon. Je voulus
tout d'abord chasser l'un et l'autre... mais il ge-
lait à pierre fendre. Je me résignai à attendre jusqu'au lendemain... Imprudente ! Ce second chat,
c'était une chatte... Cette chatte, c'était l'épouse
du premier chat. Oui... monsieur... le lendemain
matin, je trouvais six petits chatons dans mon
coffre à bois. La mère et les enfants se portaient
bien ; le papa se prélassait fièrement, et semblait
me dire merci. Comment renvoyer cette famille !
Les petits, d'ailleurs, étaient si gentils ! Je les éle-
vai donc. Je les adoptai. Ils égayaient ma so-
litude, ils causaient et jouaient avec moi, ils me
faisaient sourire. Et c'est si bon, quand on n'en a
plus l'habitude ! Néanmoins, je ne voulais pas les
impatroniser chez moi, et sitôt qu'ils eurent
grandi, je les donnai dans le voisinage. Mais ils
agirent comme monsieur leur père, ils m'amenè-
rent à leur tour leurs enfants. De plus, ils jasè-

rent dans les environs, ils apprirent à tous leurs
pareils que la maison était bonne, hospitalière,
bien fournie en pâtée, toujours chaude en hiver.
Il en résulte que lorsque ces messieurs se trou-
vent par trop mal chez eux, lorsqu'ils ont par
trop à souffrir du froid ou de la faim, lorsque les
matous se sentent indisposés, les chattes dans
une situation intéressante, il se disent tout simplement : Allons chez la mère François !

— Mais c'est effrayant ! me récriai-je enfin.
Comment... tous les chats du village ?...

— Oh ! non, monsieur... pas tous ; les négligés
seulement et les malheureux. Ils ne viennent
d'ailleurs que de temps en temps, chacun à son
tour ; ils s'entendent pour ne pas être indiscrets.
Quant aux petits, sitôt qu'ils peuvent courir tout
seuls, ils s'en vont d'eux-mêmes, et parfois sans
me dire adieu, ni à moi ni à leur mère, les ingrats ! Hélas ! c'est là l'histoire aussi de nos enfants, à nous autres pauvres femmes ! Il ne faut
pas compter sur la reconnaissance des gens, à
plus forte raison sur celle des animaux. Je ne leur
en veux donc pas, et leur fais bonne mine au retour. Par exemple, défense expresse de monter
là-haut ; c'est ma chambre à moi, c'est mon sanctuaire ! Ici, libre entrée, table ouverte. Les voisines m'apportent leurs reliefs, et chaque matin,
régulièrement, j'en compose une soupe spéciale

pour mes pauvres amis affamés. Ce n'est pas
tout : l'hiver, par les rudes temps de neige et de
bise, je leur fais du feu, s'il vous plaît! et pour la
nuit tout entière. Ils le savent bien, allez! et, j'en
suis certaine, entre eux, dans leur langage, ils
m'appellent aussi la mère aux chats. Ça a tant
d'instinct, ces bêtes-là! ça devine si vite! Voyez
plutôt le dernier venu, votre protégé. Il a le ven-
tre plein maintenant... Le voilà qui se détire et se
pourlèche tout à son aise, le voilà qui se couche
sur la brique chaude et qui s'endort en faisant
ronron. Ne dirait-on pas qu'il se sent déjà chez
lui?... Pauvre petit... Parisien! Vous permettez
que je le baptise ainsi... n'est-il pas vrai, monsieur? C'est l'habitude de la maison.

Je m'empressai de donner mon consentement,
et durant quelques minutes encore, l'entretien
continua sur ce ton de plaisanterie. Dire ce qu'il
y avait de naïve originalité, de bonhomie touchante dans le babillage de la mère François, ce
serait impossible. Je me retirai donc, enchanté
d'elle, et me disant :

— Quelle bonne vieille!... Me voilà devenu presque son ami... Ce sera bien le diable si, d'ici à la
fin de la saison, je n'ai pas découvert toute la vérité!

V

En dépit de cette assurance quelque peu présomptueuse, des semaines, des mois s'écoulèrent sans que je fusse plus avancé que le premier jour.

J'étais au mieux, cependant, avec la mère François ; je causais souvent avec elle, tantôt par-dessus la haie qui séparait nos deux jardins, tantôt au seuil de sa porte ou dans les fréquentes rencontres que le hasard nous ménageait aux environs.

A mesure que nous devenions plus intimes, les prétextes d'entretien se multipliaient tout naturellement. D'abord, elle me donnait des nouvelles de mon protégé, qui grandissait à vue d'œil et paraissait devoir être un chat de la plus belle espérance. Un peu plus tard, je fus assez heureux pour lui rendre un petit service, je ne sais plus lequel. En revanche, chaque fois qu'elle avait un beau fruit, une fleur curieuse, bien vite elle me les apportait. Je lui prêtais des journaux, des livres. Mais, quant à obtenir une confidence, quant à pénétrer dans la chambre du premier étage, — dans le sanctuaire, — impossible !

Parfois aussi je rencontrais la Guillemaine et sa grimace normande. Elle devinait bien que, moi aussi, j'en étais pour mes frais de curiosité.

Cependant, vers la fin de septembre, il y eut comme un trait de lumière dans cette nuit obstinée. Ce fut à propos d'un incident imprévu, le voici.

L'expédition de Crimée venait de finir, et Villerville avait l'honneur de posséder l'un des héros de cette rude guerre, le général ***; je tais à regret son nom. C'était un enfant du peuple qui, comme tant d'autres partis le sac au dos, avait conquis tous ses grades à la pointe de l'épée, et s'en faisait gloire.

Il avait avec lui sa vieille mère, une simple paysanne restée fidèle au costume franc-comtois, et, sans ostentation, tout simplement, il lui donnait le bras pour aller à la promenade, à l'église.

Le premier dimanche où la mère et le fils passèrent ainsi devant notre porte, il y avait là plusieurs amis qui, tous, admirèrent et furent profondément émus, hormis un de ces esprits chagrins qui, même dans un lys, verraient du noir.

— Bah! fit-il dédaigneusement, c'est de l'orgueil!

Ce ne fut aucun de nous qui lui répondit, ce fut la mère François... qui, elle aussi, se trouvait là,

sur le seuil de sa demeure, et que personne encore n'avait remarquée.

— De l'orgueil! se récria-t-elle avec une exaltation étrange. Oui... Mais du noble et saint orgueil, celui-là! Oh! que sa vieille mère doit être
heureuse!

Et, comme en proie à une sorte de crise ner-
veuse, elle éclata en sanglots.

Nous nous empressâmes de la rentrer dans sa
maison, de la faire revenir à elle.

— Ce n'est rien, balbutia-t-elle alors d'une
voix brisée... Non... rien... je vous remercie,
messieurs... mais laissez-moi... je n'en veux pas
moins aller à la messe!

Vainement on tenta de s'opposer à son dessein.
Elle supplia, elle exigea qu'on lui permît de
partir, et, bien qu'à pas chancelants, elle monta
vers l'église.

Quelques minutes plus tard, j'y étais aussi,
moi, et caché derrière un pilier, je regardais la
mère François.

Constamment tournée vers la place qu'occu-
paient le général et sa mère, elle ne les quittait
pas des yeux, et dans son regard tout plein d'une
envie aussi pure qu'ardente, dans toute sa personne fiévreusement agitée, il y avait encore ce
cri d'un cœur méconnu :

— Oh! le bon fils!... Oh! l'heureuse mère!

Il y a des choses qui sont toute une révélation, il y a des instincts qui ne peuvent pas
tromper.

— Plus de doute! me disais-je : l'exil de la
mère François, ses chagrins, lui viennent de son
fils... et ce fils est un ingrat!

Mais pourquoi? mais comment? Je pressentais
tout un drame, qui restait encore dans l'ombre.

VI

Un jour je ne vis personne dans le jardin, je
n'entendis aucun bruit dans la maison.

— Serait-elle malade? pensai-je avec effroi...
Serait-elle...

Tout à coup, sa fenêtre s'ouvrant, elle vint s'ac-
couder au chambranle.

— Eh ben, donc.! mère François qu'est-ce qu'il
y a?

— Je me suis sentie trop faible aujourd'hui
pour descendre, me répondit-elle, et ce soir encore...

— Voulez-vous que j'aille un peu vous tenir
compagnie là-haut?

Quelque chose comme un sourire passa sur

7.

son blême visage. Après un silence, elle me fit signe de monter. Je vous laisse à penser si je
m'empressai d'obéir.

La fameuse chambre du premier étage était
bien telle que la Guillemaine me l'avait décrite :
ameublement d'une simplicité presque monasti-
que, ordre parfait, propreté flamande.

Assise sur une chaise basse, la mère François
tournait le dos à la fenêtre, au rebord de laquelle,
sur un oreiller plus blanc que neige, elle appuyait
sa tête à demi renversée en arrière.

Au-dessus de cette pauvre vieille tête, qu'un
peintre aurait pu souhaiter comme le modèle
d'une sainte Anne à l'agonie, les rideaux s'agitaient au vent du soir sur les pampres d'une vi-
gne déjà bronzée par l'automne.

Dans l'éloignement, par-delà les arbres du ver-
ger, on apercevait l'embouchure de la Seine, en
ce moment d'un ton grisâtre, et plus haut, à l'extrémité des falaises crayeuses de l'autre rive, les
deux phares de la Hève qui s'allumaient au milieu
d'un ciel presque violet. Tout cela était calme, silencieux, vaguement triste.

— J'ai bien mal à la tête, me répondit la mère
François, tandis que je serrais sa main froide et
sèche comme un vieux parchemin. Mais il n'y paraîtra plus demain, vous verrez ? Oh ! les femmes
de ma trempe ont la vie dure.

— Je l'espère bien ! m'écriai-je. Oh ! oh ! vous irez jusqu'à cent ans.

— Je ne le souhaite pas, fit-elle.

— Mais pourquoi donc ça ?

Elle se contenta de lever les yeux au ciel et de sourire. Que de découragement dans ce sourire-là !

Je m'efforçai de l'égayer un peu, de la faire causer... mais inutilement. La morne atonie dans laquelle elle restait plongée, ne semblait pas vouloir du réveil.

Cependant, je ne perdais pas de vue les deux portraits que j'avais bien reconnus dès mon entrée, mais dont je n'osais pas me rapprocher encore.

Je me levai enfin, et marchant çà et là par la chambre :

— Mère François, hasardai-je, vous êtes par trop mystérieuse... voyez-vous bien... avec moi surtout qui suis un ami... un véritable ami... parole d'honneur ! Si je connaissais la véritable cause de votre mélancolie, je trouverais peut-être quelque bon raisonnement capable de la dissiper ?... Qui sait même ?... il doit y avoir un moyen de vous refaire une heureuse vieillesse !

Elle ne répondit pas ; m'avait-elle entendu ?

J'étais arrivé à la cheminée, je m'y accoudais maintenant, le regard au niveau des portraits,

C'étaient deux miniatures, peintes avec assez de talent et dans lesquelles, sans même connaître les originaux, on sentait la ressemblance.

Tout en continuant de parler de choses et d'autres, j'examinais attentivement les traits du vieillard, puis ceux du jeune homme ; je cherchais à deviner leur caractère, leur position sociale, leur histoire.

Le père avait une de ces bonnes figures bourgeoises, un peu éteinte, un peu marquée au coin de la routine et de l'entêtement, mais franche, loyale, avenante. Un honnête homme.

Etait-ce par suite de mes soupçons à l'égard du fils ? le second portrait fut loin de m'impressionner aussi favorablement que le premier. Ainsi que le pensait la Guillemaine, un certain air de famille existait cependant entre eux. De plus, ce jeune homme avait été peint à vingt et quelques années tout au plus, à l'âge où le vice et les mauvais sentiments n'ont pas encore gravé sur le visage leur flétrissante empreinte.

Mais il suffisait de voir cet œil en saillie, ce nez presque droit, cette lèvre déjà hautaine, ce menton extraordinairement développé, pour pressentir un naturel égoïste et vaniteux à l'excès, de la sottise et de l'ambition, des instincts despotiques en même temps qu'une extrême faiblesse. Il n'avait rien de repoussant, loin de là : moins la gran-

deur et le génie, cette tête rappelait celle de
Louis XIV.

Tandis que mon examen se prolongeait ainsi, la
mère François demeurait immobile; elle semblait
de plus en plus m'oublier. Je résolus de renouve-
ler l'attaque, et directement cette fois.

— C'est là votre mari... demandai-je tout à
coup... votre mari, n'est-ce pas, mère François?

— Oui... répondit-elle enfin d'une voix lente et
comme on parle en un rêve... oui... un bon mari...
le meilleur des hommes... Ah!... pourquoi donc
m'a-t-il laissée seule ici-bas? Ce fut là mon premier malheur!

— Allons! allons! repris-je en m'armant de
courage; vous n'êtes seule que parce que vous le
voulez bien... Il vous reste un fils, car c'est votre
fils, ce beau jeune homme-là, n'est-ce pas?... et
s'il vous savait souffrante, il accourrait. Voulez-
vous que je lui écrive, à votre fils?

A ce mot, sur lequel j'avais élevé la voix à dessein, la pauvre vieille se réveilla comme en sursaut, se redressant de toute la hauteur de sa
taille :

— Mon fils! s'écria-t-elle avec une expression
déchirante. Qui vous a dit que j'avais un fils...
Un fils, moi! ça n'est pas vrai... je n'ai plus de
fils... je n'en ai jamais eu, jamais!

Elle était devenue livide, un tremblement convulsif l'agitait, son regard m'effraya. Je m'élançai vers elle et la soutins dans mes bras ; il était temps, elle tombait...

Ce ne fut pas sans peine que je parvins à la calmer, à la rasseoir sur la chaise basse, à reposer sur l'oreiller sa pauvre tête éperdue.

Alors, comme énervée par cet accès de désespoir, elle redevint complétement immobile, elle se prit à pleurer ainsi qu'un enfant.

Et c'était mon indiscrétion, ma maudite curiosité, qui lui avaient fait tant de mal ! Je m'agenouillai devant elle, et, réchauffant dans les miennes ses deux mains glacées, je lui dis :

— Pardon, mère François, pardon !... je vous promets maintenant de respecter votre secret... je ne vous parlerai plus de cela...jamais...je vous le jure !...

Elle se souleva à demi sur le coude, et, me regardant avec l'expression d'un doux reproche :

— A cette condition-là, nous resterons amis, murmura-t-elle. Mais, je vous en supplie, tenez votre promesse. Il y a des jours où ma pauvre tête est bien faible...Il y a des souvenirs qui tuent !

Quelques minutes plus tard, obéissant à sa prière, je me retirai.

Pauvre mère François ! toute brisée qu'elle était, elle avait voulu m'accompagner jusqu'à la porte de sa chambre, et comme preuve qu'elle ne

me gardait pas rancune, au moment où déjà je re-
descendais l'escalier, elle me rappela pour me
me tendre la main.

— Non ! me disais-je alors, oh ! non, je ne tou-
cherai plus à ce douloureux passé, à cette mystérieuse blessure qui saigne toujours ! Je ne saurai
rien, soit !... Je ne veux rien savoir... mais, comme
dit la Guillemaine, je n'en aimerai pas moins la
mère François !

Hélas ! je ne me doutais guère qu'à quelques
jours de là ce drame allait se dénouer, et d'une
façon terrible.

VII

C'était par une belle matinée de septembre ; je
venais de louer une carriole et m'en allais à Trouville.

Au premier détour du chemin, je rencontrai ma
vieille voisine qui, pédestrement et dans sa toilette des dimanches, semblait commencer la même
excursion.

— Hé ! bonjour, mère François... Est-ce que
vous partez pour Trouville, aussi ?

— Oui..., voisin...

— Ça se trouve à merveille. Montez donc avec
moi, je vous mène et vous ramène.

Après une courte résistance, elle se décida à
accepter la place offerte. Le voyage s'effectua des
plus gaiement.

Rien de plus charmant, d'ailleurs, que cette
route qui serpente constamment entre de grandes
haies vives, à travers lesquelles on aperçoit, dans
de vastes cours plantées de pommiers, de bonnes
grosses vaches normandes au regard amical et
curieux.

D'un côté, ce sont des collines et des vallons
du plus pittoresque effet, une petite Suisse ; de
l'autre, de fréquentes échappées sur la mer.

Çà et là, des bouquets de bois ou de riantes
chaumières à demi cachées dans le feuillage. Partout de frais ruisseaux qui, tantôt cascadant sur
les cailloux, tantôt se jouant parmi les herbes,
égaient de leur chanson le chemin que parfois ils
traversent. Et toute cette admirable nature commençait à revêtir sa belle robe diaprée de l'automne ! Et sous les rayons d'un resplendissant
soleil, c'étaient partout de magiques reflets : dia-
mants sur les eaux, émeraudes parmi la verdure,
topazes et rubis aux flancs déjà replets des fruits
presque mûrs. Jamais on n'avait vu voleter plus
d'insectes s'enivrant de lumière, jamais on n'a-
vait entendu plus de gazouillements d'oiseaux. Le

moyen de ne pas oublier toutes ses tristesses au milieu de ce paradis !...

Aussi la mère François n'était-elle plus la même femme. Elle causait, souriait, s'animait; elle semblait rajeunie de vingt ans.

Nous arrivâmes donc à Trouville dans les meilleures dispositions du monde.

Il fut convenu que chacun irait à ses petites affaires et que, vers trois heures, on se retrouverait à l'auberge où je laissais le cheval.

J'eus terminé mes visites plus tôt que je ne l'espérais, je fus de retour le premier au rendez-vous.

A cette époque de la saison, à cette heure du jour, Trouville offre le spectacle le plus mouvementé, le plus chatoyant, le plus merveilleux que puisse donner une ville de bains. En attendant, je regardais défiler devant l'hôtel cette joyeuse foule accourue de tous les pays, cette cohue brillante où se parlent toutes les langues. Luxueux équipages, chars-à-bancs babillards, cavalcades de chevaux, cavalcades d'ânes, alertes piétons, couples joyeux, familles en fête... combien en vois-tu passer dans les rues, dans les promenades et sur la plage, ô Trouville, durant ces deux mois, chacun composé de trente dimanches !

J'en étais là de mes réflexions, lorsque, trois heures sonnant, je vis arriver enfin la mère François.

— Avez-vous terminé toutes vos petites com-
missions, voisine?

— Il m'en reste encore une... mais c'est là,
presque en face, chez ce pharmacien, pour la
Guillemaine dont l'enfant est malade.

— Très-bien! ne vous gênez pas... je vais faire
atteler.

Elle traversait déjà la rue. En ce moment arrivait à toute bride un fringant équipage de fantaisie, conduit par le maître en personne.

La mère François avait juste le temps de passer, mais au cri de gare que jeta le gentleman au-
tomédon, elle releva tout à coup la tête, et, chose
étrange, resta immobile.

Effrayé de cette imprudence, je me précipitai
vers elle, je la saisis vivement, je la contraignis
à reculer. Elle s'affaissa dans mes bras en murmurant :

— Lui! lui! Mon fils!

Je regardai aussitôt le maître de la voiture, et
quelque rapidement qu'il précipitât la course de
ses chevaux, je reconnus en lui l'original de l'un
des deux portraits.

Le malheureux! peu s'en était fallu qu'il n'écra-
sât sa mère!

Peut-être même l'avait-il blessée! Car elle ne
donnait aucun signe de vie, car rien ne me prou-
vait encore qu'elle n'eût pas été atteinte.

Ainsi qu'il arrive en semblable circonstance, un groupe nombreux s'était rapidement formé, dans lequel chacun gesticulait et parlait à la fois. Aidé de quelques bras obligeants, je transportai la pauvre femme chez le pharmacien.

Il s'empressa de la secourir, et tout d'abord, comme elle restait sans connaissance, de rechercher en quel endroit elle pouvait avoir été frappée. Tout à l'entour, un anxieux et profond silence.

— Rien! dit enfin la voix dont on attendait l'arrêt. Absolument rien. Sa robe a été à peine effleurée par la roue. La surprise seulement... la terreur.

— Ah! fit quelqu'un à côté de moi. Ah! tant mieux... C'eût été horrible!

Je regardai celui qui parlait ainsi, et reconnus Ernest T.... un de nos anciens confrères qui, désertant la littérature, s'était lancé depuis longtemps déjà dans le hasardeux tourbillon de la Bourse.

— Tu connais donc cette femme? lui demandai-je.

Et comme une certaine hésitation se lisait sur son visage, j'ajoutai :

— Oh! tu n'as pas besoin de faire le discret avec moi... je sais... je devine... Hormis le nom d'un fils ingrat.

— Eh !... c'est l'un de nos plus fameux bour-
siers... le baron des Genets !

— Un millionnaire... un baron... Et sa mère ?..

— Chut !...

Nous nous retirâmes à l'écart, et tandis que le
pharmacien faisait prendre un cordial à la mère
François, Ernest T... poursuivit à voix basse :

— D'abord et d'une, il n'est pas plus baron que
toi et moi. L'orgueil, la vanité, les prétentions
aristocratiques de madame son épouse et de mademoiselle sa fille, deux grandes dames... comme
il y en a tant !

— Mais il est riche au moins.

— Oh ! quant à cela, très-riche. Il vien' d'acheter ce magnifique château, à deux pas d'ici... près
d'un million ! Comme ils vont enrager en se retrouvant pour voisine la veuve du bonhomme
François Bacherot, le maître maçon du Petit-
Montrouge !

— Quoi ! c'était là l'obscure profession du père..

— Eh ! mon Dieu ! oui... Mais des écus. La
bonne femme abandonna tout à monsieur son fils
afin qu'il pût réaliser ce qu'on appelle un beau
mariage. De ce mariage, la terre des Genets. On
signa d'abord Bacherot des Genets... puis B. des
Genets... puis enfin, baron, baronne des Genets.
Et les flatteurs ont applaudi, moi tout le premier :
il me fait gagner de l'argent.

« Mais après cela, comment ne pas rougir de
la maman Bacherot, qui s'obstinait à rester fidèle
à sa toilette moins que bourgeoise. On la contraignit bien à porter chapeau, cachemire, etc. Elle
était ridicule ainsi. On commença donc par la
consigner dans sa chambre les jours de grand
gala. Puis, peu à peu, comme sa chambre avoisi-
nait trop le salon, et que d'ailleurs elle ne se plaignait jamais, on la relégua dans les combles, à
côté des domestiques.

« Oh! ce qu'elle a enduré d'avanies, de misères... ce qu'elle a dû souffrir... c'est incalculable.
Le baron et la baronne y mettaient cependant encore quelque retenue, quelque pudeur; mais leur
fille!... mais Athénaïs! En voilà un monstre! Elle
n'avait pas dix ans qu'elle dédaignait déjà sa
grand'mère et la tenait à distance... comme indigne d'elle. Un jour elle la renia. « C'est ma vieille
« bonne!...» dit cette petite harpie. Elle allait avoir
quinze ans!

« Bref, Mme Bacherot disparut tout à coup.
« Elle s'est retirée dans une de nos terres, » dit le
baron à ses anciens amis, mais avec un certain
embarras. Oh! j'en étais bien certain, moi, qu'à
bout de patience enfin, à bout de force et de larmes, elle avait rompu son ban, elle s'était affran-
chie d'un supplice d'autant plus cruel qu'elle
chérisait encore ses bourreaux!

« Mais, chut ! j'ai besoin de M. le baron, et ne veux pas même qu'il puisse soupçonner que j'aie reconnu sa mère... Adieu ! »

A ces mots, Ernest T... me serra furtivement la main, et se perdit dans la foule qui encombrait encore la pharmacie.

Étonné de cette brusque retraite, je me retournai vers la porte qui se refermait au même instant, et je compris.

Le baron des Genets revenait sur ses pas.

VIII

Pour tout autre que pour moi, la seule émotion qui se lût sur son visage était l'hésitation, l'embarras du gentleman qui, craignant d'avoir occasionné un malheur, s'est imposé le devoir de venir aux informations lui-même.

Quelques mots suffirent pour le rassurer, quant au côté matériel de l'aventure. Restait le danger moral, l'appréhension de se voir démasqué, de s'entendre dire tout à coup : François Bacherot, c'était ta mère !...

Aussi son regard, errant çà et là, questionnait-il tour à tour chacun des visages inconnus qui se trouvaient là. Ce fut à qui lui rendrait son salut, le plus grand nombre avec déférence, les autres pour le moins avec politesse.

Quant à moi, je me tenais à l'écart; quant à la mère François, elle était toujours évanouie.

— Mais où donc est cette pauvre femme? osa demander enfin le baron des Genets avec une bonhomie presque souriante.

L'assistance toute entière s'était écartée; le fils et la mère se trouvaient face à face, après une séparation de dix ans!

M. François Bacherot ressemblait encore à son portrait, mais dans des proportions très-développées. Figurez-vous une sorte de Joseph Prud'homme, au large poitrail, à l'abdomen proéminent, au visage tout boursouflé de sa prétendue importance. Il était vêtu avec une extrême recherche et tout en nankin, ce qui lui donnait comme une couleur d'or.

Ce n'était pourtant qu'un sot, ce ne devait pas être un méchant homme. A la vue de celle qu'il avait sans doute promis de ne pas reconnaître tout haut... à l'aspect de ce blême et maigre visage si profondément altéré par le chagrin, un remords soudain s'éveilla dans son cœur. Il rougit et pâlit tour à tour, il eut comme un premier mouvement pour s'élancer vers la pauvre femme, pour tomber à ses genoux, pour lui demander pardon.

Mais non... tous les regards étaient fixés sur lui... L'orgueil fut le plus fort.

Il détourna donc la tête. et tout en cherchant son portefeuille afin de se donner une contenance :

— Messieurs, demanda-t-il, quelqu'un de vous connaît-il... cette personne?

Je m'avançai, je répondis :

— Cette personne... se nomme Mme François. Elle habite Villerville, et, dès qu'elle sera en état de remonter en voiture avec moi, je compte l'y reconduire.

— Ah! c'est donc vous qui l'avez amenée ici?

— Oui, monsieur.

Ses regards n'avaient pas quitté les miens. comme s'il se fût efforcé d'y lire si je ne soupçonnais pas la vérité.

Contraint de baisser enfin les yeux, mais sans cesser pour cela de m'épier en dessous, il inscrivit sur son carnet le renseignement que je venais de lui donner.

— Villerville... Mme François... très-bien! disait-il en même temps. Je lui dois une indemnité. elle l'aura... mais en attendant, je vous serais infiniment obligé , monsieur, de vouloir bien lui faire accepter ceci.

Il me présentait un billet de banque.

Je refusai du geste, et répondis :

— Mme François n'en est pas encore réduite à

recevoir l'aumône, monsieur... c'est une âme fière !...

Cette fois il n'osa pas soutenir mon regard, et s'empressa de battre en retraite. Mais, comme c'était un habile comédien, il voulut se donner le luxe d'une sortie théâtrale : il se retourna vers l'assistance, presque entièrement composée de gens du peuple et de petits bourgeois, afin de faire étalage de pompeuses promesses et de saluts protecteurs.

Malheureusement pour lui, la pauvre femme commençait à reprendre ses sens. Instinct du cœur ou vision réelle, elle entr'ouvrit les yeux, elle souleva ses deux mains tremblantes, elle murmura vaguement un nom que moi seul je pus comprendre.

Déjà le baron des Genets s'était enfui.

La vieille mère retomba dans un autre évanouissement, encore plus profond que le premier.

Et lorsque une heure plus tard elle revint décidément à la vie, lorsqu'elle me retrouva seule auprès d'elle, ses yeux cherchèrent à l'entour, puis se fixèrent enfin sur moi avec une indéfinissable expression de curiosité, tout à la fois suppliante et craintive.

— Ami, questionna-t-elle enfin, est-ce qu'il n'est venu personne ici ?

— Si fait... beaucoup de monde... des matelots, des gens du voisinage, des baigneurs...

— Des baigneurs... Ah !... Mais celui qui a failli m'écraser... celui qui conduisait la voiture...

Avouer la vérité, c'était lui porter un coup cruel encore.

— Non, répondis-je, non, mère François... on ne l'a pas revu, celui-là.

— Ah ! fit-elle tristement, c'était donc un rêve ?

IX

Nous revenions à Villerville, mais dans une situation d'esprit bien différente, hélas ! de celle du matin. Moi-même, péniblement impressionné par la scène dont je venais d'être le témoin, je me sentais du noir plein l'âme.

Quant à la mère François, affaiblie encore, enfiévrée, tout inquiète, tantôt elle se renfermait dans un morne silence, tantôt elle me regardait à la dérobée, comme désireuse de m'adresser une question qui venait toujours mourir sur ses lèvres.

— Vous m'avez trompée, dit-elle enfin, il est venu... Oh !... vous pouvez parler sans crainte. Après une émotion telle que celle que je viens de supporter, rien maintenant ne saurait me faire de mal, au contraire.

Je sentis qu'elle avait raison : il est de ces douleurs qu'on endort en les ravivant, il est de ces blessures qui ont besoin d'être lavées avec des larmes !

— Eh bien !... oui... répondis-je, mais ce n'est pas tout... quelqu'un se trouvait là qui le connaît, qui vous a connue, qui m'a fait une révélation complète !

— Quelqu'un !

— Ernest T...

— Oh ! m'interrompit-elle à ce nom, ne croyez pas tout ce qu'il vous a dit !... C'est un digne garçon, mais sa pitié... son affection pour moi, lui faisaient voir les choses trop à mon avantage. Il vous aura donné mauvaise opinion de mon fils, et je ne veux pas qu'il en soit ainsi... Non... non... je ne le veux pas !...

L'héroïque mère, tout en me regardant avec une physionomie suppliante, avait posé sa main sur les guides afin de ralentir notre marche, afin que je pusse mieux l'entendre me parler avec son cœur.

Nous arrivions, du reste, au bas d'une côte assez rapide ; le cheval se mit de lui-même au petit pas.

— Je vous écoute, mère François, dis-je, me tournant vers elle.

— Croyez-moi, commença-t-elle, mon fils est

meilleur qu'on ne vous l'a dit. Ah ! si vous aviez
pu le connaître quand il était enfant... quelle excellente nature ! Plus tard, la fortune, le désir de
briller, les mauvais conseils l'ont perverti... Mais
au fin fond du cœur... j'en suis bien certaine, il
aime toujours sa vieille mère ! Son seul défaut,
voyez-vous bien, c'est un peu trop d'orgueil.

« Eh ! mon Dieu ! c'est peut-être mon pauvre
mari et moi qui le lui avons donné ce défaut-là...
Nous étions si fiers de lui !... Je n'ai donc pas le
droit de me plaindre, et je ne me plains pas. Lorsqu'on n'est qu'une espèce de paysanne et qu'on a
fait de son fils un grand seigneur, on devient
comme qui dirait une tache dans sa vie, une ombre à son soleil... Et ne serait-ce que par amour,
on doit se tenir à l'écart.

« J'aurais dû le comprendre plus tôt... c'est de
là qu'est venu tout le mal... pourquoi n'en porte-
rais-je pas la peine ? Oui... oui... c'est ma faute à
moi, je vous le dis, rien que ma faute !... »

Que d'abnégation, que de tendresse, que de gé-
nérosité dans cette justification si naïve qu'elle en
devenait presque sublime !

— Mais, observai-je après un silence, vous ne
me parlez pas de Mᵐᵉ la baronne des Genets ?

A ce nom, celui de sa plus cruelle ennemie, la
pauvre vieille parvint à peine à réprimer un premier mouvement de répulsion, de rancune.

Néanmoins, avec le même accent de mansuétude et de douceur, elle me répondit :

— C'est moi-même qui ai voulu ce mariage... il
en est résulté le bonheur de mon fils, voilà l'essentiel. Je lui pardonne, et de toute mon âme, les
petits chagrins qu'elle a pu me causer. D'ailleurs,
une belle-mère et sa bru s'entendent bien rarement, alors surtout qu'elles n'ont pas reçu la
même éducation, qu'elles ne sont pas du même
monde. C'est tout naturel, ô mon Dieu ! c'est dans
l'ordre.

— Soit!... Au moins elle n'est pas de votre
sang, celle-là... mais Mlle Athénaïs?... votre petite-fille!

A cette dernière attaque, la mère François resta
tout d'abord embarrassée. Un hardi mensonge
pouvait seul la sortir de là, un de ces traits d'audace comme savent en imaginer les enfants et les
vieillards.

— Ma petite-fille!... s'écria-t-elle d'un air triomphant, c'est là que je vous attendais. Pauvre chère
Athénaïs!... Mais elle a été élevée, elle a grandi
dans l'espérance d'être un jour duchesse ou marquise. Voyez-vous un peu l'effet qu'aurait produit
dans cette affaire la maman Bacherot?... un véritable épouvantail à maris! J'ai donc voulu disparaître, et j'ai bien fait. On ne m'aurait jamais laissée partir... elle surtout... elle m'aimait tant! Il

8.

est vrai que je le lui rendais bien... le plus tendre
de tous les amours, c'est peut-être celui des
grand'mères! Oh! j'ai joliment pleuré le jour de
mon départ, ou plutôt de ma fuite... car personne
n'en était prévenu, car ils ne l'ont appris que par
une lettre dans laquelle je leur disais : « Jusqu'a-
près le mariage rêvé par ma petite-fille, je me
rends invisible ! » Voilà la vraie vérité, monsieur...
on doit des sacrifices à ceux qu'on aime!...

Bonne mère François!... toutes ces inventions
l'avaient ranimée, elle était redevenue souriante
et fière, au point qu'elle-même avait l'air d'y
croire. Mais il s'en fallait de beaucoup qu'elle
m'eût convaincu. Je craignis de trop le lui laisser
voir, et tout en me penchant de l'autre côté sous
prétexte de rattacher quelque chose aux harnais :

— Ainsi, demandai-je, c'est par pur dévoû-
ment, c'est parce que Mlle Athénaïs est demoiselle
encore...

— Que je reste encore à Villerville, acheva-
t-elle en s'empressant de prendre la balle au bond.
Oui, monsieur... et c'est sans doute pour le même
motif que mon fils a dû feindre de ne pas me reconnaître .. Mais songez-y donc. Athénaïs approche de sa vingt-sixième année... dans ce moment
peut-être elle touche enfin à son but. Aussi, voisin, j'exige de vous deux choses.

— Lesquelles, mère François?

— Premièrement, vous obtiendrez de M. Ernest qu'il ne se permette plus d'indiscrétion, et vous tairez tout ce qu'il a pu vous dire.

— Pour peu que vous puissiez en être contente, mère François... je vous promets cela, je vous le jure!

— Bien... merci... Mais ce n'est pas tout.

— Passons au deuxième article. Voyons, qu'est-ce?

Elle me regarda d'abord en silence. Puis, prenant ma main qu'elle serra dans les siennes :

— Ayez foi dans ce que je viens de vous affirmer et vous affirme encore! dit-elle avec une attendrissante supplication dans la voix, dans le regard. Croyez que mon fils, que mes enfants ne m'ont jamais fait aucun mal, et sont dignes de toute votre estime?

Je promis, je jurai de croire tout ce qu'elle voulut, mais en ajoutant :

— Tant mieux pour M. le baron des Genets! La piété filiale rachète bien des choses. Sans elle, il n'est plus de pardon. C'est le plus sacré des commandements de Dieu, c'est le seul à côté duquel il ait mis une menace!

— Oui... oui... je ne l'oublie pas! balbutia la pauvre mère, qui, toute frissonnante et les yeux au ciel, se mit à prier Dieu. Elle savait bien qu'on ne le trompe pas, lui!

X

Le lendemain matin, comme je me promenais sur la grève, j'entendis deux de nos braves pêcheurs qui se disaient en regardant au large, du côté de Trouville :

— Voici là-bas une barque de plaisance qui pourrait bien avoir repentance de s'aventurer au large...

— Le fait est que ça n'est guère raisonnable... un jour comme aujourd'hui.

Étonné de ce pronostic de mauvais augure, j'en demandai l'explication :

— C'est la plus forte marée de l'année, me répondit l'un.

— Marée d'équinoxe! ajouta l'autre. Elle enjambera le galet... pour certain... et viendra peut-être bondir jusqu'au mitan de la falaise.

— Sans compter que ça monte si vite, ces marées-là! reprit le premier.

— Et sans vous crier : « Gare que je passe! » renchérit encore le second.

— Cependant, observai-je, il me semble que le temps est superbe.

— Possible! mais il vente frais déjà du Nor-
det... Quand reviendra le flot, vous verrez!

— Ainsi donc, vous ne vous hasarderiez pas à
la pêche, vous autres?

— Assurément non...; la preuve en est que
toutes nos *plates* sont à l'abri dans le port d'Honfleur.

Effectivement le mouillage où s'attérit ordinairement la flottille villervillaise, restait complètement désert : les deux ou trois canots de débarquement avaient été remisés au plus haut des
criques.

— Quant à cette péniche-là, reprit le plus âgé
des marins, c'est probablement des Parisiens qui
la montent et quelques risque-tout de Trouville
qui les conduisent. Ah! ça braverait le diable en
personne pour gagner un écu!

— Dieu me pardonne! s'écria l'autre, on dirait
qu'ils veulent aborder landret!

J'avais suivi la direction de leurs regards, exa-
minant aussi l'embarcation taxée d'imprudence.

Sa forme était des plus coquettes. Un joyeux
soleil faisait briller comme jais son noir bordage,
et rendait blanche comme neige sa voilure gonflée
par la brise. Elle portait une demi-douzaine environ de passagers, dont deux passagères abritées
sous des ombrelles roses.

Ainsi que l'avaient prévu mes deux Villervil-

lais, nous la vîmes bientôt s'approcher du rivage,
et, comme la mer était en ce moment presque
basse, échouer dans l'une des petites baies sa-
blonneuses de la moulière.

Deux matelots, ou plutôt deux lamaneurs, en
descendirent alors, et l'amarrèrent à quelque
pointe du rocher. Ils aidèrent ensuite au débarquement de deux hommes, dont l'un portait la
livrée, puis à celui des deux dames aux roses
ombrelles.

La petite caravane parut se diriger précisément
vers nous ; les deux matelots marchaient en avant
pour indiquer le chemin le plus sec ; les deux passagères sautillaient de droite et de gauche afin
d'éviter les flaques d'eau ; le maître et le domestique formaient l'arrière-garde.

Mes Villervillais ne tardèrent pas à reconnaître les deux guides.

— Tiens ! firent-ils avec une méprisante répulsion, c'est les Guérin...

— Qu'est-ce que ces Guérin ?

— Les fils au vieux retraité de chez nous...
deux mauvais gâs qui se sont fait chasser du
pays.

Au moment même où j'allais demander pourquoi, j'en fus distrait tout à coup par une vive
surprise. Moi aussi je reconnaissais quelqu'un,
M. le baron des Genets !

C'était lui... c'était bien lui qui venait de débarquer sur notre plage. Ses deux compagnes devaient être sa femme et sa fille!... Quel intérêt, quelle nouvelle infamie les amenait?

Je me dissimulai de mon mieux derrière nos deux pêcheurs, et, tout en les retenant par je ne sais plus quelle histoire, j'observai de loin les arrivants.

Parvenus à une sorte d'îlot sablonneux, le baron et ses deux compagnes s'arrêtèrent comme pour se concerter entre eux, tandis que leur valet d'une part et, de l'autre, les frères Guérin se tenaient à distance respectueuse.

Une certaine animation se remarquait dans le groupe principal; la pantomime des trois personnages dont il était composé, pouvait se traduire à peu près ainsi :

— Voici le moment de jouer votre rôle, disaient les deux femmes en indiquant le village. Voici votre chemin... allez vite !

— Au moins, venez avec moi, sollicitait le baron, en qui se devinait de la répugnance, de la honte, presque de la peur.

— Non! refusaient obstinément la baronne et sa fille Athénaïs. Non, monsieur... c'est convenu ainsi... Nous vous attendrons à l'endroit que vous savez bien... (Elles lui montraient le sentier qui mène au hameau de Criquebœuf.) De la fermeté,

du courage… Allons, allons… faites vite ! Nous
le voulons !

Le fils de la mère François s'inclina enfin de
l'air de quelqu'un qui se résigne, qui obéit, mais
à contre-cœur, et, faisant signe aux Guérin de le
précéder, il se dirigea à pas fiévreux vers la montée caillouteuse au sommet de laquelle on aperçoit les premières maisons du village.

Ce chemin l'obligeait à passer assez loin de
moi. Mais il n'en fut pas ainsi des deux dames.

Précédées de leur domestique qui portait tout
un attirail de paysagiste, elles ne tardèrent pas à
s'offrir à mon regard. De plus, comme elles che-
minaient assez lentement, avec une sorte de mystérieuse allure, j'eus tout le loisir de les examiner
à mon aise.

Mme la baronne des Genêts conservait des prétentions au titre de jolie femme. Mais les subterfuges de sa coiffure ne parvenaient plus à dissimuler la raréfaction de ses cheveux, autrefois
blonds, et qui déjà prenaient une nuance douteuse. La teinture des cils et des sourcils attestait trop vigoureusement leur absence. Imaginez
du verjus sucré, tel était l'effet de son regard.

Certaines rides sont respectables, aimables
même, mais non point celles qu'une humeur aca-
riâtre, ambitieuse et despotique, avait inscrutées
sur la presque totalité de ce visage, dont on van-

tait hier la fraîcheur et qui se couperosait aujour-
d'hui, qui se marbrait de flétrissures étranges.

Les joues enfin se tourmentaient, et les ailes
des narines, se relevant outre mesure, simulaient
tout à l'entour de la bouche présomptueuse une
sorte d'accent circonflexe sous.lequel s'éteignait le
sourire.

Quant au reste de sa personne, c'était une
femme petite et grasse, mais d'un embonpoint
mal situé. De plus, elle portait des corsets très-
montants, très-longs, très-sanglés et très-raides,
qui faisaient ressembler l'étoffe plus que tendue
dont ils étaient recouverts au pourpoint de quelque bourgmestre flamand, à la cuirasse bien remplie d'un gros burgrave.

Néanmoins, comme elle était toujours luxueuse-
ment parée, comme elle s'adjoignait dès le matin
beaucoup de blanc, beaucoup de rouge et des dents
plus belles que nature, ceux qui empruntaient de
l'argent à son mari lui faisaient encore la cour.

Passons à Mlle Athénaïs.

C'était une grande fille osseuse et maigre, à la
taille carrée, aux longs pieds plats, aux longues
mains disgracieuses, une de ces créatures revê-
ches qui ont toujours des engelures en hiver, des
cors en été, en toute saison des durillons au cœur
et du venin partout. Rien de franc, rien de généreux, rien de jeune.

En revanche, de l'arrogance, de mauvais instincts, un impitoyable égoïsme. Sa vue m'impressionna comme celle d'une araignée, comme celle d'une couleuvre. Elle n'était pas, cependant, d'une laideur absolue ; peut-être même que je la voyais à travers les cruelles paroles qui m'avaient été redites, à travers les larmes de la mère François ? Mais non. Il fallait bien qu'elle inspirât une répulsion générale, puisque, malgré tous les artifices de la toilette, malgré sa coquetterie et ses millions de dot, elle cherchait encore un épouseur... à vingt-cinq ans !

Il est vrai qu'elle ne voulait pour le moins qu'un comte ou qu'un marquis. Pauvre marquis ! pauvre comte !

Au bout de quelques secondes d'arrêt, la baronne m'aperçut tout à coup, soupçonna mon examen, et prompte à s'y soustraire :

— Hé !... cria-t-elle à son domestique, pressez donc le pas... Comtois !

On l'avait rebaptisé Comtois !... Pourquoi pas tout de suite Mascarille ou Labranche ?

Aussitôt qu'il se fut hâté d'obéir, ses deux maîtresses remirent en mouvement les innombrables flots de soie dont elles avaient escorté leurs mantilles de dentelle et leurs coiffures cavalières. Puis, se dissimulant derrière leurs ombrelles, elles s'éloignèrent rapidement.

Un instant je fus tenté de les suivre. Mais l'intérêt que je portais à la mère François m'attirant tout d'abord sur les pas de son fils, je me retournai vers le village.

Déjà M. le baron des Genets disparaissait au tournant du chemin creux. Il ne pouvait plus me voir, je m'élançai sur sa piste.

XI

En arrivant aux premières chaumines, je retrouvai mon baron, ou du moins je l'aperçus de nouveau. Arrêté à l'angle de l'autre rue, il questionnait un paysan, sans doute sur la demeure de la mère François.

A peine eut-il pris le chemin indiqué, que je courus à mon tour jusqu'à la *carre*, comme on dit sur la côte normande, et que là, m'avançant avec précaution, je regardai.

Il allait atteindre la maisonnette ; mais sa marche, bien que rapide, devenait hésitante. Arrivé devant la porte, il fit une seconde pause... Puis, avec le geste d'un homme qui se fait violence, il entra.

Stimulé par une force inconnue, je bondis aussitôt jusqu'à la fenêtre.

Seul dans la salle basse, le baron paraissait attendre que quelqu'un se présentât à ses regards. Il alla jusqu'au jardin, il revint sur ses pas, il appela à demi-voix.

Une voix répondit d'en haut... la voix de sa mère... car il tressaillit tout à coup, releva la tête vers le plafond formé d'une seule rangée de planches, et, triomphant d'une appréhension suprême, il se dirigea vers l'escalier.

On le sait, ma maison était contiguë à celle de la mère François. Je n'eus donc que quelques pas à faire pour rentrer chez moi, pour monter également à la chambre d'en haut, pour appliquer à la cloison mitoyenne une oreille anxieuse.

Un cri m'arriva presque aussitôt... un cri déchirant... un cri de la mère François.

Puis... plus rien !

La muraille, bien qu'elle ne fût qu'un simple refend de briques, me permettait d'entendre les exclamations, non point les paroles.

J'en étais bien certain, cependant, la mère et le fils se trouvaient en présence. Quel nouveau sacrifice venait-il lui proposer ? Que se passait-il entre eux de l'autre côté de ce mur maudit ?

Le temps qui s'écoula ainsi, je ne saurais le dire. Une heure, deux heures peut-être. J'allais,

je venais, j'écoutais de nouveau. Dans le murmure confus qui maintenant parvenait jusqu'à
moi, — car les deux voix s'étaient graduellement
élevées, — je ne distinguais rien... rien que parfois un cri d'emportement du fils ou bien un sanglot de la mère.

Je n'y pus tenir enfin, je sortis... et, guidé par
le souvenir de certain geste adressé par les deux
femmes à leur complice, lors du débarquement,
je me mis à la recherche du rendez-vous où ils
devaient se retrouver tous les trois.

— Peut-être serai-je plus heureux de ce côté-
là? pensais-je en chemin. Peut-être surprendrai-je
quelque chose qui m'aidera à sauvegarder ma
vieille voisine, à la défendre...

Il était environ midi. Le gai ciel du matin se
voilait de nuées menaçantes. Une étrange lour-
deur planait dans l'atmosphère. Le vent commençait à s'élever, âpre et furtif. Les feuillages étaient
frémissants, les oiseaux se taisaient, comme à
l'approche d'un orage.

Quant à la mer, que j'entrevoyais çà et là à travers les échancrures des haies, elle remontait
déjà, mais calme encore dans ses premiers flots,
à peine moutonneuse vers l'horizon.

En moins d'une demi-heure, j'arrivai à la chapelle de Criquebœuf.

Au centre d'un admirable hémicycle de collines

richement boisées, figurez-vous une pittoresque
ruine tout emmantelée de lierre jusqu'au faîte de
son clocheton gothique. Derrière cette ruine, un
étang qui la reflète, et par-delà cet étang, la plus
verte et la plus gracieuse des cours normandes.

De l'autre côté, en avant de la chapelle qui domine le contour de la route, c'est un carrefour ga-
zonneux où viennent aboutir deux jolis sentiers
que bornent de grandes haies vives, un frais val-
lon qu'égaie un moulin, de hauts peupliers dont les
tremblotantes cimes laissent, en s'écartant, entrevoir l'embouchure de la Seine.

Je retrouvai la baronne des Genêts et sa fille
campées au bas du carrefour, tandis que plus
haut, vers le bord de l'étang. M. Comtois, pré-
sentement débarrassé de son fardeau, posait dans
le paysage en effeuillant des marguerites qu'il jetait aux poissons : une idylle.

Assise sur un pliant, à l'ombre du classique
parasol fiché en terre, Mlle Athénaïs peignait ou
feignait de peindre. Pour s'abriter du vent, elle
s'était établie tout contre une haie.

Cette haie se trouvait être celle d'une cour ap-
partenant à la Guillemaine, et dont je connaissais
toutes les issues. Je franchis une barrière, ou
plutôt une barre, comme disent les Normands :
je me rapprochai de la chapelle sans même avoir
besoin de grandes précautions, car l'herbe as-

sourdissait jusqu'au bruit de mes pas ; je me laissai doucement glisser dans le fossé, je m'accou-
dai contre le haut bord, juste en face du parasol,
à dix-huit pouces tout au plus du ruban de cein-
ture de Mlle Athénaïs.

Grâce à l'épaisseur du feuillage, personne ne
pouvait me soupçonner là. J'allais tout voir, et
peut-être tout entendre...

XII

— Eh bien ! demanda la fille à sa mère qui revenait de l'angle de la route, eh bien !... vous ne
l'apercevez pas ?

— Non, ma chère enfant, pas encore...

— Comme il tarde ! Je suis sur des épines. Si
quelque promeneur de Trouville nous surprenait
ici ?

— Oh !... ce croquis justifierait notre présence.

— Oui... mais pour éviter même un soupçon,
nous avons dit à tout le monde que nous n'allions
qu'au Ratier...

On appelle ainsi ce long banc rocailleux qui di-
vise la baie de Seine en deux parties à peu près
égales, et qui, prétend-on, fut autrefois une île.

Aujourd'hui, chaque marée le submerge de toute
sa hauteur, et, dans l'intervalle, il n'est guère
visité que par les canotiers trouvillais ou par les
pékeux de moules.

Avec un dépit de plus en plus impatient, la baronne des Genets répliqua :

— Au Ratier... je le sais... et nous ne manque-
rons pas d'y aborder au retour, quelque temps
qu'il fasse, afin d'être vus revenant de là !...

— Assurément... Mais nous aurions bien pu
nous dispenser de servir d'escorte à monsieur
mon père.

— Y songes-tu ? Seul, il n'eût jamais osé venir,
et s'il ne nous sentait pas là...

— C'est juste. N'importe, je lui en veux.

— De quoi ?

— De sa mère !... Et à vous aussi...

— A moi ?...

— A tout le monde !... Je suis dans une irrita-
tion... Oh ! c'est certain... j'aurai ce soir ma
crise !

— Et moi donc,.. ma migraine !...

— Si vous alliez regarder encore du côté du
village...

— J'en arrive.

La guerre devenait imminente entre la mère et
la fille, lorsque celle-ci, faisant volte-face d'un air
boudeur, s'écria tout à coup :

— Le voici !

Effectivement, c'était le baron. Au lieu d'avoir pris la grand'route, il arrivait par le sentier de la dune. Sa fille bondit à sa rencontre.

— Athénaïs ! fit la mère, modérez-vous... Comtois nous regarde !

Mlle des Genets se rendit d'assez mauvaise grâce à cette remontrance.

— Comtois, ordonna-t-elle, nous n'avons plus besoin de vous ici. Allez prévenir les matelots que nous nous rembarquerons dans un instant.

Et, comme le domestique s'apprêtait à plier le bagage artistique :

— Qui vous a commandé de reprendre cela ? reprit-elle d'un ton sec. Je n'ai pas encore terminé cette étude, mon père s'en chargera... laissez-nous !...

En laquais bien appris, Comtois ne sourcilla pas, et, saluant avec une cérémonieuse gravité ses deux maîtresses, il s'empressa d'obéir.

— Vous avez eu raison, ma fille, approuva la baronne. Tout ceci nous servirait au besoin de contenance. Faisons mieux encore, asseyons-nous.

— Oh ! mes nerfs ! mes nerfs ! grinça la trop impatiente Athénaïs, qui, néanmoins, imita sa mère.

Quelle aubaine pour moi, que cette mise en

9

scène là!... J'allais me trouver aux premières lo-
ges !

En ce moment même, M. le baron des Genets
faisait son entrée. Elle n'avait rien de triomphant,
au contraire. Sa démarche incertaine, sa physionomie toute confuse attestait un homme mécontent de lui-même, et qui appréhende de se voir
mal accueilli.

— Eh bien? demandèrent simultanément les
deux femmes, dès qu'il se fût rapproché d'elles.

Et comme le pauvre baron n'osait répondre encore :

— Eh bien donc! reprit la bouillante Athénaïs... eh bien... consent-elle à quitter ce pays?

— Oui... et non.

— Expliquez-vous.

— Immédiatement, non... un peu plus tard, oui.

— Mais c'est immédiatement qu'il faut qu'elle
s'éloigne! se récria la baronne.

— Mais, ajouta de son côté Athénaïs, vous ne
lui avez donc pas fait comprendre que nous venions d'acheter un château tout près d'ici, que
nous voulions nous y installer tout de suite, et
qu'un tel voisinage serait scandaleux !

— Je lui ai dit tout ce dont nous étions convenus ensemble ; je l'ai suppliée, je me suis même
emporté, et j'en ai presque regret maintenant, car,
après tout, c'est ma mère...

A ce mot, qui lui méritera peut-être au tribunal de Dieu les circonstances atténuantes, sa femme et sa fille n'osèrent riposter que par un mouvement d'épaules des plus significatifs.

La mère François était condamnée par leur implacable orgueil. Elle les gênait, elle faisait obstacle à leur ambition, il fallait qu'elle disparût. Pauvre vieille! ce n'était donc pas assez qu'on t'eût bannie de la maison de ton fils, de ta maison; on allait encore te chasser de l'humble retraite où tu ne pouvais même plus espérer de mourir en paix!

En échange de ce dernier sacrifice, que lui offrait-on? C'est ce qui me restait à apprendre. Comme pour achever de me satisfaire, Athénaïs reprit, après un silence:

— Vous ne lui aurez pas assez vanté les avantages de l'établissement que nous avons en vue pour elle?

— Je vous demande pardon, ma fille... mais dès les premiers mots, elle m'a arrêté, disant avec amertume: « Ah! ah! on veut donc me reléguer à Sainte-Périne! »

— A Sainte-Périne! se récria la baronne. Quelle exagération! Mais il y a même des dames titrées dans cette maison qu'on lui propose... une maison religieuse, confortable, charmante, et d'une tranquillité!... un pays délicieux... tout au fond de la Bretagne... dans le Finistère!

— Elle a trouvé que c'était un peu loin, hasarda le baron.

— Puisque je m'engage à aller lui rendre visite une fois au moins par an..., s'empressa de rappeler Mlle des Genets.

— Oh ! fit son père, qui luttait encore contre les souvenirs de l'entretien qu'il venait d'affronter, oh ! c'est bien cette promesse qui peut-être la décidera. Si tu savais comme elle aime sa petite-fille et comme elle désirerait l'embrasser !

— Je n'irai l'embrasser que dès qu'elle sera là-bas. Puisqu'elle m'aime tant, qu'elle se hâte ! déclara nettement Athénaïs.

— Voilà ce que j'appelle un *ultimatum*, fit avec admiration sa mère. Et d'ailleurs, je vous le demande, qu'est-ce qui peut la retenir dans ce pays?

— Le pays lui-même, elle l'aime, elle s'y est habituée : les vieilles gens tiennent à leurs habitudes.

— Mais elle habite une misérable chaumière, et, d'après vos renseignements d'hier au soir, elle n'a d'autre société, d'autres amis que les chats du village...

— Dont elle s'est constituée la providence, précisément...C'est aussi pour qu'ils n'aient pas trop à souffrir cet hiver qu'elle voudrait différer jusqu'au printemps prochain.

— Pour des chats ! se révolta superbement la baronne. Ah ça ! mais elle devient folle, votre mère !

Athénaïs s'oublia davantage encore.

— Est-ce qu'il n'y aurait pas moyen de la faire interdire... renfermer ? proposa-t-elle audacieusement.

— Ma fille ! se récria le baron, c'est odieux ce que vous venez de dire là, ma fille...

Quelque peu de cas qu'elle fit de cette velléité courageuse, l'adroite Athénaïs comprit qu'il fallait changer de batteries. Elle s'élança vers son père ; elle lui prit le bras, et, tout en le promenant çà et là sur le gazon du carrefour :

— Tu vois bien que je plaisante... minauda-t-elle d'une voix câline. Est-ce que je voudrais causer du chagrin à grand'maman, que je respecte et que j'aime... ne viens-je pas de te le dire encore tout à l'heure ?... Mais il est impossible qu'elle se refuse à ce départ... Tu le sais bien, père... car enfin, si nous sommes si impatientes de nous installer avec éclat au château, c'est afin d'y recevoir le comte Maxime... et si le comte découvrait la mère aux chats... oh !... bien assurément je ne retournerais pas à Paris comtesse !

L'accentuation toute particulière de ce dernier mot fut pour moi comme un trait de lumière : le secret de la comédie m'était connu !

— Ne souhaites-tu donc plus ce mariage, mon bon François ?... intervint la baronne.

— Il doit faire le bonheur de ton enfant, ajoutait de l'autre côté Athénaïs.

— Notre gloire à tous ! reprit la mère.

— Sans compter, poursuivit la fille, les avantages honorifiques que personnellement tu dois en
recueillir. Ne te souvient-il plus donc que le comte
nous promet de te...

Ils s'étaient éloignés, je n'entendais plus. Au
geste des trois personnages, à l'expression de
leurs physionomies, il ne m'était que trop facile
de deviner que les deux mégères triomphaient de
la vaniteuse faiblesse de leur complice ; que pour
quelques hochets, — n'importe lesquels, — il
achevait de leur livrer sa mère.

— Mais, s'écria-t-il enfin, mais puisque je vous
dis que c'est arrêté... qu'elle partira... que je le
veux !

— Quand cela ?

— Demain, peut-être !

— Tu vas donc la revoir ?

— Non... J'attends d'abord une lettre d'elle.

— Une lettre ? mais il fallait donc nous dire
cela d'abord.

— Eh ! m'avez-vous laissé le temps de m'expliquer.

— Enfin...

— Elle m'a demandé jusqu'à ce soir pour réfléchir ; elle doit... elle-même... aller remettre sa ré-

ponse à Comtois, que nous laissons à l'auberge du village. Je viens de lui donner mes ordres en conséquence.

— Mais si Comtois soupçonnait...

— Oubliez-vous donc qu'il est presque idiot, et pas du tout curieux? De plus, des jambes d'autruche. Une heure après la lettre reçue, nous l'aurons à Trouville.

— En ce cas, partons vite.

— Oh! nous avons du temps.

— Et notre halte au Ratier? Il faut absolument que j'en rapporte une étude... Partons.

Ils étaient parfaitement d'accord maintenant; ce fut avec des rires joyeux que l'attirail artistique ayant été reployé, puis chargé sur les épaules du baron, ils disparurent tous les trois par le sentier de la grève.

Quant à moi, sortant de ma cachette, je revins par la grand'route. Je n'avais plus rien à apprendre de ces gens-là, ils me faisaient horreur!

D'autre part, la pauvre mère François ne devait-elle pas avoir grand besoin des consolations de l'amitié?

A l'entrée du village, je remarquai des groupes nombreux, animés.

Dans un de ces groupes, la Guillemaine.

— Que s'est-il donc passé? lui demandai-je.

— Eh pardine! c'est encore ces gueux de Guérin!

— Les deux matelots qui ont amené ce matin une barque de Trouville ?

— Ces deux gredins-là... oui... C'était déjà bien effronté de leur part que se remontrer au pays !...

— Mais enfin !...

— On les en avait honteusement chassés, parce qu'ils brutalisaient leur brave homme de père, ce vieux pilote retraité qui demeure là. Pas plus tard que tout à l'heure, ivres comme des brutes, ils sont entrés de force dans sa maison pour lui demander de quoi boire encore, et, comme de raison le vieux refusait, ils l'ont menacé, battu, mis tout en sang... les scélérats !... Oh! c'est heureux qu'on soit venu les rappeler à leur canot... nos hommes leur auraient fait un vilain parti. Mais ils ne perdront rien pour attendre, allez! c'est du ciel que leur viendra le châtiment.

— Où sont-ils ?

— Avec leurs promeneurs... pardine... en mer !

Au même instant, une soudaine rafale passa sur nos têtes.

— Juste Dieu !... murmurai-je en frissonnant, juste ciel !... sur ce frêle esquif, il n'y aura donc que des enfants dénaturés !

XIII

J'avais vainement frappé à la porte de la mère François; personne ne m'avait répondu; la maison semblait abandonnée.

— La voisine est sortie, me dit une voisine. Je l'ai vue tout à l'heure qui s'en allait vers le *bout de haut*.

Le *bout de haut*, c'est le haut du pays. Cette indication ne me servit guère. J'eus beau courir à la recherche de la mère François, je ne parvins pas à retrouver sa trace.

Découragé, je rentrai chez moi; j'essayai de me mettre au travail, mais sans pouvoir trouver une idée, une phrase. Non, je restais là, immobile dans mon fauteuil, étrangement absorbé, presque somnolent. Quelque chose de vague, de lourd, de sinistre me tourmentait l'esprit.

Combien de temps se passa-t-il ainsi?... Je l'ignore. Enfin, comme en un demi-réveil, j'entendis un bruit de sabots, de voix, de cris appelant à l'aide.

Ce bruit grandissant avec rapidité, je m'élançai vers la fenêtre, je l'ouvris.

Une foule, composée de presque tous les habitants, courait en grande émotion vers la mer. Je m'empressai de descendre, et sur le seuil même de la maison, je rencontrai l'un des deux pêcheurs avec lesquels j'avais causé le matin. Lui aussi, il se hâtait vers le rivage.

— Qu'arrive-t-il donc? lui demandai-je en me mettant à son pas.

— Ah! fit-il, nous ne nous étions pas trompés dans nos prévisions de ce matin, Pierre Aubert et moi.

— Comment! il s'agirait de cette embarcation venue de Trouville...

— Directement. Oh! Pierre a bien reconnu le canot, quand le flot l'a rejeté sur la grève... il était vide!

— Vide! ô mon Dieu! et les malheureux qui le montaient?

— Ils sont sur le Ratier... la mer monte!

— Sur le Ratier... sans leur barque... et par une marée pareille!...

— Perdus! vous dis-je... à moins toutefois que Dieu ne fasse un miracle en leur faveur et ne les sauve!

— Mais, repris-je après un silence, comment expliquer une telle imprudence, un tel malheur?

— C'est bien simple : les Guérin auront répondu du voyage, et sans doute qu'eux-mêmes ils seront descendus sur le banc pour ramasser une manne ou deux de moules : or, étant ivres, ils avaient mal amarré le canot, que les premières vagues ont mis en dérive. Quant au reste... Voyez ! voyez !...

Nous arrivions à ce tournant de la descente d'où l'on domine soudainement l'immensité ; mon digne pêcheur me montrait au loin le noir îlot qui déjà commençait à devenir tout blanc d'écume.

Quelques minutes encore, et les eaux l'auraient complétement recouvert. Dans une heure au plus, les grands vaisseaux y passeraient, naviguant sur une mer profonde.

Les cinq naufragés étaient là ! Malgré la distance, on distinguait leurs signaux de détresse... Hélas ! il était impossible de leur porter secours !

Je l'ai dit : telle avait été l'appréhension de la grande marée, que pas une barque ne restait au mouillage.

Ces malheureux étaient donc perdus, perdus sans retour ! Ils le savaient eux-mêmes... ils étaient en proie, sans doute, à toutes les terreurs de la mort... Et quelle mort !

Oh ! l'ami de Pierre Aubert avait eu bien raison de le dire : c'était horrible à penser... horrible ! Les marins, cependant, sont d'intrépides hommes, habitués à lutter corps à corps avec la tempête, et que rien n'effraie, que rien ne rebute, pas même l'impossible.

Toute la population villervillaise était sur la grève, et matelots, femmes, enfants, vieillards, s'agitaient en tous sens afin d'improviser, d'organiser quelque héroïque moyen de sauvetage. Ceux-ci rapportaient des câbles ou des avirons, ceux-là s'efforçaient de remettre à flot l'embarcation échouée, d'autres s'étaient attelés aux deux canots qui tout à l'heure encore se trouvaient au plus haut des criques, et qui maintenant déjà, poussés et tirés chacun par cent bras, avançaient avec fracas sur le galet.

Pourraient-ils arriver à temps?... Les lames, d'ailleurs, étaient si fortes !

En ce moment, quelqu'un me passa une longue-vue, que vivement je braquai sur le Ratier.

Au milieu du clapotement de la marée, qui montait avec une rapidité terrifiante, je distinguai le baron des Genets, je reconnus sa femme et sa fille.

Réfugiés sur la plus haute des roches, ils y formaient un groupe palpitant de désespoir, les deux femmes cherchant à se hisser sur les épaules de l'homme, tous trois ensemble agitant avec frénésie des mouchoirs et des écharpes.

Quant aux frères Guérin, complètement affolés

par l'ivresse et par l'épouvante, ils couraient çà et là dans le flot qui déjà leur montait aux genoux.

Une première vague balaya toute l'étendue du banc. Les cinq malheureux se confondirent en une seule masse et jetèrent un même cri, tellement aigu que le vent l'apporta jusqu'à nous.

C'était comme un suprême appel. Il redoubla l'activité des travailleurs, il réalisa presque un miracle. Les trois canots flottaient enfin.

Une dizaine de sauveteurs s'y précipitèrent, escortés par une longue clameur d'encouragement, de prière ou d'effroi. On savait qu'ils allaient risquer leur vie.

Mais il est des sacrifices que Dieu n'accepte pas.

La première des embarcations, celle de Trouville, fut aussitôt chavirée, rejetée, brisée sur le galet. Quant aux hommes, ils parvinrent à regagner la falaise, meurtris et sanglants, il est vrai, mais sauvés du moins ceux-là.

Les deux autres canots avaient franchi les premières lames, celles qui déferlent avec le plus de violence à cause de l'obstacle que leur oppose le rivage... de véritables avalanches d'eau, comme furieuses de ne pouvoir bondir plus loin !

Mais une fois au large, l'impétuosité du courant devint tellement invincible que les deux embarcations, en dépit d'efforts surhumains pour piquer

droit au Ratier, furent emportées vers Honfleur.
Ceux-là non plus ne devaient pas être punis : le
dévouement, Dieu l'épargne.

Il n'en pouvait être ainsi des Guérin et des Bacherot. Leur dernière chance de salut venait de
s'évanouir à jamais. Tous les regards se tournè-
rent vers eux. Moi-même j'eus le courage de reprendre ma longue-vue.

Ils avaient de l'eau maintenant jusqu'à la cein-
ture... ils redoublaient de gestes et de cris déses-
pérés.

Oh !... c'était vraiment cruel de mourir en un si
beau jour. Le vent, qui se faisait harmonieux,
avait chassé jusqu'au moindre nuage ; le soleil
resplendissait, le ciel était tout bleu, la mer était
toute verte, ainsi qu'en un rêve de bonheur et
d'espérance !

En présence de ce merveilleux spectacle, au milieu duquel l'inexorable marée s'apprêtait à les
engloutir, le baron et sa femme semblaient crier
avec des sanglots :

— Nous nous repentons... mon Dieu !... par-
donnez-nous... laissez-nous vivre encore... nous
qui touchions au but de toutes nos ambitions...
nous si riches... nous qui pouvions être si heureux !

Je voyais aussi Athénaïs, tout effarée, tout en
pleurs, et je croyais l'entendre dire :

— Pitié du moins pour ma jeunesse... Je n'ai
que vingt-cinq ans... O mon Dieu!... j'allais peut-
être aimer!

Quant aux Guérin, béants et livides, ils ressem-
blaient à ces condamnés que l'aspect seul de l'é-
chafaud transforme en cadavres. Cependant ils
murmuraient une prière aussi, celle-ci peut-être :

— Nous vous promettons de respecter désormais notre vieux père... O bonne Notre-Dame de
Grâce! qui êtes là-bas, dans votre chapelle de la
côte... venez donc à notre aide... et sauvez-nous!

Mais la clémence divine restait sourde à ces
vaines clameurs! Mais la marée montait toujours!
Mais dans le souffle du vent qui tourbillonnait
au-dessus de leurs têtes échevelées, dans le fracas des eaux qui déjà les étreignaient de leur
froid linceul, ils entendaient une voix qui frappait
aussi mon oreille... la grande voix de la mer... la
grande voix de Dieu... et cette voix incessamment
leur répondait :

> Tes père et mère honoreras
> Afin que tu vives longuement.

.   .   .   .

A terre, dans la foule maintenant immobile, il
s'était fait un profond silence.

Au milieu de ce silence, une prière tout à coup
monta : la prière des agonisants.

Je me retournai, j'aperçus le digne curé de
Villerville.

Debout sur la falaise, il bénissait de loin ceux
qui allaient mourir.

Autour de lui, comme dans toute l'étendue des
dunes, chacun s'était agenouillé, chacun priait.
Jamais je n'oublierai l'émouvante simplicité, la
sublime ferveur de cette prière, qui était en même
temps un dernier adieu!...

Pas une poitrine qui ne fût palpitante, pas un
regard qui ne se fixât avec une ardente angoisse
vers le terrible drame se dénouant au large.

Bientôt on n'entrevit plus que les têtes des malheureux dont la dernière minute allait sonner...
cinq points noirs perdus dans un remou d'écume!

Il me semblait voir des mains éperdûment agitées au-dessus des vagues.

Une dernière lame arriva du fond de l'horizon...
une lame énorme... et lorsqu'elle fut passée, on
ne revit plus rien... rien!...

De l'immense clameur un cri se détacha, plus
déchirant à lui seul que tous les autres ensemble... le cri d'une mère!

Pauvre mère François! elle était là, presque à
mes côtés... elle avait tout vu!

Cette fois encore, je la reçus dans mes bras, où
plutôt je l'aidai à retomber à genoux. Ne lui res-
tait-il pas à remplir un dernier devoir?

— Mon Dieu ! dit-elle. ô mon Dieu... je ne vous avais pourtant pas demandé de les punir... Pardonnez-leur dans le ciel !...

XIV

L'année suivante, dès le printemps. je débarquai sur la plage de Villerville, et grimpant en droite ligne jusqu'au sommet de la falaise, je traversai de même deux ou trois vastes cours où tous les pommiers étaient en fleurs, où tous les oiseaux chantaient la chanson d'avril, afin de revoir plus vite ma bien-aimée maisonnette.

Mais à peine eus-je franchi la barre du jardin que, songeant d'abord à ma vieille voisine, j'allongeai la tête au-dessus de la haie mitoyenne, et criai :

— Mère François!... bonjour! Eh! bonjour donc, mère François! mère François...

Une femme se montra... c'était la Guillemaine.

— Monsieur, me dit-elle d'un air triste, celle que vous appelez ne vous répondra plus...

— Où donc est-elle?

— Où tous nous irons.... au cimetière!

Je ne puis dire à quel point cette nouvelle glaça tout à coup ma joie. Telle fut l'explication de la Guillemaine :

— Personne ne pourrait au juste vous renseigner. Depuis le commencement de l'hiver, elle n'ouvrait que bien rarement la porte de la rue ; la maison voisine, la vôtre, n'était plus habitée. Ce ne fut qu'au bout de deux ou trois jours qu'on vint me dire : « Mais on n'aperçoit plus la mère François, mais on n'entend plus chez elle aucun bruit ! »

Tout émotionnée j'accourus aussitôt, je frappai, j'appelai... comme vous tout à l'heure. Pas de réponse. Mon homme alla quérir le maire, on força la serrure, on entra. Ah ! monsieur, quel spectacle ! Elle était là, dans son grand fauteuil, assise et guère plus pâle que de coutume... allez... si bien qu'on pensa tout d'abord qu'elle dormait.

Mais non... elle était morte, et depuis longtemps déjà ! morte seule, sans secours, abandonnée de tous... hormis de ses gredins de chats qui, par quelque lucarne entr'ouverte, avaient bien su trouver moyen de continuer leurs visites.

— Pourquoi donc leur en faire un crime ? observai-je avec un amer sourire ; il me semble qu'eux du moins lui sont restés fidèles !

— Ah ! ne dites pas ça, monsieur ! se récria la Guillemaine avec indignation. Ils avaient à demi dévoré ses deux mains, ses deux bonnes vieilles mains qui depuis tant d'années les nourrissaient !

— Taisez-vous !... interrompis-je en frémissant. Oh ! taisez-vous... c'est horrible !

Et, tout bas, j'ajoutai :

— Pauvre mère François ! il était dans la destinée de toujours faire des ingrats !

LES TÉMOINS DE KARL

1

Non occides.

Un bon vieux domestique annonça le baron de Spar et son fils.

— Laisse-nous, Christiane, dit le docteur Berzélius à sa fille.

C'était bien la plus ravissante blonde qu'on puisse rêver : une autre Marguerite de Gœthe.

Lorsqu'elle fut sortie, l'illustre médecin se retourna vers le valet :

— Faites entrer ces messieurs, dit-il.

Parurent successivement le baron de Spar, —

une superbe incarnation de la vieille noblesse autrichienne, — et le chevalier Ludwig de Spar, fier
et beau jeune homme de vingt-cinq ans, aux yeux
pleins de tendresse, à la mine ouverte et loyale.

Après les politesses d'usage, après que les
deux visiteurs furent assis, le baron de Spar voulut aborder de front le motif qui l'amenait.

Mais, l'interrompant du geste :

— Je sais ce que vous allez me dire, monsieur... fit le docteur ; mais, avant même de vous
entendre, il est une confidence que je vous dois,
une révélation dont vous apprécierez vous-même
l'importance, et que je confie sans crainte à votre
honneur.

Le jeune homme se leva, prêt à se retirer dis-
crètement.

— Ludwig, dit le docteur, restez. Ceci vous
regarde plus que personne. Donnez-moi aussi
votre parole... votre parole de gentilhomme... que
pour tout le monde, même pour ma fille, vous me
garderez le secret.

Etonnés de cet étrange préambule, d'une gravité presque solennelle, le baron de Spar et son
fils firent le serment qu'on leur demandait, et reprirent place aux côtés du docteur.

Après un instant de recueillement, celui-ci commença en ces termes :

II

« Il y a dix-huit ans de cela, messieurs, j'étais
alors étudiant en médecine, étudiant à Iéna.

C'était l'époque batailleuse : un duel au moins
par jour. On croisait le fer avec les officiers, avec
les bourgeois, avec les étrangers de passage dans
la ville, avec tous les *Philistins*. comme nous le di-
sions alors... et quand les Philistins manquaient
pour amuser notre stérile courage, on se battait
entre étudiants... des *scandals pro patria*... ce sont
encore les mots en usage à l'Université, n'est-il
pas vrai, Ludwig? »

Le jeune chevalier inclina la tête en signe d'as-
sentiment, le père de Christiane poursuivit :

« Moi que vous voyez aujourd'hui si calme,
moi dont on renomme la sagesse, j'étais alors une
des plus mauvaises têtes, un des duellistes les
plus enragés de toute la phalange universitaire,
et je méprisais avec un superbe dédain quiconque
ne jouissait pas d'une réputation à peu près semblable à la mienne. C'est assez vous dire que nous
formions une sorte de cercle uniquement composé de bretteurs audacieux, d'effrontés spadas-

sins. Hélas! le plus âgé de nous n'avait guère
plus de vingt ans... Dieu nous pardonne!

Dans mon voisinage, cependant, habitait un
jeune homme, un étudiant, qui se tenait à l'écart
de nos épées querelleuses, et pour lequel je me
sentais comme une vague sympathie, comme une
propension amicale.

Il va sans dire que j'avais honte de ce bon sentiment, et faisais tout mon possible pour l'étouffer
en moi.

Karl Stein, — c'était le nom de mon voisin, —
avait une physionomie douce, des habitudes la-
borieuses, une conduite en opposition avec la nôtre. Il ne manquait jamais un cours, à peine le
voyait-on à la taverne; il ne se grisait pas, il ne
fumait pas, il ne se battait pas.

Enfin, pas un seul de ses camarades n'avait été
invité, admis dans le modeste logement qu'il oc-
cupait à l'étage supérieur de la maison située
juste en face de la mienne.

Un matin, comme je prenais le frais sur mon
balcon, j'aperçus, à l'une des fenêtres de Karl,
une blonde tête de jeune fille qui se retira aussitôt.

— Ah! ah! dis-je à part moi, il paraît que le
voisin n'est pas si vertueux qu'il voudrait le paraître?

Et dès le soir même, l'ayant rencontré par ha-

sard, je crus pouvoir me permettre de le plaisanter à ce sujet.

M'interrompant au premier mot :

— Je suis marié, fit-il avec une certaine hau-
teur ; celle que vous avez vue, c'est Mme Karl Stein.

J'eus un sourire incrédule.

— C'est Mme Karl Stein ! répéta-t-il, et je vous
invite à avoir pour elle tout le respect qu'elle mérite.

J'eus grande envie de me fâcher ; et certes, avec
tout autre, l'entretien n'en fût pas resté là ; mais,
je vous l'ai dit, ce jeune homme m'inspirait vraiment de l'estime, et, bien que le connaissant à
peine, je l'aimais.

D'ailleurs, je le savais pauvre.

Un refroidissement sensible résulta, cependant,
de cette légère altercation. La veille encore, à
chaque rencontre, nous nous donnions la main,
nous échangions quelques mots. Désormais tout
se borna à un simple salut, qui de jour en jour
devint plus rare.

Quelques mois se passèrent ainsi ; l'hiver arriva, avec l'hiver le carnaval.

J'avais passé au bal toute la nuit du mardi
gras, je venais de me jeter sur mon lit sans même
avoir quitté mon déguisement, — un costume de
Pierrot, je m'en souviens encore, — lorsqu'on
frappa soudainement à la porte.

La clé se trouvait en dehors, je criai qu'on entrât : je vis paraître Karl Stein.

Il semblait fort ému, il était très-pâle.

— Que me voulez-vous donc, voisin? demandai-je tout étonné d'une visite aussi inattendue, aussi matinale.

— Monsieur Berzélius, répondit-il après une courte hésitation, vous m'avez autrefois témoigné quelque amitié... Je viens vous demander un service!

Je l'engageai du geste à s'expliquer.

Il fit quelques pas dans la chambre, et, d'une voix fiévreuse, il murmura :

— J'aurais voulu vous éviter ce dérangement, monsieur Berzélius, mais je ne connais que vous qui puissiez m'assister... D'ailleurs, vous êtes très-expert dans ces sortes d'affaires.

— Bah! me récriai-je, de plus en plus surpris, s'agirait-il d'un duel?

— Oui...

— Un duel... vous!

Il fixa sur moi son calme regard, et d'une voix pleine de dignité me donna l'explication suivante :

— Hier au soir, ma femme a désiré voir les masques entrer au bal. Je l'ai conduite à la place du Théâtre, mais de l'autre côté, sous les arbres, tout à fait à l'écart... oh! j'avais comme un pressentiment!

— Enfin...

— Une mascarade d'étudiants est venue à passer par là. Ils m'ont reconnu, entouré... Ils étaient en joie. Supposant que ma compagne ne devait être traitée que comme une rencontre de carnaval...

— Fort bien, je comprends...

— Oh! je n'ai fait que leur répondre ce qu'à vous-même, monsieur Berzélius, un jour j'ai répondu. Seulement ils étaient gris... Ils n'ont pas voulu me croire; je me suis vu dans l'obligation de défendre ma femme contre leurs attaques et de leur imposer silence. Ils se sont enfin retirés, mais l'un d'eux, celui qui paraissait être le chef de la bande, celui qui s'était montré le plus audacieux, m'a dit en partant : « Je me regarde comme insulté par vous, monsieur Karl Stein ! à demain ! »

— Après?

— C'est tout, monsieur Berzélius... et j'étais à cent lieues de soupçonner que cette sotte affaire pût avoir des suites sérieuses, lorsque ce matin, presque à mon réveil, j'ai reçu la visite de deux de ces messieurs, encore dans leur équipement de bal; ils venaient me demander si j'étais prêt à les suivre. Il paraît que mon adversaire — c'est ainsi qu'ils le nomment — ne veut pas aller se coucher avant d'avoir reçu satisfaction de ma prétendue injure.

Pauvre garçon!... je crois le voir encore me parlant ainsi : sa franchise inoffensive, et cependant résolue, eût dû m'éclairer l'esprit, me to u-cher le cœur. C'était sa vie, c'était ses vingt ans qu'il venait confier à ma discrétion, à ma loyauté... Je ne le compris pas!... et dans la stupide forfanterie qui m'enivrait alors, j'osai répondre :

— Ah! votre adversaire ne veut pas dormir sur son affront... c'est d'un brave!...

— Vous trouvez? fit le pauvre Karl, avec un étonnement naïf.

— Assurément. Il se nomme?

— Otto Mender.

— Rude lame! Et vous, Karl?

— Moi!... j'ai presque honte d'en convenir... mais je sais à peine tenir une épée.

— Pas possible!

A cette époque, en effet, l'art de l'escrime était tellement répandu dans nos universités, que la réponse de Karl devait me paraître invraisemblable.

D'ailleurs, il ne me laissa pas le temps de réfléchir.

— Si vous croyez cependant qu'il soit de mon honneur de me battre, se récria-t-il, je me battrai.

Hélas! à cette courageuse et fière réponse, je criai bravo. Bien plus, j'ajoutai :

— C'est une bonne fortune pour vous que ce

duel, mon cher Karl. Que diable! il faut qu'un étudiant fasse ses preuves! Un étudiant, c'est un gentilhomme! On commençait à vous mépriser; et le baptême du sang vous manquait. Acceptez donc joyeusement cette occasion; avec un tel antagoniste, elle va vous mériter d'un seul coup l'estime de tous vos camarades... et mon amitié que je vous offre avec ma main.

Je venais enfin de sauter du lit, j'avais couru à Karl, et, par une étreinte fanfaronne, je l'encourageais.

Il faut bien l'avouer, ce duel, au sortir d'un bal, me semblait une merveilleuse aubaine, une attrayante partie de plaisir.

Il n'en était pas ainsi de Karl. Et cependant, telle est l'influence de ce fatal préjugé qui s'appelle le point d'honneur, qu'il se croyait obligé maintenant d'affronter le combat que réprouvait sa raison.

On frappa pour la seconde fois à ma porte.

— Ce sont probablement ces messieurs, me dit-il. Dans l'espoir que vous ne me refuseriez pas, je les avais priés d'attendre dans la rue. Permettez-vous que je leur ouvre?

— Comment donc! mais certainement!

Les témoins d'Otto Mender apparurent aussitôt sur le seuil.

C'étaient deux étudiants de quinzième année;

deux *renards* de la pire espèce. L'un se nommait Hermann, il était encore travesti en arlequin; l'autre, Sigismond, en paillasse. Beaucoup s'en fallait que l'ivresse de ces deux retardataires du mardi gras fût complétement dissipée.

A quinze ans de là, lors de mon dernier voyage en France, je vis à l'exposition certain tableau de Gérôme... le *Duel de Pierrots*. J'en frissonnai jusqu'au fond de l'âme.

Ce fut dans un site à peu près semblable qu'eut lieu la rencontre de Karl et d'Otto.

Une sombre matinée d'hiver... des arbres décharnés se détachant en noir sur un ciel gris... une bise glaciale et sinistre sifflant autour de nous... partout de la neige...

Sur cette neige-là, je vois encore le sang de Karl Stein!

Car il tomba, mortellement atteint.

En le voyant si mal se tenir en garde, tous cependant nous avions crié à Otto Mender : « Ménage-le!... Rien qu'une égratignure!... » Et sans aucun doute Otto Mender le voulait ainsi... Le pauvre Karl se défendait comme un lion : le destin fut inexorable!

Mais ce n'était pas seulement Karl qu'il venait de frapper ainsi, ce devait être encore tous les auteurs, tous les complices de cette mort... de cet assassinat! »

11

III

En prononçant ces derniers mots avec une émotion profonde, le docteur Berzélius avait courbé le front comme sous une invisible malédiction d'en haut.

Le baron de Spar et son fils attendirent dans un respectueux silence.

Berzélius reprit ainsi :

« Lorsqu'il nous fut bien prouvé que Karl était mort, nous nous relevâmes tous, le meurtrier comme les témoins, et durant quelques secondes nous nous regardâmes les uns les autres, avec une sorte de consternation pleine de honte.

Dans le bruit du vent qui faisait s'entrechoquer les branches couvertes de givre, dans les mille échos lointains de la terre sonore, il nous semblait entendre comme autant de voix qui répétaient ce commandement de Dieu : « Tu ne tueras point. »

Puis, chacun de son côté s'en alla, silencieux, morne et n'osant plus même regarder en arrière.

Je restai seul avec le cadavre ; c'était moi qui

devais présider aux funérailles, c'était moi qui devais accomplir ses volontés dernières !

Avant d'expirer, il avait eu le temps de me remettre une lettre, en murmurant ce seul mot : Thérèse.

Dès que la première partie de ma triste tâche fut accomplie, je m'acheminai vers la demeure de la jeune veuve.

Tout en marchant, quelles amères réflexions m'assaillaient ! Ce pauvre Karl, n'étais-je pas son véritable assassin ? L'affaire aurait pu si aisément s'arranger... Quoi ! parce que quelques jeunes fous, sous l'influence d'un jour de carnaval, avaient insulté sa chère Thérèse, parce qu'il l'avait défendue contre eux, parce qu'un sot cartel en était résulté, j'avais voulu qu'il se battît contre le principal des agresseurs, alors que cet agresseur était un duelliste de profession, alors que Karl savait à peine tenir une épée !... J'avais voulu cela, moi... au lieu de déclarer hautement qu'il avait eu raison, au lieu d'imposer des excuses à son adversaire, à tous ses insulteurs de la veille ! Cela m'eût été si facile avec l'autorité que j'exerçais sur les étudiants... Cela pouvait si bien tourner au plus grand honneur de Karl !... Mais non, je n'avais écouté que ma stupide passion de ferrailleur, j'en avais fait une sorte de divertissement, de partie de plaisir ! Et Karl était mort...

Oh ! je ne pourrais vous dire jusqu'à quel point je souffris durant toute cette matinée-là. C'était mon châtiment qui commençait, c'était le premier aiguillon du remords !

Enfin j'arrivai devant la maison, je montai l'escalier lentement, et, après une hésitation suprême, je frappai.

Ce fut Thérèse elle-même qui vint m'ouvrir.

A sa pâleur, je compris qu'elle savait pourquoi Karl était sorti le matin.

En m'apercevant, elle recula, immobile, frissonnante, et sans même avoir le courage de m'interroger du regard.

Quelle douce et ravissante créature ! Quelle modeste et tendre jeune femme ! presque une enfant ! La veille encore elle était heureuse, elle était aimée, elle se croyait certaine d'un riant et paisible avenir ! J'avais brisé tout cela, pour jamais !

Aussi, non moins atterré, non moins anxieux qu'elle-même, je restais debout sur le seuil, sans oser faire un geste, sans avoir encore dit un seul mot. Oh ! je n'aurais pu parler... j'étouffais !

Thérèse enfin me regarda... Son regard m'entra dans les yeux comme une malédiction.

Quand je les rouvris, il me fut aisé de comprendre qu'à l'expression de mon visage Thérèse avait tout deviné, qu'elle savait tout.

— Karl est mort! dit-elle en portant la main à son cœur, comme si le même coup l'eût aussi frappée.

Puis, avec un calme effrayant, avec un désespoir sans larmes, elle se laissa tomber à genoux et, levant ses grands yeux bleus vers le ciel, elle pria.

Jamais, ni dans les plus terribles afflictions dont mon état m'a rendu le témoin, ni sur les toiles où les grands maîtres ont immortalisé certaines scènes de deuil, jamais je n'ai revu douleur aussi navrante, aussi vraie.

Combien de temps se passa-t-il ainsi? Je l'ignore.

Tout ce que je puis vous dire, c'est que je sentais en moi des tortures de damné, c'est que mes artères battaient à se rompre, c'est que par tout mon être j'entendais encore : Tu ne tueras point! Tu ne tueras point!

Je ne pouvais, cependant, me dispenser de quelques paroles d'explication, de consolation.

Dès les premiers mots, elle m'arrêta.

Et, avec une mansuétude bien autrement cruelle pour moi que ne l'eussent été les plus sanglants reproches :

— Karl est mort, dit-elle, je n'ai pas besoin d'en savoir davantage. C'est moi-même qui l'avais envoyé vers vous... Je croyais, j'espérais que

vous nous sauveriez peut-être; Dieu ne l'a pas
permis... il a voulu reprendre l'âme de Karl! Tout
ce que je désire maintenant, c'est son corps; il
m'appartient, il est à moi! moi seule je le veille-
rai, je l'ensevelirai, je le conduirai jusqu'au champ
du repos. Veuillez donc le faire transporter ici,
monsieur... c'est un second service que je vous demande..., et faites en sorte que personne ne
vienne se placer entre nous, que personne ne
trouble les dernières heures que Thérèse va passer avec Karl... Je vous en supplie, je le veux!...

Que pouvais-je répondre! Je lui jetai, plutôt
que je ne lui donnai, la lettre de Karl, et je m'enfuis.

IV

Il y a des jours qui nous vieillissent de dix années : tel fut pour moi celui-là.

Durant toute la nuit suivante, malgré le froid,
malgré la neige qui tombait toujours, je restai
sur mon balcon, les yeux constamment fixés vers
les fenêtres de la mansarde où brillait la funèbre
lueur des cierges.

— Mon Dieu! murmurais-je sans cesse, ô mon
Dieu! je me repens... pardonnez-moi! Vos saints

ministres me l'avaient cependant enseigné : « Homi-
cide point ne seras » : c'était dans les prières de
mon enfance. Oh! je ne l'oublierai plus maintenant. C'est un crime aussi que le duel, même pour
les témoins. Jamais plus je n'en servirai... jamais
je ne me battrai, quelque insulte que je reçoive...
non... j'en fais ici le serment... jamais !

Puis, avec des sanglots dans la voix, avec des
remords plein le cœur :

— Mais l'avenir ne peut pas racheter le passé !
mais aucun sacrifice ne saurait rendre la vie au
pauvre Karl ! O mon Dieu !... mon Dieu !... ins-
pirez-moi du moins une réparation envers sa
veuve... envers Thérèse !

Le ciel restait sourd à ma prière, et rien dans
la nature ne semblait s'émouvoir de ma douleur.
Un silence glacial attristait encore cette sombre
nuit, la neige continuait à tomber, les cierges
brûlaient toujours.

Au jour naissant, il y eut dans le lointain un
bruit de pas : c'était l'approche de ceux qui viennent chercher les morts.

Quelques instants plus tard, ce fut le chant des
prêtres. Je devins plus attentif encore.

Quelque chose comme une ombre blanche, allongée, symétrique, arriva de l'extrémité de la rue,
puis se perdit dans la maison : c'était le cercueil.

Un cri déchirant descendit jusqu'à mon oreille :

c'était le cri de Thérèse qu'on arrachait d'entre
les bras de Karl.

J'entendais tout... j'entendis jusqu'au bruit des
marteaux qui clouaient la bière... Oh ! c'était dans
la moëlle même de mes os qu'ils semblaient s'en-
foncer, ces clous-là !

Quelques étudiants arrivèrent enfin, parmi lesquels les autres témoins du combat. Mais lorsque
nous voulûmes prendre rang immédiatement après
le corbillard, une main tout à coup nous arrêta...
la main de Thérèse.

Sainte et courageuse enfant !... elle me l'avait
bien dit... seule elle voulait accompagner son
bien-aimé jusqu'à la dernière demeure.

Nous nous étions respectueusement écartés sur
son passage. De loin, de bien loin, nous la suivî-
mes, silencieux et le front bas.

On arriva au cimetière, à la fosse préparée pour
Karl Stein.

Lorsque les cordes grincèrent en descendant le
cercueil, il me sembla qu'elles étreignaient, qu'elles meurtrissaient ma propre chair !

Lorsque le trou commença de se remplir avec
ce bruit sourd qui ne s'entend que là, à chaque
nouvelle pelletée qui tombait, je me dis :

— C'est ma jeunesse aussi... c'est ma gaieté...
ce sont toutes mes espérances de bonheur qu'on
enterre !

La triste cérémonie enfin se termina.

Les fossoyeurs se retirèrent... puis les prêtres... puis les étudiants que je venais de congédier du geste.

Thérèse s'agenouilla de nouveau ; moi, caché derrière une tombe voisine, je voulus rester aussi.

La pauvre jeune femme pria longtemps, pleura plus longtemps encore... et finissant par se pencher tout entière vers le tertre, qui conservait pour ainsi dire une forme humaine, elle l'entoura fiévreusement de ses bras, elle embrassa cette terre qui recouvrait son cher Karl, elle parut même murmurer à son oreille comme une dernière confidence oubliée.

Un des gardiens s'approcha, annonçant qu'on allait fermer le cimetière.

Thérèse se releva, mit une pièce d'argent dans la main de cet homme auquel elle recommanda la tombe, et, lente, éplorée, se retournant à chaque pas, elle ne tarda pas à reprendre le chemin de la ville.

Je l'escortais de loin, n'osant pas l'aborder, lui parler... Oh ! certes, non !... mais tout prêt à la soutenir si elle venait à chanceler, à lui crier : Me voilà ! si je sentais qu'elle eût besoin d'un ami.

Elle regagna sa maison, sans même m'avoir aperçu.

Je rentrai chez moi vivement pour lui écrire,
car je crois déjà vous l'avoir dit, la pauvreté de
Karl Stein était un fait notoire, et d'après quelques nouveaux renseignements pris la veille, je
savais qu'il avait épousé une orpheline sans fortune, je savais que Thérèse allait se trouver seule
au monde, entièrement seule, et sans ressources
peut-être ? Or, moi, j'étais riche, et m'accusant de
la mort de Karl, je voulais mettre toute ma fortune
à la disposition de sa veuve. N'était-ce pas là mon
devoir ?

Le soir même, j'avais la réponse de Thérèse.

Elle refusait, noble enfant ! bien plus, elle
se disait reconnaissante de ce qu'elle appelait
mon dévouement ; elle ne voulait pas me croire
aussi coupable que je le disais, elle prétendait me
consoler... elle !

— Oh ! m'écriai-je, j'irai la voir et je saurai
bien la contraindre à accepter ce qui ne serait,
après tout, que le prix du sang... le prix du sang
de Karl !

Hélas ! c'était là ce qui sans doute avait dicté
le refus de Thérèse.

Lorsque je me présentai chez elle le lendemain,
elle était déjà partie, elle avait disparu. Vainement j'interrogeai les voisins, vainement je fis
toutes les recherches imaginables ; il me fut impossible de retrouver ses traces. J'y renonçai

enfin, mais avec un désespoir profond, mais avec
une sorte de pressentiment fatal.

— Mon Dieu! me disais-je, puisque vous ne
m'avez pas permis cette réparation, quel châtiment réservez-vous donc à mon crime?

V

Ce châtiment que je pressentais avec un vague
effroi, ne se fit pas longtemps attendre.

Ce fut d'abord comme un brouillard de deuil
qui, glaçant chacune de mes joies, rétrécit de
toutes parts mon horizon, jadis si vaste et si
brillant!

Vainement, je voulus reprendre mon ancienne
vie, m'étourdir. A la taverne, à la promenade, au
théâtre, dans chaque salon, dans chaque boudoir,
partout je revoyais l'œil de Karl Stein. Partout
cet œil si doux, si calme, si loyal, se fixait sur
moi, me suivait, me torturait par l'amertume de
ses reproches.

Dans le verre que je portais à mes lèvres, la
couleur du vin me rappelait le sang de Karl...
Dans la fumée de ma pipe, dans les braises de
l'âtre, je voyais se reproduire la scène du duel...

avec les arbres décharnés se détachant en noir sur un ciel gris, avec les épées flamboyant aux mains des deux adversaires, avec le cadavre, et tout autour de lui la neige rouge!

D'autres fois, c'était le pâle visage de Thérèse en pleurs qui m'apparaissait, c'était sa voix désespérée qui me répétait toujours :

— En l'envoyant vers vous, j'espérais que vous nous sauveriez tous les deux !

Enfin, il y avait une chanson, la chanson des étudiants d'Iéna, qui précisément s'était fait entendre de l'autre côté du bois, sur la grand'route, au moment même où Karl tombait... Ce chant... cet implacable chant... sans cesse il retentissait à mon oreille !

Oh!... le remords est une expiation éternelle, acharnée, terrible, qui sait prendre toutes les formes, qui s'incarne dans tout, qui pour chacun de nos sens imagine une torture!... Si parfois le coupable parvient à se soustraire aux lois humaines, jamais il n'échappe à la loi de Dieu... jamais! et, depuis la première victime, il n'est pas un meurtrier, pas un seul, que la nature tout entière n'ait pourchassé sans relâche, en lui criant de ses mille voix vengeresses :

— Caïn!... Caïn, qu'as-tu fait de ton frère?

Un refuge cependant s'offrit à moi : le travail. Assez avancé déjà dans mes grades universi-

taires, je me jetai, je m'enfermai dans l'étude,
ainsi que dans un lieu d'asile. Jour et nuit, pen-
ché sur les livres ou le scalpel en main, je me
passionnai pour la science, je m'y absorbai corps
et âme : elle seule me permettait d'oublier!

Bientôt je fus reçu docteur, bientôt je quittai
Iéna.

Est-il nécessaire de vous dire avec quelle joie?...
la joie du forçat qui entend sonner l'heure du départ, et voit se rouvrir enfin pour lui les portes
du bagne !

Mais, hélas! les chaînes que rive le remords
sont en nous-mêmes, et quelque part qu'on aille,
on les emporte avec soi!.

Tout d'abord, néanmoins, j'éprouvai comme un
allègement. Ce fut avec bonheur que je revis la
maison maternelle, que je continuai la réputation
attachée par mon digne père au nom de Berzélius.
Mes débuts comme médecin furent des plus brillants. Quelques cures considérées comme merveilleuses, une première découverte dont j'enri-
chis l'art médical, la faveur du souverain, qui,
malgré ma jeunesse, voulut m'attacher à sa personne, le suffrage unanime de la plus illustre académie allemande, tout me promettait un magnifique avenir, tout semblait vouloir me faire croire
que la justice divine m'avait oublié, pardonné!

Non!... car elle s'appesantissait déjà sur mes

complices, et leur sort me disait assez que mon
tour aussi viendrait.

Le second témoin de Karl Stein avait été tué en
duel. Celui qui frappe par l'épée périra par l'épée :
c'était juste.

Sigismond périt misérablement lors de l'insur-
rection badoise ; Hermann se blessa dans une
opération chirurgicale, et mourut après d'atroces
souffrances.

Quant à Otto Mender, il fut frappé d'une oph-
thalmie, il devint aveugle.

Aveugle ! un châtiment pire que la mort... Sans
cesse, dans son éternelle nuit, toute peuplée de
rêves vengeurs, il devait revoir le spectre de Karl !
Aveugle ! oh ! je frissonnai d'épouvante en apprenant que Otto Mender était aveugle !...

Que m'arriverait-il donc à moi, que le destin
réservait pour le dernier ?

Je redoublai d'ardeur au travail ; je me fis le
médecin des pauvres, le bienfaiteur de toutes les
misères ; j'entassai le plus de bonnes actions qu'il
me fût possible dans l'autre plateau de la ba-
lance.

Vers cette époque, d'ailleurs, une jeune fille,
un ange, vint à passer dans ma vie. Nos parents
se connaissaient, s'estimaient. On nous présenta
l'un à l'autre. Je fus assez heureux pour lui plaire,
je me pris à l'aimer. Alors... oh ! j'eus un moment

d'espérance... l'amour ne devait-il pas me sembler le pardon du ciel!

Six mois se passèrent ainsi. Il n'y avait pas encore quatre années que j'étais de retour dans ma ville natale, il y en avait cinq bientôt que Karl Stein n'était plus!

Et cependant, — oh! le remords jamais ne se dessaisit complétement de sa proie!... — il était un souvenir qui, sans cesse, ravivait mon effroi de l'avenir.

Vous rappelez-vous cette chanson des étudiants d'Iéna, qui, depuis le moment du duel, m'avait si longtemps poursuivi de son refrain fatal?... Elle est populaire dans toute l'Allemagne, et le jour où j'avais été nommé médecin du palais, le jour de ma réception à l'Académie, le jour de mes fiançailles avec celle que j'aimais, dans toutes les circonstances enfin où la fortune, où la gloire, où le bonheur avait semblé me sourire... eh bien! ce chant maudit s'était fait entendre, il avait passé dans l'air ainsi qu'un avertissement sinistre!

Autre indice dans lequel se montrait encore le doigt de Dieu : la famille de ma fiancée habitait Iéna, c'était à Iéna que nous devions être unis!

J'avais tenté de vains efforts pour qu'il en fût autrement. A tous mes subterfuges, à toutes mes instances, on avait invariablement répondu :

« Nous tenons à ce que le mariage se célèbre là, non point ailleurs ; tout sera prêt, nous vous attendrons vers la fin de décembre. »

Mais divers retards survinrent, et par un enchaînement de circonstances vraiment inouï, je ne pus partir que le mercredi des Cendres au matin, je me vis contraint d'arriver à Iéna, juste le jour du sanglant anniversaire !

De plus, le temps se trouvait être identiquement semblable : un ciel sombre, une forte gelée, de la neige.

A cette époque, le chemin de fer ne marchait pas encore, et je dus voyager toute la nuit en chaise de poste. Vers le matin, engourdi par le froid, je me laissai aller au sommeil, ou plutôt à une sorte de vague torpeur. Ai-je besoin de vous dire quelles hallucinations l'enfiévraient ?

Une violente secousse me réveilla tout à coup, l'une des roues de la voiture venait de se briser.

— Ce n'est rien, me cria le postillon. Il y a un charron à deux cents pas d'ici. Je vais le mettre en réquisition... attendez !

Il disparut. J'achevai de reprendre mes sens, et pour rétablir en moi la circulation, pour recouvrer un peu de chaleur, je descendis de la voiture, je me mis à piétiner le sol aux alentours.

Le jour commençait à poindre.

A mesure que les objets devinrent plus distincts, il me semblait reconnaître l'endroit. Oui... c'était là que cinq années plus tôt, à pareil jour, presque à pareille heure, deux fiacres arrivant de la ville avaient fait halte. C'était par ce sentier que les deux adversaires et leurs quatre témoins, quittant la grand'route, s'étaient engagés dans le bois.

Pas à pas, une invincible attraction me ramena jusqu'à la clairière où le duel avait eu lieu.

Rien n'était changé : arbres, ciel, terrain, tout me réapparaissait tel que si les cinq ans écoulés depuis ce jour-là n'eussent été qu'un rêve !

Je retrouvai facilement la place où Karl Stein était tombé. Puis, les yeux ardemment fixés vers cette place, je demeurai longtemps immobile.

Tout à coup, il me sembla qu'une forme humaine se dessinait sous la neige... que cette neige s'écartait... que là, devant moi, je revoyais Karl Stein !

Ce spectre enfin se redressa, mais tout d'une pièce et comme l'imagination se représente les morts sortant du tombeau. C'était lui... c'était bien lui... livide, hagard, l'œil démesurément ouvert et brillant d'un éclat étrange.

Il s'avançait vers moi, montrant d'une main sa blessure toujours saignante.

De l'autre main, il me toucha au front.

Je jetai un cri de terreur, et je tombai, inanimé, dans la clairière.

Lorsque je revins à moi, le soleil commençait à monter à l'horizon... un soleil oblique... un pâle et triste soleil d'hiver, avec de rougeâtres reflets çà et là, dans les taillis chargés de glace et de neige.

Je promenai sur tout ce qui m'environnait un regard étonné... La lucidité fut lente à me revenir... Enfin, je me souvins, et, tout palpitant encore d'effroi, je me cachai le visage dans mon manteau.

Mais il était un nom qui bourdonnait maintenant à mon oreille... un nom que peut-être le fantôme avait prononcé : Thérèse!...

Au bout de quelques instants, une psalmodie funèbre s'éleva du côté de la route.

Je retournai lentement la tête, je regardai à travers les branches dépouillées de leurs feuilles.

C'était un convoi qui s'acheminait vers le cimetière.

Derrière le corbillard, drapé de blanc, il n'y avait que deux personnes : une vieille femme et une toute petite fille dont celle-ci guidait les pas.

L'aspect de ce pauvre et navrant cortége me serra singulièrement le cœur.

Puis, comme frappé d'une inspiration soudaine :

— Allons prier sur la tombe de Karl!... Peut-
être intercèdera-t-il pour moi; peut-être obtien-
dra-t-il de Dieu que je retrouve enfin le repos! Il
était si bon, ce pauvre Karl!...

Et déjà j'étais en chemin.

A la porte même du cimetière, je rejoignis le
convoi. Dans l'intention de lui laisser prendre les
devants, je voulus ralentir le pas.

Mais, chose étrange! le corbillard s'engagea
précisément dans cette même allée où, cinq ans
auparavant, nous avions suivi de loin Thérèse.

En mémoire de leur camarade tué en duel, les
étudiants avaient fait élever une colonne brisée
sur laquelle, pour toute épitaphe, on lisait son
nom.

Ce fut devant ce tombeau que la voiture des
morts s'arrêta.

Je crus d'abord que le délire me reprenait.

Mais non... non... Lorsque j'osai enfin approcher, regarder, je pus me convaincre qu'au-dessus de la fosse qui venait de se rouvrir, il y avait
écrit :

« Karl Stein!... »

VI

Après une seconde pause, le docteur Berzélius acheva en ces termes, ou du moins à peu près, sa douloureuse confession :

« Monsieur le baron de Spar.... mon cher Ludvig.... ce qui me reste à vous apprendre... Eh ! mon Dieu !... vous l'avez peut-être deviné déjà ?

Durant la funèbre cérémonie, je restai immobile, béant, pétrifié.

Les prêtres enfin se retirèrent, mais non sans que le pasteur eût échangé un signe avec la vieille femme qui semblait vouloir demeurer quelques instants encore.

Je m'élançai aussitôt vers elle, et, d'une voix qui ne devait plus être une voix humaine, je lui demandai :

— Qui donc vient-on d'enterrer là ?

— Mme Karl Stein, répondit-elle.

— Thérèse ?...

— Oui...

Et, comme je restais muet de stupeur, elle poursuivit :

— Thérèse ! oh ! la bonne chère dame, elle eût

béni la mort qui lui permettait de rejoindre enfin
son bien-aimé mari... sans l'affreuse pensée que
leur pauvre petite fille allait rester toute seule au
monde !

En même temps, elle me montrait l'enfant qui,
trop jeune encore pour comprendre la perte
qu'elle venait de faire, s'amusait à rejeter de la
neige sur la tombe, dont la teinte brunâtre con-
trastait singulièrement avec cette immensité toute
blanche.

— Eh quoi! murmurai-je de plus en plus cons-
terné... quoi, cet enfant, c'est celui de Thérèse...
celui de Karl?

— Sans doute. Quelques jours après le malheur
qui l'avait rendue veuve, la pauvre jeune femme
s'aperçut qu'elle allait devenir mère !

Je frissonnai de tout mon être.

La vieille femme continua :

— Bien que son mari ne lui laissât que les
yeux pour pleurer, Mme Karl Stein ne s'effraya pas
de l'avenir, bien au contraire ! — Ce sera ma consolation, se dit-elle. Et elle l'aimait son enfant,
fallait voir! ça me faisait pleurer et sourire tout à
la fois, monsieur. J'étais sa voisine et sa seule
amie, j'ose le dire. Ah! quelle mère! jamais une
distraction, jamais de repos, jamais une pensée
qui ne fût pour sa fille. Afin que rien ne lui man-
quât, afin de pouvoir l'élever comme une vraie

petite princesse, elle travaillait jour et nuit... tant
et si bien qu'au demeurant elle en est morte à la
peine !...

Tout en écoutant cette naïve oraison funèbre,
je me disais à part moi :

— Oh ! c'est Dieu qui avait retardé mon
voyage... C'est Dieu lui-même qui m'a amené ici !

— Si je n'étais pas si pauvre, dit encore la
vieille femme, je l'aurais adoptée, cette enfant.
Heureusement que notre pasteur se charge de la
placer dans une maison d'orphelins... Je vais la
conduire chez lui... c'est convenu.

Déjà je m'étais écrié :

— Une maison d'orphelins !... oh ! non... non...
cette enfant vient de retrouver un père !...

Puis, d'une voix calme et résolue :

— Madame, dis-je à l'amie de Thérèse, allez
chez le pasteur, mais priez-le de m'attendre.

— Qui donc êtes-vous, monsieur ?

— Un ancien ami de Karl Stein... un homme
qui adopte sa fille !

Et, après avoir embrassé la pauvre petite créature, qui me regardait d'un air tout surpris, je me
dirigeai à grands pas vers la ville.

En moins d'une heure, j'arrivai devant la maison de ma fiancée.

Oh ! ce fut là, ce fut au moment de frapper que
le sacrifice me parut cruel.

Je vous l'ai dit, messieurs, je l'aimais!

Heureusement elle était à l'église, celle que je ne devais plus revoir; je n'eus à m'expliquer qu'avec ses parents.

D'une voix haletante et toute pleine de désolation, je leur dis qu'un obstacle insurmontable venait de surgir inopinément entre leur fille et moi, que ni ma fortune ni mon avenir ne m'appartenaient plus, que je n'étais plus libre, qu'il ne m'était plus permis d'être heureux! Je les suppliai de ne pas m'interroger, de me pardonner. Je me mis à leurs genoux, j'étreignis convulsivement leurs mains, je leur montrai mon visage inondé de larmes. Puis enfin, comme un désespéré, comme un fou, je m'enfuis.

Quelques instants plus tard, j'étais chez le pasteur, je lui disais tout, et le soir même, emportant avec moi ma fille adoptive, je partis pour la France.

Ma mère vint m'y rejoindre : on n'a pas de secrets pour sa mère.

A cinq ans de là, lors de mon retour en Allemagne, je dis que je m'étais marié à l'étranger, que j'étais veuf, que l'enfant que je ramenais avec moi, c'était ma fille.

Quelques-uns peut-être la trouvèrent un peu grande pour son âge, mais jamais personne n'a soupçonné mon mensonge.

Eh! mon Dieu... moi-même j'y croyais, j'y
crois... car cette enfant... ma consolation, ma
joie, mon orgueil... je l'ai élevée, je l'ai aimée, je
l'aime... oh! comme si j'étais réellement son père.

Mais aujourd'hui j'ai dû me souvenir, je dois
parler.

Celle dont vous veniez me demander la main
pour votre fils, monsieur le baron de Spar...
Ludwig, celle que vous aimez... Christiane... ce
n'est plus que l'héritière du célèbre docteur Berzélius, c'est la fille du pauvre étudiant Karl Stein!

Et maintenant que vous connaissez la vérité,
messieurs, j'attends votre réponse. »

VII

Le baron de Spar et son fils n'eurent besoin
que d'échanger un regard.

Après quoi, le vieillard se levant :

— Docteur Berzélius, dit-il, la confidence dont
vous avez bien voulu m'honorer ne change rien à
nos projets...

— Rien à mon amour, ajouta le jeune homme.

— Et si vous le permettez, conclut son père, le

nom que portera désormais Christiane, ce sera le nôtre.

— Merci! répliqua l'illustre savant avec une émotion profonde, merci, mes amis... Vous êtes deux nobles cœurs, mais je le savais d'avance... et c'est autre chose qui m'épouvantait, qui m'épouvante encore...

— Que craignez-vous donc? interrogèrent simultanément les deux gentilshommes, étonnés de la sombre angoisse qui venait de reparaître sur les traits de leur vieil ami.

— L'oubli de Dieu n'est jamais complet! murmura-t-il sourdement. Karl et Thérèse ne peuvent m'avoir pardonné! Pour leur fille, je vais peut-être devenir un objet d'horreur... car il me faut aussi tout lui avouer, à elle !

— C'est inutile, répondit la voix de Christiane. J'étais là, j'ai tout entendu.

Stupéfaits, les trois hommes se retournèrent vers les draperies entre lesquelles venait d'apparaître la jeune fille.

La tendre reconnaissance dont brillaient ses doux yeux bleus, son émotion, ses pleurs, la rendaient encore plus charmante.

Au milieu d'un profond silence, elle s'avança lentement vers Berzélius, et, d'une voix tellement harmonieuse qu'elle semblait descendre du ciel :

— Vous êtes injuste envers Dieu, poursuivit-

18

elle, car il n'est rien que sa bonté ne pardonne au
repentir! Vous êtes injuste envers Karl et Thérèse, car, j'en réponds pour eux, ils vous bénis-
sent! Enfin vous êtes injuste envers moi... mon
père... est-ce qu'il est possible que Christiane
cesse de vous aimer!

Et, jetant ses deux bras au cou du bon docteur,
qui lui souriait à travers ses larmes, elle l'embrassa.

. . . .

A partir de ce jour, on remarqua que Berzélius
n'était plus triste.

LA MORALE DE PAMPHILE

I

Non mœchaberis.
. . . .
*Non concupisces uxorem
proximi tui.*

Tous ceux qui connaissent la Suisse seront de
mon avis : rien n'égale le charme de ces beaux
lacs helvétiques, gigantesques miroirs encadrés
dans de pittoresques montagnes, et qui semblent
placés là tout exprès, afin que le ciel puisse s'y
regarder en souriant. Pour ma part, je ne connais
pas de spectacle plus sublime et qui donne plus
délicieusement à rêver.

Tel était le sentiment de deux jeunes hommes
qui, couchés plutôt qu'assis au milieu des bruyè-
res, vers le déclin d'un beau jour d'automne, s'at-

tardaient dans la muette contemplation du lac de***. A quoi bon le désigner autrement? Un nom mettrait peut-être sur la trace des véritables héros de cette histoire, et c'est précisément ce que j'ai promis d'éviter.

Esquissons, cependant, en quelques coups de crayons, les portraits de ces deux premiers personnages. Si on les reconnaît, ceux-là, leur bonheur n'a rien à en redouter, bien au contraire.

A leur costume de touristes, mais plus spécialement encore aux deux boîtes à couleurs toutes grandes ouvertes et comme oubliées dans l'herbe entre deux hâvre-sacs et deux pliants, qu'abritaient deux amples parasols surélevés chacun de sa longue pique, il était facile de reconnaître en eux des paysagistes voyageurs, qui se reposaient après une journée de marche et de travail.

Bien qu'exerçant le même art, une grande différence, cependant, existait entre eux. Le premier était un mélancolique et bel artiste, qui pouvait avoir la trentaine, mais qui paraissait à peine vingt-cinq ans. Tout en lui, ses traits distingués, ses grands yeux noirs, son épaisse et brillante chevelure naturellement ondée, ses mouvements, son regard, son sourire, conservaient encore l'attrait et, pour ainsi dire, le parfum de la première jeunesse. En le regardant, on pensait à cet admirable portrait que Raphaël nous a laissé de lui-même.

Son compagnon, tout au contraire, rappelait le type, vigoureusement épanoui, des vieux maîtres flamands. Barbe rousse, chevelure crépue, nez au vent, carnation rabelaisienne, masque de satyre : tels étaient les avantages physiques de ce joyeux compère, assez peu fait pour plaire à première vue, j'en conviens, mais que sa franche humeur et sa toute cordiale loyauté faisaient promptement aimer de tous ceux qui se donnaient la peine de risquer sa connaissance. Et, d'ailleurs, qui ne connaissait Pamphile Boquillon?

Pamphile Boquillon — puisque ce nom m'est échappé déjà — semblait ne partager que par pure complaisance la poétique rêverie de son camarade de voyage. De temps en temps il se retournait vers lui comme pour voir si la séance n'allait pas enfin finir, et donnait des signes d'impatience de plus en plus évidents. Son amitié fit preuve d'héroïsme tant que dura la courte pipe noire, qui lui tenait fidèle compagnie. Mais, lorsque la dernière spirale de fumée se fut évanouie dans l'air, Pamphile ne put y tenir davantage, et se redressant tout à coup :

— Assez de contemplation comme ça! s'écriat-il. Vois l'ami soleil qui descend à l'horizon, il est temps de plier bagage.

Mais celui auquel s'adressait cet appel, n'en parut nullement touché; il n'y répondit que par le

12*

geste nonchalant d'un homme qui fait un beau
rêve et qui supplie qu'on ne le réveille pas encore.

Maître Boquillon était le meilleur enfant du
monde ; il se contenta d'un simple haussement
d'épaules, et se recouchant dans la bruyère, il
ralluma son calumet.

Mais, au bout de quelques instants :

— Marcel ! reprit-il avec la câline bonhomie
d'un père qui gourmande un enfant gâté, Marcel,
je regrette de rompre le charme qui te berce...
mais permets-moi de te faire remarquer qu'il
était huit heures quand nous avons déjeuné ce
matin et que la nuit s'approche. Nous avons encore une grande lieue jusqu'au prochain village,
et, pour ma part..., j'ai faim !

A ce dernier mot, lamentablement accentué, le
beau rêveur releva enfin la tête, et souriant à
son ami :

— Pauvre Pamphile ! pardonne-moi... C'est
que, vois-tu bien, ce paysage me rappelait un
souvenir bien doux à mon cœur !

— Un souvenir... c'est-à-dire une jeune fille?
demanda Pamphile avec une malicieuse grimace.

— Oui ! avoua Marcel.

— Eh bien ! souviens-toi du moins tout haut,
ce sera peut-être amusant... J'adore les histoires
d'amour !

— Toi ?

— Tiens, pourquoi pas ! Je n'ai que sept ans et demi de plus que vous, mon bon. Ces choses-là sont encore de ma compétence, et j'ai même à l'endroit de l'amour un petit système moral que je ne t'épargnerai peut-être pas au dénouement. Allons, c'est dit, raconte... pendant ce temps-là, moi, je m'en vais faire le ménage.

Et déjà Boquillon courait ramasser sur le plateau les parasols, les pliants, les hâvre-sacs et les boîtes à couleurs. Chargé de tout ce bagage artistique, il ne tarda pas à revenir s'asseoir auprès de Marcel, qui, la tête appuyée dans sa main, paraissait recueillir ses souvenirs.

Le complaisant Pamphile prit la première palette venue, celle de Marcel, et, s'armant du couteau flexible :

— Va ! dit-il ; moi, je range et j'écoute.

II

« Il ne s'agit pas ici, commença Marcel, d'une de ces mille amourettes qui tiennent plus ou moins au cœur ; mais d'un de ces sentiments qui l'ont rempli tout entier, qui le remplissent encore peut-être... car ils sont toute la vie... car ils la rendent heureuse pour toujours, ou bien la flétrissent à jamais.

Il y a de cela... huit ans. Comme le temps passe vite, ô mon Dieu! J'avais encore ma mère; mais à cause de sa santé qui déclinait déjà, nous étions allés passer la belle saison à la campagne, aux environs de Paris, à Enghien.

Dans la maisonnette voisine de la nôtre habitait la famille d'un riche horloger de la rue de la Paix. Celui-ci, le samedi soir seulement, venait embrasser ses enfants et sa femme, et ne manquait jamais de repartir par le premier train du lundi. Il y a grand nombre de bourgeois parisiens qui, pendant l'été, ne sont époux et pères que le dimanche.

Durant les premiers jours de notre installation, nous avions appris, sans les demander, tous ces détails; mais nous ne leur avions accordé qu'un médiocre intérêt. Ma mère était souffrante et se souciait peu de voisiner. Quant à moi, une grande fièvre de travail me tenait alors, et d'ailleurs, tu le sais, je suis peu curieux de ma nature, mais en revanche assez sauvage. Il y avait donc fort à parier qu'entre nos voisins et nous, ne s'établirait même pas un simple échange de politesse...

Un de ces hasards qui décident de tout l'ave-

nir, un volant égaré par-dessus la haie, fut la
cause innocente de toute l'histoire que je te raconte aujourd'hui.

Je me trouvais là précisément, je dessinais à
l'ombre de la charmille; le volant avait rebondi
sur mon carton. Je voulus me rendre compte
d'où il était venu, je retournai la tête, et me rencontrai face à face avec un charmant blondin qui
doucement écartait les branches.

En m'apercevant, il rougit jusqu'aux oreilles;
puis, après un instant d'hésitation :

— Monsieur, me dit-il, rends-moi mon volant...
je suis en train de jouer avec ma grande sœur Gabrielle.

— Félix! chuchota d'un peu plus loin une
douce voix, qui m'éveilla dans l'âme un pressentiment étrange.

Je ramassai le volant, et, tout en le rendant au
frère, je me haussai jusqu'au niveau de la haie
pour regarder la sœur.

Oh! mon ami, la ravissante jeune fille! Des
cheveux blonds comme ceux que le Titien a don-
nés à sa Magdeleine, de grands yeux bleus comme
on en rêve aux anges. Et puis une carnation, des
traits, un sourire, une grâce... Ah! le souvenir
de cette première apparition ne s'effacera jamais
de ma mémoire.

Un salut réciproque, quelques paroles balbutiées de part et d'autre, et ce fut tout. Explique qui voudra le pourquoi, j'étais encore plus embarrassé, plus rougissant qu'elle-même.

Vainement je voulus me remettre au travail. Ce n'étaient plus les arbres du jardin que je dessinais maintenant, c'était l'image de la voisine !

Mais je ne l'avais pas assez vue... mais déjà je désirais ardemment la revoir !

Une seconde fois, juste sur l'esquisse que j'essayais en vain, le bienheureux volant retomba. Etait-ce le démon qui le poussait ainsi ? Etait-ce le doigt de Dieu ? N'était-ce pas tout simplement le souffle du vent ?

Une seconde scénette, à peu près semblable à la première, s'en suivit. Mais j'eus grand soin de la prolonger, celle-là ; et lorsque de nouveau la maudite haie me cacha le modèle, j'étais certain désormais de réussir la copie.

Quand le portrait fut achevé, — jamais je n'en ai fait un meilleur ! — je me pris à le regarder fixement ; et sans une pensée, sans un mouvement, comme en songe, tout à l'entour je crayonnai ce nom : Gabrielle... Gabrielle... Gabrielle...

De ces trois syllabes, semblait se dégager une vague harmonie qui me ravissait... jamais peut-être je n'ai été plus réellement heureux que dans ce moment-là !

Ma mère survint tout à coup, et vivement je cachai la feuille dans mon carton. Pourquoi?

Durant tout le reste du jour, je me promenai par le jardin, dans l'espérance du volant qui me semblait devoir y retomber encore, mais je l'attendis en vain.

En revanche, la nuit venue, j'entendis un accompagnement de piano dans la maison voisine, puis une voix qui chanta... sa voix!

Cinq ans plus tard, à l'autre bout de l'Europe, le même air a frappé mon oreille, et je me suis pris à pleurer.

Quelques jours se passèrent, sans autre occasion de faire plus ample connaissance avec ma voisine. Mais sans cesse je l'épiais à travers la charmille; mais sans qu'elle s'en doutât, je m'enivrais de sa vue; et l'amour, ainsi qu'une fleur encore cachée sous l'herbe, grandissait doucement dans mon âme.

Le dimanche arriva.

C'était le jour, je te l'ai déjà dit, où le père de Gabrielle venait se reposer à Enghien des fatigues de la semaine. Il amenait ordinairement à sa suite nombreuse compagnie : des parents, des amis, des invités, que sais-je? Durant toute la journée, la maison et le jardin retentissaient de mille bruits joyeux. Jusqu'alors, ce tapage dominical ne m'avait nullement déplu. Je m'en effarou-

chai cette fois ; d'avance je me sentis jaloux de
tous ces étrangers, de tous ces cousins, qui allaient rire et folâtrer avec la blanche fiancée de
mes rêves. Il me sembla qu'elle serait moins à
moi ce jour-là, que j'allais avoir horriblement à
souffrir ; et, pour échapper à ce supplice de Tan-
tale, je partis de grand matin avec tout mon attirail d'artiste.

Précisément, j'avais une étude commencée, une
vue du lac. J'allai m'installer sous les saules, et
bien que la tête remplie d'une tout autre image,
je me mis assez activement à l'œuvre.

Des batelets, chargés de promeneurs ou de pêcheurs, passaient et repassaient devant moi sans
que j'en fusse aucunement distrait.

Tout à coup, de l'un d'eux, s'éleva ce cri enfantin :

— Tiens, papa... voilà le monsieur au volant !

Sur ce dernier mot, je relevai la tête.

Dans un petit canot, amarré non loin de là, un
brave bourgeois pêchait tranquillement à la ligne.
A côté de lui, le tiraillant par sa jacquette, sautil-
lait mon blondin. Bon gré mal gré, il fallut que
le pauvre pêcheur se retournât enfin vers moi.

— C'est lui qui m'a rendu mon volant, répétait
l'obstiné bambin. Papa, papa, dis-lui donc merci.

Le père de Gabrielle et moi, nous nous mîmes
tout naturellement à sourire.

Puis, avec une toute cordiale bonhomie :

— Merci donc, monsieur ! dit l'horloger. Il paraît que nous sommes voisins de campagne ?

— En effet... balbutiai-je. Il me semble reconnaître... Vous avez là un bien charmant petit garçon, monsieur !

Ainsi flatté dans son amour-propre paternel, le digne commerçant sourit derechef et salua.

— Un vrai chérubin ! m'empressai-je de surenchérir encore.

— Dites plutôt un diablotin ! se récria le pêcheur avec une feinte colère, il vient de me faire manquer une superbe carpe.

— Tu vas la repincer, riposta Félix d'un ton convaincu.

— Voyez-vous ça !... elle m'attend peut-être ?

— Essayez toujours ! conclus-je en guise de consolation. Les alentours sont précisément déserts... Félix ne fera plus de bruit... moi, je me remets silencieusement au travail... Bonne chance !

Un certain clapotis qui courut à la surface de l'eau, corrobora singulièrement l'effet de mes paroles ; et, tout plein d'une nouvelle ardeur, il reprit en main sa ligne.

Mais au bout d'un instant, et comme selon toute probabilité, la fameuse carpe ne mordait plus :

— Monsieur est artiste ? reprit-il tout à coup.

13

— J'espère du moins le devenir, répondis-je assez embarrassé d'une semblable question.

— Ah! ah!... de la modestie... c'est très bien. J'aime beaucoup les artistes, moi!

Je m'inclinai.

Un nouveau silence s'en suivit, durant lequel le digne bourgeois parut entièrement absorbé par l'anxieux examen du bout de plume qui flotillait à la surface de l'eau.

Un pauvre goujon fut pris; puis un poisson blanc... puis, derechef, il y eut un temps d'arrêt.

Le petit Félix, qui commençait à s'ennuyer imagina je ne sais plus quel prétexte pour venir à terre, et, s'approchant à pas curieux de mon chevalet :

— Oh! s'écria-t-il soudainement, oh! que c'est gentil ce qu'il fait là, le monsieur! Papa, viens donc regarder aussi!

— Vous permettez? fit le père, qui peut-être commençait à ne plus trop s'amuser non plus, et ne demandait pas mieux que de venir donner à son tour un coup d'œil à mon travail.

Tu penses bien que je m'étais empressé de répondre :

— Comment donc! mais avec plaisir... je suis trop heureux, etc., etc.

Déjà le bonhomme était derrière moi.

Je passe sous silence les compliments, les ad-

mirations et autres banalités qui sont d'usage en
pareil cas, et qui, surtout de la part d'un bourgeois, ne manque jamais de se terminer par quelques petits conseils.

C'est là précisément où ne tarda pas à en arriver le père de Gabrielle. Venant de lui, tu le
comprends, j'eusse révérencieusement accepté les
observations les plus saugrenues. Telles ne furent pas à beaucoup près les siennes. Il savait
raisonner sur l'art, et il en avait surtout le sentiment. D'ailleurs, un excellent homme.

— Pardon! termina-t-il tout honteux d'avoir
tant osé, pardon, mon jeune maître. Je pourrais
être votre père, et je mets un certain orgueil à le
répéter, j'aime les artistes. A la rigueur, je pourrais même ajouter : je suis un artiste moi-même.
Dame! un horloger, un des principaux horlogers
de la capitale. Enfin j'ai l'honneur d'avoir des relations de commerce avec plusieurs peintres de
talent, qui ne dédaignent point d'illustrer parfois
les boîtes de mes montres et les médaillons de
mes pendules. Un d'entre eux est mon ami ; je
l'attends même ce matin et m'étonne qu'il ne soit
pas encore arrivé. Il se nomme Henri Sterner...
Vous le connaissez peut-être?

— Certainement! me récriai-je. Bien qu'il soit
quelque peu plus âgé que moi, c'est un de mes
bons camarades...

Au même instant, une joyeuse voix retentit sous les saules, et Sterner parut, accourant vers nous.

Tu le connais aussi, toi, Boquillon. C'est un gaillard de ton espèce, et grâce à son expansif sans-façon, M. Mareuil et moi (je venais d'apprendre que le père de Gabrielle s'appelait M. Mareuil) nous ne tardâmes pas à devenir les meilleurs amis du monde.

Henri, du reste, était également un enragé pêcheur à la ligne ; il voulut à son tour tenter la fortune, et la journée presque tout entière se passa ainsi, moi continuant mon étude sur le rivage, eux, à quelques pas de là, dans le batelet, menant rude guerre aux poissons du lac. Sans cesse le petit Félix allait et venait des uns aux autres, précipitant davantage encore notre naissante amitié par son allègre babil. On causait, on riait. On revint ensemble vers les deux maisonnettes contiguës ; tant et si bien qu'au moment de se quitter, M. Mareuil s'écria cordialement, en me serrant la main :

— Parole d'honneur ! ça me contrarie que nous ne rentrions pas par la même porte. Voyons... pas de façon. C'est aujourd'hui la fête de ma fille, j'ai quelques amis à dîner... ensuite on dansera... soyez des nôtres !

En dépit de la joie que me causait cette invita-

tion, je crus devoir balbutier d'abord un refus.
Mais Henri Sterner et surtout mon ami Félix en-
levèrent d'assaut mon consentement. Ai-je besoin de te le dire? je grillais d'envie de le donner.

Voici de quelle simple et prosaïque façon je fus
introduit dans la maison Mareuil.

Ah! ah! tu t'attendais peut-être à des péripé-
ties romanesques, à des complications dramati-
ques? Non, non, Pamphile. Tu ne rencontreras rien
de cela dans mon roman; la suite en fut aussi
naïve que le début. Le petit Félix ne tomba pas
dans les eaux du lac, tout exprès pour que j'eusse
l'honneur de le sauver. L'occasion ne se présenta
pas d'arrêter, au péril de ma vie, des chevaux
fougueux par lesquels aurait été emportée Gabrielle. Ni monsieur ni madame Mareuil ne jouè-
rent le rôle traditionnel de parents tyranniques et
barbares. Loin de là, dès ce premier jour, ils
m'accueillirent avec une franche hospitalité qui
me mit tout de suite à l'aise, et je m'amusai
comme un simple mortel à cette fête de famille,
dont Gabrielle était l'héroïne.

En me reconnaissant, tout d'abord elle avait
rougi. Cette fois encore, le petit Félix se chargea
de servir de trait d'union; il nous fit tous les
deux sourire avec le souvenir du volant. Puis,
nous dansâmes et nous valsâmes, nous polkâmes
et nous masurkâmes ensemble. Vers minuit, le

feu d'artifice fut tiré sur la pelouse en l'honneur de Gabrielle ; elle était à mes côtés ; il nous semblait à tous deux que nous nous connaissions depuis des siècles. Je l'aimais déjà, moi ; déjà peut-être, je ne lui étais pas indifférent. Qui sait ! N'y a-t-il pas des prédestinations étranges... des âmes appareillées dans le ciel et qui, se rencontrant sur la terre, vont de suite l'une à l'autre avec le secret instinct qu'elles sont sœurs !

Que te dirai-je de plus ! Le lendemain ma mère crut devoir rendre visite à sa mère, et tu juges si j'eus garde de l'en empêcher. Le surlendemain, ce fut madame et mademoiselle Mareuil qui vinrent à leur tour chez nous. Des relations s'établirent ; dès le premier jour on s'était plu réciproquement, au bout d'une semaine la liaison tournait à l'intimité. La haie bientôt ne fut plus qu'une fiction ; le petit Félix commença une brèche que chacun à son tour agrandit. Chaque jour, je passais de longues heures auprès de Gabrielle ; son esprit et son cœur me révélaient plus de perfections encore que ne m'en avaient montré dès le premier regard sa radieuse beauté, sa grâce idéale. Nous faisions de la musique ensemble, ensemble nous dessinions ; ou bien, le soir approchant, nous allions nous asseoir tous les deux au fond du jardin, tandis que nos mères, restées à dessein sur la terrasse, nous regardaient de loin

en souriant. Puis, c'étaient des excursions dans les
alentours, des promenades sur le lac d'Enghien.
Celui-ci, je ne le conteste point, est bien autrement superbe ; et cependant, lorsque tout à
l'heure il me l'a rappelé, combien le souvenir
l'emportait sur la contemplation présente ! combien, sur la réalité, le rêve ! Oh !... c'est que tu n'es
plus là maintenant, Gabrielle !...

Depuis longtemps déjà, nous l'avons su plus
tard, tout le monde nous croyait fiancés, tout le
monde parlait de notre mariage. Nous ne nous
étions pas dit encore un mot d'amour. Oh ! mon
Dieu, non. Délicieusement charmés par le présent, nous ne songions même pas à l'avenir.
Nous n'avions d'autre désir que celui de vivre
toujours ainsi, nous n'imaginions pas qu'il fût
possible d'être plus heureux !...

Un dimanche enfin, M. Mareuil me prit à part
d'un air tout singulier, et me dit :

— Ah ça ! monsieur du volant, rendez-vous
aussi les cœurs qui passent par-dessus la haie ?

A cette brusque attaque, qui pourtant ne semblait avoir rien de bien menaçant, je me sentis
devenir écarlate et ne pus que balbutier avec une
sorte de stupeur :

— Que dites-vous donc, monsieur ? Je ne vous
comprends pas...

Le bonhomme ne s'en émut nullement ; il reprit :

— En d'autres termes, voulez-vous... oui ou non... épouser ma fille?

Cette fois, j'eus des éblouissements, je faillis tomber à la renverse.

— Oh! oh! fit le père de Gabrielle en me serrant dans ses bras ainsi qu'un fils. Oh! les amoureux! Et dire que j'ai été comme ça, il y a vingt ans. Demandez plutôt à Mme Mareuil.

Je parvins à recouvrer la parole :

— Mais, monsieur, vous êtes riche... très-riche, je le sais, et moi...

— Toi, tu n'as pas le sou, interrompit-il avec une affectueuse brutalité, mais tu as du talent, mais tu ne saurais manquer de conquérir fortune et gloire. Il ne s'agit que de pouvoir attendre. Gabrielle a cent mille francs de dot; êtes-vous satisfait, mon gendre?

Je ne trouvai pas d'autre réponse que de me jeter au cou de cet excellent père et de l'embrasser éperdument sur les deux joues.

Sans trop se débattre, il se récria tout en riant et tout en pleurant à la fois :

— Assez!... assez donc, Marcel! Garde ces baisers-là pour ta femme, mon garçon. Je veux que le mariage se fasse aussitôt après ton retour.

A ce dernier mot, je m'arrêtai tout à coup.

— Mon retour! Comment, je pars?

— Certainement. Oublies-tu donc ton oncle de

Toulouse, dont il nous faut tout d'abord le consentement? Sans compter que tu es son héritier.
Il ne faut jamais négliger ni les chances de l'avenir, ni les devoirs de la famille. Allons, allons,
en route, futur papa de mes petits enfants! Plus
tôt tu partiras, plus tôt tu seras de retour...
Quand pars-tu?

— Demain! m'empressai-je de répondre.

Tout était prêt, d'ailleurs; tout était convenu
d'avance avec ma mère, et je n'en avais rien soupçonné! Bonne mère! Lorsque je voulus lui demander de plus amples informations, pour toute
réponse elle me montra ma malle faite et bouclée
depuis la veille au soir. Puis, elle sourit. Ce sourire m'en disait beaucoup plus que tous les discours du monde.

Tu le vois, Pamphile... je ne te trompais pas.
Rien de plus simple et de plus bourgeois que tout
cela... une prosaïque réalité..... du vrai bonheur!

Il y eut, cependant, un coin de poésie dans mon
roman : ce fut ma dernière entrevue avec Gabrielle, le soir même, sous les vieux tilleuls qui
remplissaient d'ombre le fond du jardin. Oh! la
belle nuit que celle-là! Tout à l'entour de nous, le
parfum des fleurs; au-dessus de nos têtes, le doux
scintillement des étoiles... dans nos cœurs, des
étoiles et des fleurs bien autrement parfumées,
bien autrement resplendissantes que celles de la

terre et du ciel. Jamais Roméo et Juliette, vois-tu bien, jamais Edgar et Lucie, jamais amants créés par l'imagination des poëtes n'ont échangé de plus doux serments et de plus enivrantes promesses ; jamais ils ne se sont aimés comme Gabrielle et moi nous nous aimions ce soir-là !

Le lendemain, à quatre heures du matin, j'étais en route.

Hélas ! à peine avais-je quitté Paris qu'une catastrophe imprévue, s'abattant comme la foudre sur ce bonheur si certain, le détruisait à jamais !

Et durant quinze jours encore j'ignorai tout, personne ne me prévint, aucun pressentiment du cœur ne m'avertit ! Non, non... bien au contraire, tout me semblait marcher au gré de mes espérances. J'avais été parfaitement accueilli par mon oncle ; il était enchanté de mon prochain mariage : il voulait à toute force être présent à la noce et me doter d'une somme assez ronde. Par malheur, elle n'était réalisable qu'à Toulouse et cela demandait un peu de temps. Je me résignai, j'attendis... sinon sans impatience, du moins avec une sérénité complète, avec une inébranlable foi dans l'avenir.

Enfin l'argent fut prêt, et le bonhomme aussi. Un jour encore, un dernier jour... et nous allions partir.

Tout à coup, une chaise de poste s'arrête de-

vant la maison ; une femme en descend... ma
mère.

Elle semblait atterrée, elle était d'une effrayante
pâleur.

— Ma mère ! m'écriai-je avant même de l'avoir
embrassée. Ma mère... vous m'apportez une
mauvaise nouvelle ?

— Oui ! parvint-elle à articuler avec un douloureux effort. Oui, mon enfant... mon pauvre
enfant, prépare tout ton courage.

— Gabrielle est morte ! m'écriai-je.

— Non... mais elle est perdue pour toi !

Lorsque je fus revenu de ce premier coup, lorsque je pus comprendre ce que l'on me disait,
j'appris que M. Mareuil avait été soudainement frappé dans sa fortune par la faillite du
banquier chez lequel elle était déposée presque
tout entière. Pour surcroît de fatalité, d'impor-
tantes échéances étaient imminentes ; et, même
en vendant tout, il devenait impossible d'y faire
face. Ce n'était donc pas seulement la ruine, c'é-
tait le déshonneur. Sur ces entrefaites, un homme
s'était présenté, le principal créancier de M. Mareuil ; il s'était offert à le relever de ce désastre, mais à la condition qu'on lui accorderait
la main de Gabrielle. Le père avait d'abord repoussé cette proposition ; mais la fille, qui venait
de tout entendre, s'était d'elle-même immolée

pour le salut des siens. Voilà ce que me dit ma
mère. Mais elle eut beau jurer que M. Mareuil était au désespoir, que Gabrielle m'aimait
toujours, que je ne devais pas lui en vouloir d'un
sacrifice sans lequel son père se serait tué ! Je
ne voulus rien entendre, je ne voulus rien croire.
C'était une indigne trahison ! Mais il était temps
encore de l'empêcher peut-être, ou tout ou moins
d'en tirer vengeance. Déjà je m'élançais vers la
porte de la maison, j'allais partir.

— Eh ! que feras-tu, malheureux... c'est aujourd'hui même qu'on la marie ! s'écria ma mère.

A ce dernier aveu, qui venait de m'atteindre en
plein cœur, je tombai comme foudroyé sur le
seuil.

Lorsque je recouvrai l'usage de ma raison,
deux mois s'étaient écoulés. J'avais fait une longue et cruelle maladie, j'avais failli mourir.

Le souvenir ne me revint que peu à peu. Avec
le souvenir, la douleur. Je m'étudiai soigneusement à la cacher. Je me fis un visage indifférent,
je voulais en arriver à savoir le nom du mari de
Gabrielle.

Mais ce fut vainement que j'employai toutes
les ruses et tous les subterfuges imaginables. On
ne trompe point le cœur d'une mère.

A bout de patience enfin, dans un instant d'emportement, je le lui demandai sans détour.

— Jamais tu ne l'apprendras par moi, répondit-elle avec l'accent d'une résolution inébranlable.

— Soit! fis-je d'un ton plein de menace. Soit... je sais bien qui me le dira!

En parlant ainsi, je pensais à m'adresser à M. Mareuil lui-même. Aussitôt que mes forces me le permirent, je partis pour Paris. A peine arrivé, je courus rue de la Paix, j'entrai dans le magasin de l'horloger.

En me reconnaissant, il se laissa tomber sur un siége et se prit soudain à pleurer.

A la vue de ses larmes, qui étaient une justification, ma colère tomba comme par enchantement; un sanglot m'empêcha de parler, et, serrant la main du pauvre père, je m'enfuis comme un insensé.

Depuis ce jour-là, je n'ai jamais revu M. Mareuil, je n'ai jamais entendu parler de Gabrielle, et j'ignore le nom de l'homme qui, par la toute-puissance de l'or, m'a volé mon bonheur!

Oh! quant à celui-là... que le hasard m'épargne l'occasion d'une revanche... car je ne lui ai pas pardonné à lui... je ne lui pardonnerai jamais!

Voilà l'histoire que m'a rappelée l'aspect de ce lac. Elle est triste, tu le vois; mais en te la racontant, du moins, j'ai quelque peu soulagé mon cœur.

Et maintenant, Pamphile, quand tu le voudras, nous nous remettrons en route ? »

III

Pamphile Boquillon, comme bien on pense, ne se l'était pas fait répéter deux fois ; car son appétit ne s'était pas calmé, bien au contraire !

Les boîtes à couleurs étaient fixées au dos des hâvre-sacs, que surmontaient pittoresquement les parasols depuis longtemps déjà reployés. Pamphile s'empressa d'aider Marcel à se charger de son bagage, plus activement encore il endossa le sien. Puis les deux voyageurs, leur longue pique en main, commencèrent à s'acheminer vers le village, ou plutôt vers le souper.

Marcel, encore sous l'impression de ses souvenirs, marchait en silence, mais il n'en était pas ainsi de Pamphile. Soit qu'il sentît le besoin de faire diversion à une mélancolie peu en rapport avec sa joyeuse humeur, soit qu'il s'efforçât d'égayer son compagnon, pour lequel il semblait avoir la toute paternelle tendresse d'un frère aîné, le digne Boquillon babillait comme une pie, et

jetait de bruyants éclats de rire à tous les échos
du chemin.

Tout à coup, cependant, il s'arrêta ; il parut
examiner avec une sérieuse attention les alentours.

— Qu'as-tu donc ? questionna négligemment
Marcel. Est-ce que l'impatience de ton estomac
n'aiguillonne plus tes jambes ?

— Si fait, per Bacco ! se récria Pamphile. Mais
c'est précisément pour arriver plus vite que je
m'arrête.

— Comprends pas.

— Tu ne te souviens donc plus de ce chevrier
qui nous a dit : Lorsque vous atteindrez une
grande roche noire que couronne un bouquet de
sapins, quittez le bord du lac pour prendre à travers bois le sentier qui débouche non loin de là :
c'est d'une bonne demi-lieue plus court.

— Eh bien ?

— Voici le bouquet de sapins... voici la grande
roche noire... et là-bas devant nous le sentier..
Allons-y gaiement !

— Prends garde de t'égarer, Pamphile... je
n'ai pas confiance aux chemins de traverse !

— Bah ! bah ! je flaire par là comme un fumet
de soupe aux choux ! C'est de l'instinct... Je gage
te conduire tout droit à la marmite... En avant !

— Soit... en avant !

Une heure plus tard, les deux artistes se trouvaient encore en pleine forêt, et pas la moindre
auberge ne se montrait à l'horizon. Evidemment,
ils avaient fait fausse route.

— Je te l'avais bien prédit! rappela Marcel.

Pamphile ne répondit que par une furibonde
boutade dans laquelle se heurtèrent tous les plus
drôlatiques jurons connus..., français, anglais, ita-
liens, espagnols, allemands, etc., etc... je crois
même qu'il y en eut un turc.

Puis, avec ce dernier cri qui n'avait plus rien
d'humain :

— Mais j'ai faim! hurla-t-il. Mais j'ai soif!

Et, comme stimulé par ces deux éperons, il repartit de plus belle.

Hélas! la forêt devint inextricable; et, pour
surcroît d'embarras, la nuit arrivait. Une superbe
nuit, bientôt resplendissante d'étoiles.

Le poétique Marcel voulut les faire admirer à
son compagnon.

— Ça ne se mange pas! répondit avec une
sourde rage le positif Pamphile. En ce moment,
je donnerais le soleil lui-même pour un pâté, la
lune pour une galette!

Il ne marchait plus maintenant, il courait.

Enfin, on atteignit une muraille qui semblait
se prolonger au loin dans la forêt.

— C'est probablement le mur d'un parc? observa Marcel.

— Plaise à Dieu ! répliqua Pamphile. Un parc
suppose une maison... une maison suppose une
cuisine... Mais, par malheur, je n'en aperçois pas
encore la fumée !

En revanche, les deux voyageurs ne tardèrent
pas à revoir de nouveau le lac qui, dans le lointain, à travers les branches, miroitait fantasti-
quement au clair de la lune.

L'infortuné Pamphile allait laisser échapper
une suprême exclamation de désespoir, lorsque
soudainement, à un brusque détour que la muraille faisait sur elle-même, une lumière se montra à ses yeux.

Il courut, il bondit, il arriva au pied d'un élégant pavillon, qui s'élevait à l'angle d'une haute
terrasse baignée par les flots du lac.

L'une des fenêtres de ce pavillon était toute
grande ouverte. A travers de légers rideaux qu'a-
gitait la brise du soir, une assez vive clarté brillait au milieu de la nuit.

Pamphile, après avoir fait signe à son compagnon de rester silencieux, prêta l'oreille.

Un bruit de voix arriva jusqu'à lui ; puis, ce
qui l'intéressa bien davantage, un bruit de cris-
taux et d'assiettes.

— On soupe là-dedans ! murmura-t-il avec une
intraduisible expression de convoitise.

Et, se redressant de toute la hauteur de sa taille.
il s'efforça d'atteindre le large balcon qui avançait en dehors de la fenêtre éclairée.

Si l'escalade eût été possible, nul doute qu'immédiatement le pavillon n'eût été pris d'assaut
par l'affamé touriste.

— Ils sont trop verts! ricana Marcel.

De plus en plus comparable au renard de la fa-
ble, Boquillon se recula lentement, les regards
toujours fixés sur l'inabordable salle à manger.

Mais tout à coup, comme illuminé d'une inspiration gastronomique et se servant de sa longue
pique en guise de guitare, il se prit à chanter,
avec un ténor douteux, la célèbre invocation du
comte Ory :

> Noble châtelaine,
> Qui de ce domaine
> Voyez notre peine,
> Dame de bonté !
> Dans notre disgrâce,
> L'orage menace,
> Donnez-nous, par grâce,
> L'hospitalité !

Au moment où, pour la troisième fois, et avec
un point d'orgue des plus audacieux, il répétait
l'hospita...â...â...lité, les rideaux enfin s'écartè-

rent, et la silhouette d'un homme de haute taille
se pencha en dehors du balcon.

Vainement Marcel, bien qu'à plusieurs reprises
déjà repoussé, tenta un dernier effort pour retenir Pamphile. Pamphile était trop bien lancé
pour s'arrêter en si beau chemin.

Il retira courtoisement son grand feutre, et saluant à la façon des Bohémiens de Callot :

— Monsieur... dit-il, — si vous possédez un
titre quelconque, pardonnez-moi de ne l'y pas
joindre, et n'en accusez que ma complète igno-
rance à votre égard, — Monsieur, nous sommes
deux artistes, deux peintres français, dont les
noms jouissent de quelque notoriété à Paris, et
sont peut-être parvenus jusque dans ces parages.
Mais qu'est-ce que la gloire? une fumée déce-
vante, un feu follet, un rien! Nous en faisons en
ce moment la rude épreuve. Egarés dans cette
forêt, nous mourons littéralement d'inanition...
et pour surcroît de désastre, voici le ciel qui se
couvre, et la nuit qui semble devenir peu rassu-
rante pour des voyageurs sans abri. Au nom de
l'art, monsieur..., un asile. s'il vous plaît... et
surtout à souper... Voilà ce qui presse le plus !

Durant cette éloquente supplique, et comme
tout exprès pour lui servir d'apostille, le tonnerre
s'était mis à gronder dans le lointain.

L'homme du balcon ne répondit tout d'abord

que par quelques paroles inintelligibles. Puis une
autre voix se mêla à la sienne, une voix de femme
qui, de l'intérieur du pavillon, semblait l'encourager à faire bon accueil aux deux touristes, ou
bien lui déconseiller l'hospitalité. Evidemment,
l'inconnu hésitait.

Boquillon eut un soudain élan de désespoir.

— Monsieur! s'écria-t-il, voulez-vous que je
vous dise nos noms?... Faut-il vous exhiber nos
passeports?...

Et déjà, enfilant le sien à la pointe de sa pique,
il s'apprêtait à le faire parvenir ainsi jusqu'à la
hauteur du balcon.

A ce burlesque exorde, le propriétaire du pavillon parut abjurer enfin toute défiance, il répliqua :

— Non... non, messieurs... je ne vous ferai pas
cette injure. Donnez-vous la peine d'avancer de
quelques pas, par ici, du côté du lac. Vous trouve-
rez une petite porte... je descends vous l'ouvrir !

— Victoire! entonna triomphalement Pamphile.
Victoire... nous souperons !

Et tout en brandissant sa pique, il fit de ce dernier mot un chant d'allégresse, sur l'air des *Lam-
pions* :

> Nous soup'rons...
> Nous soup'rons...

Puis, s'emparant du bras de Marcel, qu'il

contraignit à hâter le pas vers l'endroit indiqué :

— Il nous prenait pour des bandits, ricana-t-il
à demi-voix, c'est clair... Et qui sait, maintenant
encore peut-être... tant mieux! Par Cartouche et
par Mandrin! ce sera plus drôle. Alerte donc,
mon beau Fra Diavolo! Tiens, voici la petite porte
en question... Elle s'encadre d'un filet lumineux...
Elle s'ouvre... Hurrah! nous voici les maîtres de
la place, et...

Boquillon n'acheva pas, l'hospitalier châtelain
venait d'apparaître sur le seuil.

La lampe qu'il tenait à la main, éclairait son
costume et son visage. C'était un homme de qua-
rante ans tout au plus, à la physionomie ouverte
et franche, au regard extrêmement doux, au sourire des plus sympathiques : un vrai type helvétien. Sa haute taille annonçait une force peu commune, et l'on comprenait parfaitement qu'il ne se
fût pas fait escorter d'un domestique pour ouvrir
ainsi sa maison, au milieu de la forêt, à cette
heure de la nuit, à des visiteurs inconnus ; il semblait de force à repousser lui seul une bande de
brigands. Son allure, néanmoins, n'avait rien que
de très-débonnaire, et la courte robe de chambre
d'été, dont il était vêtu, achevait de lui donner
l'apparence d'un bon bourgeois allant à la rencontre de ses amis.

—· Soyez les bienvenus, messieurs, dit-il simplement, et veuillez me suivre...•

Un escalier d'une vingtaine de marches conduisait à l'unique salle du pavillon. Ainsi que l'avait
deviné Pamphile, on venait d'y souper ; mais,
bien que la table présentât deux couverts, le second convive ne se trouvait plus là.

Quant à celui qui venait d'introduire les deux
artistes, il leur fit signe de prendre place, et, s'as-
seyant lui-même en face d'eux, il agita le cordon
d'une sonnette.

A cet appel accourut un domestique, qui parut
stupéfait à la vue des deux étrangers.

— Arrange-toi comme tu pourras, lui dit en
souriant son maître, il faut à l'instant servir ces
messieurs qui veulent bien me faire l'honneur
d'être mes hôtes, et qui, je dois t'en prévenir, ont
l'appétit démesurément excité par le grand air de
nos montagnes. Traite-les donc, et vivement,
comme tu le fais pour moi-même après un rude
journée de chasse.

Lorsque le domestique fut sorti, Marcel et
Pamphile voulurent s'excuser à qui mieux mieux
de leur indiscrétion.

— Laissez donc! fit le complaisant amphi-
tryon, c'est tout simple. J'ai l'honneur d'être
suisse, messieurs ; et, dans notre rude pays,
l'hospitalité se pratique encore à la manière antique. Vous êtes ici chez vous.

Il y avait eu tant de franchise vraiment patriarcale dans ces paroles, que les voyageurs se sentirent aussitôt une naissante amitié pour leur hôte inconnu.

Le vieux serviteur, lequel avait nom Frantz, ne tarda pas à reparaître, et le souper fut servi avec une profusion digne de la table d'un suzerain du moyen âge.

Je laisse à penser quel accueil fit Boquillon à cette merveilleuse aubaine. Marcel lui-même se comportait en digne convive d'un semblable festin, et bientôt, grâce au vin généreux dont sans cesse les verres étaient remplis, la plus joyeuse cordialité régna dans le pavillon.

Pamphile surtout faisait preuve d'un inépuisable entrain et d'une verve étourdissante. Il plut énormément à son hôte, qui, bien qu'un peu réservé tout d'abord, un peu grave, finit par se laisser gagner à cette gaieté toute française. Les deux artistes en arrivèrent à dire leurs noms : monsieur Bernheim, — tel était celui du maître du pavillon, — leur cita leurs œuvres et s'écria :

— Vous voyez bien, messieurs, que je vous connais depuis longtemps... que je suis pour vous un ancien ami?

Puis, changeant de ton tout à coup :

— Entre amis, reprit-il, il faut une complète franchise : voulez-vous me permettre un aveu?

— Parlez... parlez... lequel?

— Tout à l'heure, au commencement de la sé-
rénade, je n'étais pas seul ici.

— Nous nous en doutions un peu, sourit
Marcel.

— Voulez-vous que j'achève la confession?
proposa vivement Pamphile. Je gage avoir deviné mot pour mot ce que vous alliez nous dire...

— Voyons?

— Tout d'abord, vous nous avez pris pour des
bohémiens, des vagabonds, pis que cela, peut-être.

— Franchement... c'est un peu vrai.

— Revenu bientôt à de meilleurs sentiments
sur notre compte, vous avez admis que nous
étions réellement des artistes. Mais quels artistes? Il s'en rencontre — et c'est fort heureusement le plus petit nombre — qui sont malappris,
sans usage du monde, débraillés, incongrus dans
leurs propos, etc... des artistes d'estaminets, des
espèces de saltimbanques!

— Oh! oh... monsieur Boquillon!

— Permettez-moi d'achever, monsieur Bernheim. Vous soupiez céans avec une dame... ou
une demoiselle... peu importe? votre sœur, votre
mère, votre fille, votre femme peut-être... et très-
prudemment vous vous êtes dit : Je veux bien me
hasarder à recevoir ces intrus, moi ; mais pour de
chastes regards, pour des oreilles délicates...

— Messieurs, interrompit en se levant l'Helvétien, je vais avoir l'honneur de vous présenter à
Mme Bernheim, à ma femme.

Et prenant un flambeau sur la table, il sortit
aussitôt.

— Comme j'ai mis le doigt dessus! ricana Pamphile à l'oreille de Marcel. Nous allons voir maintenant la dame du lac...

— Je te conseille de t'en vanter, interrompit
son compagnon, costumés comme nous le sommes.

— Oh! oh! monsieur le coquet... c'est ici le
château de Sans-façons, le manoir de la Simplicité.
Vive la Suisse, mein Gott! et si la châtelaine ressemble au châtelain...

— Chut! fit tout à coup Marcel. Ecoute?

Boquillon prêta l'oreille pendant une seconde,
et parlant plus bas encore :

— En effet, reprit-il, j'entends un bruit de
pas : c'est lui sans doute qui revient déjà... c'est
elle !

M. Bernheim, en sortant, avait laissé la porte
entr'ouverte. Le curieux Boquillon écarta précautionneusement les épaisses draperies qui seules
maintenant masquaient l'ouverture, et sans bruit
il regarda au delà.

Le pavillon communiquait avec la maison par
une large galerie vitrée, qui couronnait élégam-

14

ment toute cette partie de la terrasse et dont les
deux voyageurs, arrivant par la forêt, n'avaient pu
jusqu'alors soupçonner l'existence.

Tout à l'extrémité de cette galerie, s'avançaient
M. et Mme Bernheim.

La lumière, que tenait toujours celui-ci, éclairait en plein le visage de celle-là. .

— Oh ! la ravissante jeune femme ! murmura
Pamphile, avec une artistique admiration.

— Vraiment ? fit Marcel, dont le même sentiment venait de mettre en éveil la curiosité.

— Regarde à ton tour…, mais vivement….. ils
approchent !

Marcel prit la place de Pamphile.

Mais à peine son regard eût-il plongé dans l'in-
terstice des deux portières, qu'étouffant un cri, il
se recula, pâle, frémissant, terrifié.

— Eh bien ! questionna Pamphile tout stupéfait de cette étrange émotion. Eh bien donc…
qu'est-ce qui te prend ?

— Cette femme… parvint à articuler Marcel
d'une voix pleine d'angoisses.

— Mme Bernheim ?

— Oui… oui !

— Eh bien ?

— C'est Gabrielle !

— Bigre ! fit Phamphile avec effroi, ça se com-
plique !

IV

— Je m'appelle Paratonnerre ! disait Boquillon
en se mettant au lit, j'ai détourné la foudre !

Effectivement, grâce à son adresse, le terrible
coup de théâtre qui semblait inévitable avait été
prévenu.

Tout d'abord, Pamphile avait contenu la fou-
gueuse émotion de Marcel. Puis, lors de l'entrée
de Gabrielle, il avait trouvé moyen de tellement
distraire l'attention de M. Bernheim, que la jeune
femme avait eu le temps de se remettre de sa première surprise ; en sa qualité de mari, le digne
compatriote de Guillaume Tell ne s'était aperçu
de rien.

Mais si tant bien que mal la soirée était arrivée
à son terme, il s'en fallait de beaucoup que le péril fût complétement conjuré ; le ciel du lendemain
semblait devoir être gros d'orages.

Cette crainte tourmentait singulièrement le cerveau de Boquillon.

Aussi, lorsque les deux artistes furent installés
dans la chambre qui leur avait été préparée,
Pamphile s'empressa de fermer la porte à double

tour, et se tournant vers Marcel qui, éperdu et brisé, venait de se laisser tomber sur un fauteuil :

— Ami, lui dit-il, je te plains sincèrement, mais je te dois la vérité. Es-tu un honnête homme ?

— Je le crois.

— Eh bien... il faut partir.

— Partir !

— A l'instant... sans chercher à la revoir... sans même regarder en arrière. Il le faut, l'honneur le veut !

Marcel ne répondit pas, et plongea sa tête dans ses deux mains.

Boquillon alla ouvrir la fenêtre, et se pencha au dehors.

Puis, revenant vers son ami :

— Un premier étage, reprit-il, et pas haut du tout. Nous sommes assez forts en gymnastique pour nous permettre ce petit saut-là. On nous considérera comme des écervelés, comme des malotrus. Mais il y aura une femme qui dira tout bas : C'est un noble cœur ! et qui te conservera toute sa vie une sainte reconnaissance.

— Mais..., s'écria Marcel avec un élan de désespoir, mais tu ne comprends donc pas, malheureux, que je souffre et que je l'aime !

— Eh ! si fait, pardieu ! où serait le mérite ?

— Crois-tu donc qu'elle désire que je parte? Oh !

non... non... j'en suis certain, elle m'aime encore !

— Je t'accorde volontiers cette consolation. Hélas! oui. Moi aussi, je n'en doute pas; elle est bien loin d'avoir oublié son premier amour... pauvre jeune femme !

En parlant ainsi, Pamphile ne faisait nullement acte de complaisance ; il avait su lire sur le visage de Gabrielle tout ce qui se passait dans son âme, et, les confidences de Marcel aidant, il se rendait un compte exact de la position présente. Assurément c'était une honnête femme ; il suffisait d'un seul regard pour en être convaincu. Ce front si pur, ces yeux si limpides, ce sourire si doux, cette beauté resplendissante de pudeur et de sérénité n'avaient jamais pu donner prise à l'esprit du mal. Il y avait plus : la veille encore, Mme Bernheim était une femme heureuse. Et pourquoi non ? Son mari ne méritait-il pas d'être aimé? N'avait-elle pas la sauvegarde que Dieu donne à ses élues, n'était-elle pas mère! Pendant la soirée, M. Bernheim avait parlé avec orgueil de deux charmants enfants qu'il comptait présenter le lendemain à ses hôtes. Deux enfants, n'est-ce pas assez pour le bonheur, pour l'avenir d'une femme? Certes, Gabrielle n'avait pas oublié Marcel; son émotion, en le revoyant, venait d'en donner la preuve. Mais cet amour, refoulé tout au fond de son cœur, ne devait plus exister qu'à l'é-

tat de souvenir; un de ces souvenirs qui semblent
ne plus être de ce monde et dont, aux heures seulement de rêverie, on écoute avec une sorte d'a-
mer plaisir le lointain écho. Et voilà que tout à
coup, au milieu de ce calme profond, au milieu
de cette sécurité parfaite, le fantôme du passé
venait d'apparaître devant elle; voilà que ses illusions de jeune fille s'étaient réveillées; voilà
qu'elle sentait lui revenir la passion! Ce fut une
épouvante, presque une douleur. Son mari était
là, ses enfants dormaient dans la chambre voisine.
Et Marcel... Marcel... Oh! oui, Pamphile avait
eu raison de le dire : Pauvre Gabrielle!

A ce dernier mot, Marcel s'était emporté soudainement, et avec un sourire étrange :

— Oh! s'était-il écrié, ce n'est pas elle qu'il faut
plaindre, c'est lui!

— Lui... qui?

— Ce Bernheim... Ah! ah! le hasard m'offre
enfin ma revanche!

— Marcel... qu'oses-tu penser?

— Eh! parbleu, c'est bien simple. On m'avait
pris mon bien, je le retrouve et je le reprends...
voilà tout!

— Mais c'est du délire... Partons...

— Non pas! je reste ici... j'attends une occasion... Je fuis avec Gabrielle... et seuls, tous les
deux, au bout du monde...

— Il n'y a qu'une petite difficulté à cela, interrompit avec une calme énergie Pamphile, c'est que ce serait une infamie et que tu ne la commettras pas.

— Qui m'en empêcherait?

— Moi.

— Allons donc!

— Mais avant tout, écoute...

— Je ne veux plus rien entendre... j'ai trop souffert!

— Eh! c'est précisément de cette souffrance-là que date ton talent. Ingrat! ce sont les grandes douleurs qui nous trempent pour les grandes choses, nous autres artistes !... Si ta destinée eût suivi tout doucement son petit bonhomme de chemin, si tu fusses devenu le mari de Gabrielle, jamais le bonheur n'eût fait de toi un homme de génie. Voilà pour le passé! Quant au présent, qu'as-tu devant toi? Une femme qui t'aime encore, soit... mais qui est honorée, riche, heureuse... qui a un excellent mari, des enfants. Et tu voudrais lui faire abandonner tout cela! Pourquoi? Pour enchaîner à tes pas une pauvre complice que le remords tuerait; pour embarrasser ton libre avenir d'une mauvaise action. Allons donc! Ce ne serait pas seulement un crime, ce serait une insigne folie! Reviens à la raison, Marcel; et loin de m'en vouloir pour cette leçon, que du reste je t'avais promise au dénouement de ton histoire, serre la main de ton vieil ami, qui ne t'a jamais donné, qui ne te donnera jamais un meilleur conseil. En amour, vois-tu bien, il est rare d'être heureux... mais pour mériter de le devenir dans son âge mûr, il faut, durant sa jeunesse, avoir su respecter le bonheur des autres. Telle est la loi de Dieu, Marcel... telle est la morale de Pamphile !

Et comme le pauvre désespéré continuait à rester immobile, la tête toujours enfouie dans ses deux mains, Boquillon alla les écarter tout doucement afin de les serrer dans les siennes.

Marcel enfin releva les yeux : son visage était inondé de larmes.

— Pristi ! pristi !... pensa Pamphile, ce sera plus difficile que je ne l'espérais.

Il prit une chaise basse et s'assit en face de Marcel. Il voulut, non plus sermonner sa passion, mais consoler son chagrin tout en réconfortant son courage. Il trouva de ces mots que l'amitié seule inspire ; il eut des' inflexions de voix telles qu'il en vient à une mère endormant la douleur d'un enfant qui souffre.

— Tu me fais mal ! interrompit enfin Marcel. Tais-toi... couche-toi... laisse-moi... mon âme a besoin d'être seule.

Boquillon n'avait pas insisté, et c'est alors,

ainsi que nous l'avons dit en commençant ce chapitre, qu'il s'était mis au lit.

— La nuit porte conseil ! pensait-il en s'endormant. Peut-être qu'au lieu d'un malade, je n'aurai plus à traiter qu'un convalescent.

Plusieurs fois il rouvrit les yeux, toujours il retrouva son compagnon debout, devant la fenêtre ouverte et tristement accoudé sur le balcon.

Mais lorsqu'enfin Pamphile se réveilla définitivement — le soleil brillait alors dans tout son éclat, — il s'aperçut avec une certaine satisfaction que Marcel, succombant à la fatigue, s'était jeté tout habillé sur son lit et dormait profondément à son tour.

— Très-bien ! murmura Boquillon, voici qui me semble d'un bon augure !

Et se gardant bien de le réveiller, il descendit dans le jardin.

Vertes pelouses, innombrables fleurs, charmilles épaisses, grands arbres séculaires, tel fut le charmant aspect qui se déroula au premier regard de l'artiste. Et tout cela par une riante matinée d'automne, sous un ciel d'azur, aux rayons d'un doux soleil, avec mille chants d'oiseaux, avec le lac en perspective et, de toutes parts, d'admirables montagnes bornant l'horizon : un vrai paradis.

Au détour d'un massif de roses, Pamphile aperçut deux enfants : une petite fille de quatre ans environ, un petit garçon marchant à peine, et qui tous les deux, sous la surveillance attentive d'une jeune et fraîche Suissesse, se roulaient en jouant dans l'herbe émaillée de paquerettes.

A cette vue, Pamphile s'arrêta court et se laissa aller à une contemplation souriante.

— Voilà qui ferait un ravissant tableau ! pensait-il.

Les enfants l'aperçurent enfin ; ils accoururen avec de grands cris joyeux : peut-être l'avaient-ils pris de loin pour leur père. En arrivant, le petit garçon faillit tomber. Pamphile s'accroupit vivement pour le soutenir, et l'assit sur son genou. La petite sœur, qui d'abord s'était tenue quelque peu à l'écart, voulut jouir des mêmes priviléges que le petit frère, et s'approcha rapidement, déjà toute familiarisée avec l'artiste : bientôt elle se trouva sur l'autre genou. Pamphile avait pris le parti de s'asseoir tout à fait dans l'herbe. Ce fut alors un charmant babillage enfantin, de frais éclats de rire et des caresses folles. Les deux petits Bernheim se piquaient évidemment d'émulation : ils grimpaient jusqu'à son épaule, ils fourrageaient dans sa barbe rousse, ils lui jetaient leurs quatre petits bras autour du cou. Finalement, tous les deux à la fois, ils lui mirent un bon gros baiser sur chaque joue.

Une larme vint aux yeux de Pamphile.

— Pauvres chers petits ! se dit-il. Oh ! oui, je
vous conserverai votre mère !

Et comme il relevait la tête pour les embrasser
à son tour, il aperçut, à l'autre extrémité de la
pelouse, M. Bernheim qui regardait ce groupe
avec une franche et bonne jubilation paternelle.

Pamphile reposa les deux enfants sur le gazon,
et courut à la rencontre de son hôte.

— Vous aimez les enfants ? demanda le mari
de Gabrielle.

— Distinguons ! repartit Pamphile. J'aime
ceux-là, qui sont adorables !

— Je suis enchanté qu'ils vous plaisent, reprit
M. Bernheim ; vous n'en resterez que plus longtemps avec nous.

— Non ! se récria vivement Pamphile. Oh !... non !

— Je ne comprends pas, questionna le père tout
étonné.

Boquillon rougit, balbutia en guise de réponse :

— C'est que nous avons pris rendez-vous avec
des camarades que nous devons retrouver à
Berne... Il faut absolument que nous nous remet-
tions en route.

— Absolument ?

— Aujourd'hui même.

— Oh ! quant à cela, non... Je veux vous retrouver ici à mon retour.

— Votre retour... vous comptez donc vous ab-
senter?

— Jusqu'à ce soir. J'en suis désolé vraiment,
mais il le faut. Jugez-en vous-même?

— Monsieur...

Bernheim ne tint aucun compte de cette interruption :

— Je tiens à vous prouver que, si je vous
fausse compagnie pour quelques heures, j'ai du
moins l'excuse d'une impérieuse urgence. Voici
le fait. La fortune des Bernheim provient d'une
vaste fabrication d'horlogerie qui embrasse presque toute l'étendue de cette contrée. Moi-même,
j'en ai longtemps été le propriétaire directeur, je
l'étais encore hier. Mais, outre le temps que me
prenaient les affaires — temps précieux que je
préfère de beaucoup consacrer à ma femme, —
j'ai pour beau-père un excellent homme, un des
principaux horlogers de Paris, l'un des plus laborieux surtout et des plus honorables, mais que
n'a pas favorisé le sort. Une idée m'est venue
tout à coup. Cédons-lui cette espèce de mine d'or,
dont j'ai assez pour moi-même, et qu'après lui
son fils, le frère de ma chère Gabrielle, Félix Mareuil, en devienne le maître à son tour. Que chacun d'eux y puise pendant dix ans ; en dix ans la
mine rapporte un million. Elle reviendra plus
tard à mon bien-aimé petit Wilhem, qui doit y

dépenser aussi sa part de travail, et lui-même
y récolter à son tour sa part de fortune : c'est
un vieil usage dans notre famille, une loi sa-
crée.

— Très-bien! opina Boquillon. Mais permettez,
je ne vois pas trop...

— Patience! reprit Bernheim, nous y voici.
J'ai voulu, vous le comprendrez sans peine, que
tous ces beaux projets fussent un mystère pour
ma femme. Son père et son frère doivent arriver,
vers midi, à notre principale usine. C'est de l'autre côté du lac, à quelques lieues seulement. Il
faut que j'aille les recevoir, les installer. Puis, ce
soir même, je les ramène ici, et j'annonce à Gabrielle, qui ne se doute de rien, mon nouveau suc-
cesseur. Voyez-vous la surprise, la joie... Ce sera
une vraie fête de famille, et vous en serez, vous
et votre ami... morbleu, je l'exige!

Boquillon ne céda pas, bien au contraire.

— Monsieur... s'écria-t-il avec une émotion
difficilement contenue. Monsieur, c'est avec un
bien vif regret, je le répète, mais il faut que nous
partions... il le faut!

Et en lui-même, il ajouta :

— Maintenant plus que jamais!

Le digne Helvétien avait eu le geste d'un homme
qui ne veut pas absolument prendre un refus au
sérieux. Puis, suivant le cours de sa pensée, et

15

avec une touchante expression de tendresse dans
la voix :

— Chère femme! continua-t-il. Va-t-elle être
contente! Quel beau jour pour elle! Je lui devais
bien ça, voyez-vous, monsieur. Si vous saviez
comme elle est bonne, et combien je l'aime! Pour
lui épargner un chagrin, pour la voir sourire, je
donnerais de grand cœur toute ma fortune. Son
bonheur, voilà l'étude de tous mes instants, voilà
le but de toute ma vie. Mais j'en suis bien récom-
pensé, allez! Elle et mes enfants... Oh! mon Dieu,
que c'est donc bon de rendre heureux ceux qu'on
aime!

Et il eut une larme dans les yeux.

— Ah! conclut Pamphile. Ah!... monsieur Bernheim, tenez... vous êtes un excellent homme!

En ce moment, la cloche du déjeuner retentit
tout à coup.

M. Bernheim s'empressa de conduire son hôte
dans la salle à manger, et l'y laissa seul un instant pour aller chercher Gabrielle.

A peine était-il sorti que Marcel entra.

Il était extrêmement pâle, et son visage portait
l'empreinte de sa fiévreuse insomnie.

— Courage! dit Pamphile en lui serrant la
main.

Le mari ne tarda pas à rentrer, mais seul.

— Mme Bernheim est un peu souffrante ce ma-

lin, dit-il, et vous prie de l'excuser, messieurs...
elle n'aura pas le plaisir de déjeuner avec vous.

Marcel ne put dissimuler un mouvement de
dépit.

Le repas fut court et presque silencieux. Pamphile lui-même se sentait devenir tout songeur.
Quant au maître de la maison, il était évidemment
pressé de partir.

— Messieurs, proposa-t-il au dessert, si vous
m'accompagniez jusqu'à l'autre rive du lac? Au
retour, le batelier vous conduirait dans une certaine crique connue seulement des habitants du
pays, et du fond de laquelle vous auriez le plus
admirable sujet d'étude de tous les environs. Dites... voulez-vous?

Pamphile acceptait déjà.

— Pardon ! interrompit vivement Marcel, mais
j'ai commencé ce matin même une esquisse dans
le parc, et je désirerais la terminer avant tout.

— A votre aise! répondit hospitalièrement
Bernheim. Liberté tout entière. Mais j'emmène
avec moi M. Boquillon... Oh! quant à cela, j'y
tiens. En route !

— Oh! les maris! maugréa Pamphile.

Mais le moyen de refuser!

Il partit donc, mais non sans avoir jeté un regard foudroyant à Marcel, et sans s'être dit à lui-
même :

— Je ne serai pas longtemps sans revenir,
va !

Pendant la traversée — splendide promenade
sur le lac — Bernheim eut encore des mots, des
inflexions de voix, des regards qui allèrent droit
au cœur de l'artiste. Il se prenait décidément pour
pour lui d'amitié; en sa présence, il pensait tout
haut comme avec un frère.

— Et je laisserais tromper ce brave homme
de père! se disait Pamphile, cet admirable mari
qui abandonne des millions à son beau-père, rien
que pour avoir le plaisir de faire une agréable
surprise à sa femme; je souffrirais qu'on lui prépare un désespoir éternel... Oh! mais non!... il
en mourrait, c'est sûr... et moi, je ne me le par-
donnerais pas !

La barque atteignit enfin la rive opposée.

— Au revoir! fit joyeusement Bernheim en
sautant à terre. Vous entendez bien, au revoir?
Si je ne vous retrouve pas à la maison, je vous en
voudrai toute ma vie !

Pamphile s'abstint de répondre; il ne pensait
qu'à une chose, retourner immédiatement auprès
de Marcel et ne plus le quitter.

Malheureusement, Bernheim tenait à sa fameuse crique. Il avait donné l'ordre au batelier
d'y conduire l'artiste; il s'attardait tout exprès de
monter à cheval pour voir si la barque en prenait

bien le chemin. Impossible de retourner tout
droit au château !

Assurément, Boquillon est grand amateur de
beautés pittoresques ; mais si vous lui demandiez
ce qu'il a vu ce jour-là, il serait fort embarrassé
de vous répondre. Il n'avait de regards que pour
un seul point de l'horizon : celui où il sentait le
danger pour Gabrielle. Il se démenait comme un
possédé sur son banc : il écrasait entre ses lèvres mille exorcismes inintelligibles ; il eût été le
mari jaloux qu'on ne l'eût pas vu plus impatient,
plus anxieux !

Enfin, il put revenir au rivage, s'élancer vers la
maison, parcourir les allées, le parc.

Personne !...

— Seraient-ils déjà partis tous les deux ? murmura-t-il avec effroi. Oh ! non, non, c'est impossible !

Le digne garçon se trouvait devant le pavillon
de la terrasse. Un dernier espoir lui vint à l'esprit. Il gravit en deux bonds l'escalier, il entra.

Rideaux baissés, demi-jour, profond silence...

Pamphile tomba désespéré sur un fauteuil, et
se prit la tête entre les deux mains.

Tout à coup, deux voix, s'élevant du jardin, parvinrent jusqu'à son oreille... la voix de Mme Bernheim et la voix de Marcel !

Boquillon faillit s'étrangler en retenant le cri

de joie qui venait de lui monter à la gorge. Puis,
marchant sur la pointe des pieds sans plus de
bruit qu'un chat qui guette, il s'approcha d'une fenêtre, il écarta les rideaux, il écouta.

La jeune femme paraissait avoir été surprise
par Marcel; elle s'efforçait en vain de le fuir.

— Laissez-moi! suppliait-elle d'une voix éperdue; je ne dois pas, je ne veux pas vous entendre.
Ayez pitié de moi, Marcel! soyez généreux... partez, partez!

Mais le jeune homme continuait à la retenir par
les deux mains, et d'une voix pleine de compas-
sion, il lui répondait :

— Partir... soit... mais avec vous. C'est Dieu
lui-même qui nous a réunis... Oh!... si je pouvais
vous dire tout ce que j'ai dans le cœur, vous n'hé-
siteriez pas. Il faut que je vous parle, Gabrielle...
il le faut!

— Écoutez! interrompit-elle tout à coup, on
me cherche, on m'appelle... C'est la voix de mes
enfants... mes enfants! Comprenez donc, Marcel...
Oh! c'est la première fois qu'ils appellent en vain
leur mère !

Elle était presque à ses genoux, elle levait vers
ui son visage inondé de larmes. Jamais, non, jamais elle n'avait été si belle.

Un instant, Marcel parut prêt à céder.

— Me promettez-vous de revenir? lui dit-il,

Et, comme déjà dans ses regards un refus se devinait, il ajouta :

— Je vais vous attendre dans ce pavillon, où nous serons seuls tous les deux... bien seuls. Mais si dans une heure vous n'êtes pas venue... Gabrielle, c'est par la mémoire de ma mère que je vous le jure... je me tue !

— Marcel ! s'écria-t-elle épouvantée.

Il cessa de la retenir, et d'une voix fermement résolue :

— Vous êtes libre, lui dit-il. Ma vie ou ma mort dépendent de votre retour. Allez, vous avez une heure !

— Marcel ! vous... mourir !

— Viendrez-vous ?

— Oui... oui !

Et, folle de terreur, elle s'enfuit.

— Si pourtant je n'étais pas là ! se dit Pamphile.

V

Assurément, la menace de Marcel était insensée, mais elle était sincère ; Mme Bernheim l'avait

bien lu dans son regard, le désespoir lui aurait
fait tenir parole à l'heure dite.

Silencieux et morne, il avait suivi de loin, jusqu'au détour de l'allée, les traces de Gabrielle. Il
voulait la revoir encore. Qui sait... peut-être ne
la reverrait-il plus !

Durant ce temps-là, dans le pavillon, Pamphile
restait plongé dans une méditation profonde.

Le timbre d'une pendule lui fit relever tout à
coup la tête ; un quart d'heure s'était écoulé
déjà.

— Alerte ! se dit-il. Il n'est que temps !

Après s'être rapidement assuré que les alentours étaient encore déserts, il sortit du pavillon,
se jeta derrière une charmille pour éviter la rencontre de Marcel qui déjà se rendait au rendez-
vous, puis il s'éloigna par le jardin, mais d'un
pas qui se ralentissait de plus en plus. Évidemment, Pamphile n'avait pas encore trouvé le dénouement qu'il cherchait.

Un clocher lointain sonna la demie.

Boquillon se frappa le front, et s'écria :

— Tant pis, ma foi ! Les moyens les plus
francs sont les meilleurs. Allons droit au but !

Une fois cette résolution prise, il s'élança vers
la maison, monta toujours courant jusqu'à la
chambre où Marcel et lui avaient reçu l'hospitalité ; en un tour de main, il fit rentrer tout le menu

bagage épars çà et là dans les deux hâvre-sacs, endossa le sien, accrocha l'autre à son bras, sans oublier les deux piques, et, redescendant ainsi harnaché, reprit à pas rapides le chemin du pavillon.

A son air crânement décidé, aux gestes énergiques par lesquels il s'excitait encore, on pouvait facilement deviner que, de gré ou de force, il prétendait enlever Marcel.

Mais soudain, au détour d'un massif de roses, le même que celui de la matinée, il se rencontra face à face avec Mme Bernheim, qui, elle aussi, se hâtait, hélas! vers le rendez-vous.

Non loin de là, dans l'ombre projetée par quelques arbustes, les deux enfants jouaient encore sur la pelouse, partout ailleurs inondée de soleil.

Pamphile arrêta du geste la jeune femme, et d'un ton de gravité douce, il lui dit :

— Madame, pensez-vous que je sois pour Marcel un ami, presque un frère?

— Oui... balbutia-t-elle avec une conviction mêlée d'étonnement. Oh! oui...

— Eh bien... fiez-vous à ma parole... Je vous en réponds, il ne se tuera pas!

— Quoi! vous savez...

— J'ai tout entendu... N'allez pas plus loin.

Un large divan de gazon vert se trouvait là : Gabrielle s'y laissa tomber, en se voilant le visage.

— Adieu, madame !... poursuivit respectueusement l'artiste. Veuillez nous excuser auprès de
M. Bernheim de ne pas avoir attendu son retour,
et faites en sorte qu'il ne m'en garde pas rancune. C'est un noble cœur, et qui mérite d'être
heureux. Adieu... non-seulement pour moi, mais
pour Marcel !

Et, d'un signe, il appela les deux enfants, que
la curiosité de leur âge avait rapprochés déjà.

En sa qualité d'aînée, la petite fille arriva naturellement la première.

Boquillon la reçut dans ses bras, et l'embrassa
avec un regard qui bien clairement signifiait : Je
vous rends votre mère, j'ai tenu ma promesse.

Puis, plaçant à l'arrière du tertre gazonné la
mignonne créature, lui-même il mit autour du
cou de la jeune femme les deux petits bras de
l'enfant.

— Reste ainsi ! souriait-il en même temps.
Tiens bien ta mère. Elle pourrait s'envoler, elle a
des ailes !

Tout trébuchant, tout gaillard et tout rose,
Wilhelm accourut à son tour. Pamphile l'assit
vivement sur les genoux de Gabrielle, et s'enfuit
en lui criant :

— Adieu ! vous voyez bien que vous leur ap-
partenez toute entière. Adieu pour jamais !

En quelques secondes, il eut atteint le pavillon.

Assis devant la pendule, Marcel comptait les minutes.

Au bruit de la porte qui venait de s'ouvrir tout à coup, il se redressa vivement, il s'écria :

— Gabrielle !... Gabr......

— Non... c'est moi ! interrompit Pamphile.

— Que signifie ?...

— Tu le vois, je suis déjà tout équipé pour le départ, et je t'apporte de quoi en faire autant.

— Mais elle !...

— Elle ne viendra pas... Elle ne peut venir...

— Comment ?...

— Regarde !

Et Boquillon, entr'ouvrant les rideaux, montra de loin à Marcel le groupe charmant que formaient Mme Bernheim et ses deux enfants.

La petite fille n'avait pas bougé de place, et l'enchaînait toujours de ses bras. Le petit Wilhelm, debout sur ses genoux, semblait la retenir en avant. Partout autour d'eux des fleurs, des chants d'oiseaux, de la verdure, du soleil. Plus loin, à l'horizon, un de ces frais et délicieux paysages suisses qui semblent créés tout exprès pour servir de patrie au bonheur.

— Ne dirait-on pas une jeune mère de Greuze ! murmura Pamphile. Oh ! ce serait dommage, n'est-ce pas... ce serait bien dommage de détruire un semblable tableau !

Et profitant de ce que Marcel, immobile et comme charmé, se taisait encore, Boquillon acheva sa victoire en laissant parler son cœur.

Comme péroraison dernière, il présenta à Marcel la pique et le sac de voyage.

Marcel ne répondit pas un mot, mais il tendit la main.

— Enlevé! fit triomphalement Pamphile.

Et, tout en équipant à la hâte son compagnon, il l'entraîna rapidement vers le petit escalier par lequel ils avaient été reçus la veille.

Aussitôt dans la forêt, Marcel s'éloigna en courant.

Pamphile le suivit du même pas et, comme lui, gardant le silence.

Au bout d'une demi-heure, cependant, comme ils atteignaient le sommet d'une colline, ils se retournèrent tous les deux.

Malgré l'éloignement, on distinguait encore sur la verte pelouse la robe blanche de Gabrielle.

Une barque, traversant le lac, se dirigeait vers le château.

— C'est M. et Mme Mareuil, dit Pamphile, c'est ton ancien ami Félix, le petit bonhomme au volant. Elle aura assez de joie ce soir pour tout oublier... hormis ton souvenir, qu'éternellement elle bénira!

— Mais moi!... moi! soupira douloureusement Marcel.

— Toi... ton premier tableau sera un chef-
d'œuvre ! souviens-toi de mon système comme de
ma morale... et si plus tard tu te maries, Dieu te
fera heureux... car tu as su respecter le bonheur
des autres !

Et les deux artistes se remirent en chemin.

LE BIEN D'AUTRUI

I

Non furtum facies.

C'était un rude et franc matelot que Césaire Heurtevent, — un Trouvillais, c'est tout dire.

Il avait trente ans au plus ; il était grand, svelte, mais rablé, robuste. Son épaisse chevelure d'un blond roux ; ses yeux d'une extrême limpidité — la limpidité de la mer ; — son teint hâlé, bien que blanc et rose sous le hâle ; sa physionomie ouverte et cependant maligne ; son allure simple et puissante, tout en lui rappelait le Normand pur sang, le Normand primitif. On eût dit revoir un de ces hardis pilotes qui jadis conduisirent leur duc Guillaume à la conquête de l'Angleterre.

Ajoutez à cela que Césaire Heurtevent possé-
dait de quoi, comme on dit dans le Calvados. Ses
parents, — hélas! ils n'étaient plus de ce monde
— lui avaient laissé une maisonnette toute neuve,
fort gentiment assise au revers de la falaise, et
dont les revenus s'étaient accumulés durant les
quelques dix ans qu'il venait de passer au service
de l'Etat. Cette somme, jointe à ses propres économies de matelot, lui constituait un capital d'environ quinze mille francs ; c'est juste ce qu'il faut
pour se faire construire un bateau de pêche.

Césaire s'en était commandé un, aussitôt son
retour à Trouville.

Le jour où commence ce récit, on allait bapti-
ser la nouvelle barque.

Il est sept heures du matin.

Maître Heurtevent, assis dans la salle basse,
fume sa pipe avec une certaine satisfaction or-
gueilleuse : il est patron !

Patron ! s'appartenir ! être libre ! mettre le cap,
orienter les voiles à sa fantaisie, commander à
son tour, être maître à son bord, être amiral, être
roi !

Ce plaisir-là, seulement, coûte un peu cher.

Devant le patron de la *Jeanne-Marie*, — c'était
le nom de sa barque, c'était le nom qu'avait porté
sa mère ! — des piles de pièces de cinq francs,

flanquées çà et là de quelques colonnettes de pièces d'or qui les égayaient, voire même de quelques billets de banque où se jouait une fraîche
brise venant de la mer, brillaient et papillotaient
aux yeux du pêcheur.

Il venait de compter à plusieurs reprises ces
diverses sommes, et, les séparant de la main, du
regard, il se disait :

— Voilà bien pour le marchand de bois, pour le
marchand de fer, pour le charpentier, pour le
peintre et pour les autres. Ils vont venir, ils vont
être payés rubis sur l'ongle. Par exemple, il ne
me restera rien... mais je ne devrai rien, et la
Jeanne-Marie sera bien ma barque, à moi, Césaire
Heurtevent. Oui! oui! tout l'argent est là,... et,
dès demain, à la marée, nous hisserons gaiement
les voiles!

Mais, s'interrompant tout à coup :

— Bigre! s'écria-t-il sur un tout autre ton,
j'oubliais justement le voilier, ce vieux grippe-
sous de Lisieux qui m'a vendu ma toile! Comment diable ai-je donc compté, moi? J'avais pourtant là son papier... oui... le voici :

« Doit Césaire Heurtevent à Samuel Meyer...
« deux mille francs... »

— Deux mille francs !...

Durant quelques secondes, il resta rêveur.

Puis, s'emportant tout à coup :

— Au diable le juif! Deux mille francs! A-t-il
dû me voler là-dessus... moi et tant d'autres, tous
les camarades qu'il fournit sur la côte, depuis le
Pont-Audemer jusqu'à la rivière de Caen! Ah!
s'il y avait un moyen de ne pas le solder, celui-
là... un descendant de Judas... ce serait pain
bénit!

A cette mauvaise pensée, Césaire rougit tout à
coup, et, pour la seconde fois, changeant de ton,
de visage :

— Eh bien! fit-il, qu'est-ce que c'est que ça,
maître Heurtevent? que dirait votre digne mère,
Jeanne-Marie, si elle était encore là pour vous entendre?... Hélas! peut-être m'a-t-elle entendu du
fond de sa tombe cachée sous l'herbe du cimetière de Lisieux. Pardon, mère, pardon! Samuel
Meyer aura son dû!

Quelques minutes plus tard, notre pêcheur
abordait un tout autre ordre de réflexions. Il
paierait... oui... mais comment? Les autres fournisseurs arrivèrent coup sur coup, et, chacun
d'eux ayant emporté son lot, firent table rase.
Nous l'avons déjà dit, tout l'argent vaillant de Césaire était là; tout, jusqu'à la dernière pièce, y
passa. Où diable trouver encore deux mille
francs?... Le juif ne ferait pas crédit. Il faudrait
donc recourir à l'emprunt: qui sait même? peut-
être hypothéquer la maisonnette... Les marins

ont horreur de tout ce qui engage leur propriété, leur avenir. Si Césaire avait prévu cela, assurément il aurait attendu que le budget de la *Jeanne-Marie* fut au grand complet. Ah! maudit juif!... maudite dette!

Et, malgré lui, la maligne inspiration lui revenait en tête. C'était un honnête garçon que Césaire. Mais il est des heures où le diable tente les plus robustes probités. Notre pêcheur se sentait dans une de ces heures-là. Une sorte de pressentiment diabolique semblait le tenter d'avance.

On frappa tout à coup.

— Entrez! fit-il.

C'était maître Bridot, l'huissier... ou plutôt comme on dit à Trouville, le *vuissier*.

— Qu'y a-t-il donc pour votre service, monsieur Bridot?

— Voilà... je suis chargé des recouvrements relatifs à la succession du juif Samuel Meyer...

— Sa succession? Comment...

— Vous ne savez donc pas, il est mort subitement... Voilà de cela bientôt huit jours.

— Ah!

Une force inconnue sembla pousser le coude de Césaire, et son bras, s'allongeant tout à coup, cacha l'un des papiers qui se trouvaient sur la table.

Ce papier, c'était la note de Samuel Meyer.

L'huissier s'assit en face du pêcheur. Il avait une figure de fouine, cet huissier, avec des petits yeux perçants, de ces yeux qui lisent jusqu'au fond des cœurs.

— C'était tout de même un digne bonhomme que ce Samuel Meyer, reprit-il, et bien moins juif assurément que beaucoup de prétendus chrétiens de ma connaissance. Il se montrait on ne peut plus consciencieux dans son petit commerce, et surtout d'une confiance... Ajoutez à cela qu'il ne savait ni lire ni écrire, et qu'il se passait de commis. Aussi pas de livres, pas de reconnaissances, pas même un simple carnet. C'est un grand tort, et je le lui ai souvent répété... surtout quand on a des enfants. Mais que voulez-vous? Le vieil entêté ne pensait pas mourir si vite... et sous prétexte qu'il était un brave homme, il ne croyait avoir affaire qu'à des honnêtes gens.

— Où voulez-vous en venir? demanda Césaire, que cette oraison funèbre embarrassait singulièrement.

— A savoir, maître Heurtevent, si vous ne devez pas quelque chose à mon vieil ami Samuel Meyer?

— Moi?

— Oui... Vous. Je commence par déclarer franchement — et c'est marque d'estime — que nous

n'avons retrouvé aucune trace de cette dette,
qu'il n'existe aucune preuve, que vous n'êtes pas-
sible d'aucune espèce d'action judiciaire. Mais
Samuel Meyer vous avait fourni toute la toile nécessaire à l'équipement de votre barque, mais il
n'y a pas plus d'un mois, sa fille, qui souvent lui
servait de secrétaire, a fait une facture à votre
nom... elle se le rappelle très-bien... une facture
de deux mille francs.

— J'ai payé, répondit Césaire.

A cette réponse qu'il venait si malencontreuse-
ment d'amener lui-même, l'ami de feu Samuel
Meyer s'emporta tout à coup.

— Ils seront tous les mêmes! s'écria-t-il en
frappant du poing sur la table.

Heurtevent, qui se sentait de plus en plus mal
à l'aise, ne trouva rien de mieux que de se mettre
en colère à son tour; c'est pour les coupables
surtout que le moindre soupçon devient une offense.

Il se releva donc, et, dominant l'huissier de
toute la hauteur de sa taille :

— Monsieur Bridot, dit-il, est-ce que vous me
prenez pour un voleur?

— Vous! Oh! non... non... mais il en est d'autres qui m'ont fait pareille réponse, et à la parole
desquels je ne crois guère. Ceux-là, je les plains :
car l'argent mal acquis porte malheur, et, dans

l'espérance qu'ils se repentiront un jour, je leur ai rappelé, en les quittant, le septième commandement de Dieu... vous savez, Césaire ?

Le bien d'autrui tu ne prendras
Ni retiendras à ton escient.

— Monsieur... monsieur ! balbutia le pêcheur, qui devint très-pâle, et qui se sentit le cerveau. la poitrine, comme traversés par un fer brûlant, par le premier aiguillon du remords.

C'était presque involontairement, c'était comme par une suggestion fatale, qu'il avait nié sa dette. qu'il avait prononcé ces deux mots : *J'ai payé.* A peine s'étaient-ils échappés de ses lèvres qu'il eût voulu pouvoir les ressaisir, les annuler. Mais il était trop tard ; l'huissier avait entendu, l'huissier déjà ripostait.

Restait cependant un dernier moyen de salut : confesser l'instant d'égarement qu'il s'avouait à lui-même. proclamer loyalement et bravement la vérité toute entière !

Il en eut l'inspiration. Eh ! mon Dieu ! peut-être était-ce Jeanne-Marie, peut-être était-ce l'âme de sa mère qui la lui soufflait à l'oreille !

Malheureusement, il n'osa pas.

Bien plus, comparable au malheureux perdu dans une voie mauvaise et qui, enfiévré par le dé-

pit, par la terreur, précipite encore le moment de
sa perte, il s'écria :

— Ah ! en voilà assez. C'est aux autres qu'il
faut aller citer votre septième commandement,
non pas à moi. Je suis un honnête homme, je ne
dois rien... rien !

En même temps, il froissait dans sa main
la facture du juif, et convulsivement l'en-
fouissait au plus profond de la poche de sa
veste.

Devant cette apostrophe, un peu rudement ac-
centuée, l'huissier s'inclina. mais sans quitter des
yeux le pêcheur :

— Je ne puis que vous croire... conclut-il... je
vous crois. Au revoir, maître Heurtevent... excu-
sez-moi de vous avoir inutilement dérangé.

Il avait mis son chapeau, il se retirait.

Mais revenant tout à coup sur ses pas, et de
nouveau dardant sur Césaire son regard investi-
gateur :

— Au revoir, répéta-t-il après un assez long silence. Et il sortit.

Césaire eut encore un mouvement pour courir
après lui, pour le rappeler, pour lui dire...

Mais il referma brusquement la porte que
sa main rouvrait déjà, et comme écartant du
geste toute velléité de restitution, tout repentir :

— Bah! fit-il, ce sont deux mille francs de gagnés! ma barque est à moi, bien à moi, rien qu'à
moi... à moi seul!

Il poussa le verrou, s'assura que personne ne
pouvait le voir par la fenêtre, tira lentement de
sa poche la facture du juif, et la déchirant sans
oser la regarder, il en alla jeter les morceaux sur
quelques braisillons qui flamboyaient encore
dans l'âtre.

Le papier fut très-long à prendre, et lorsqu'enfin il s'enflamma tout à coup, Césaire entrevit
comme à la lueur d'un éclair tout ce qui s'y trouvait écrit :

Doit Césaire Heurtevent à Samuel Meyer, ci 2.000 fr.

Puis tout s'effaçant enfin, il ne resta plus
qu'une légère feuille de cendres que le vent emporta par la cheminée.

Pour la première fois, depuis un quart d'heure,
Césaire respira librement.

— Ah! fit-il, personne au monde ne sait que je
m'avais pas payé, personne ne me chicanera jamais. Je n'ai rien à redouter des vivants... et
comme, Dieu merci! les morts ne reviennent pas...

Un coup sec retentit au dehors.

Césaire se retourna, frissonnant de la tête aux
pieds.

A peine osait-il ouvrir la porte.

Il avait peur de se trouver face à face avec le Juif Samuel Meyer, miraculeusement ressuscité, sa facture à la main.

Mais non : c'était le mousse Grain-de-Sel, le mousse de la *Jeanne-Marie,* qui venait avertir son patron qu'on n'attendait plus que lui pour la cérémonie du baptême.

— Allons ! pensait en le suivant Césaire, le sort en est jeté ! je n'ai rien à craindre !

Le pauvre garçon oubliait Dieu !

II

C'est une simple et touchante cérémonie que la bénédiction d'une barque.

Elle est là, neuve et coquette, brillante et pavoisée, à l'avant du port, — ou bien, lorsqu'il n'y a pas de port, tout simplement échouée sur le sable, sur le galet.

Tous les invités, tous les pêcheurs l'entourent, admirant ou critiquant sa coupe, son bordage, sa quille, sa mâture et ses agrès. Dans le lointain, les cloches de l'église sonnent à toute volée. Enfin le curé paraît, suivi de son clerc et de deux enfants de chœur. L'un des enfants de chœur porte la croix; l'autre du sel, du blé, de l'eau bénite.

A l'approche de l'humble cortége, tout le monde s'écarte et se signe.

Le curé commence à dire en latin :

« Seigneur, vous domptez l'orgueil de la mer et vous calmez la violence des flots. »

Le clerc lui répond :

« Eternellement je chanterai la miséricorde du Seigneur. »

Alors, le curé lit l'évangile :

« En ce temps-là, Jésus monta une barque. ses
« disciples le suivirent, et voici qu'une grande
« tempête s'éleva sur la mer, en sorte que la bar-
« que était couverte de vagues. Jésus cependant
« dormait ; ses disciples s'approchèrent de lui, et
« l'éveillèrent en disant : Seigneur, sauvez-nous,
« nous périssons!

« Jésus leur dit :

« Pourquoi craignez-vous, gens de peu de foi? »
« Et en même temps, se levant, il commanda aux
« vents et à la mer, et il se fit un grand calme.

« Ceux qui étaient présents furent saisis d'é-
« tonnement, et ils se disaient : Quel est celui à
« qui les vents et la mer obéissent?... »

.   .   .   .

L'évangile étant terminé, le curé reprend en chantant :

16

« — Seigneur, vous domptez l'orgueil de la
« mer et vous calmez la violence des flots. »

Les enfants de chœur et le clerc répondent :

« — Eternellement je chanterai les miséricor-
« des du Seigneur. »

Puis le cortége fait le tour de la barque, et tandis que le pasteur y jette le sel et le blé, il
échange avec son clerc les paroles suivantes :

« — Notre secours est dans le nom du Sei-
« gneur.

« — Qui a fait le ciel et la terre.

« — Que le nom du Seigneur soit béni !

« — Maintenant et dans toute l'éternité !

« — Réalisez ici, Seigneur, ce que représente
« ce sel et ce blé : donnez-nous la sagesse qui
« prévient la corruption et l'iniquité ; bénissez les
« travaux de ceux qui monteront ce frêle esquif. »

Voilà ce qui se passe sur toutes les plages
chrétiennes, et c'est ainsi que commença le baptême de la *Jeanne-Marie*.

En toute autre situation d'esprit, Césaire Heurtevent eût été fier, recueilli, heureux, plein d'espérance et de foi. La veille encore, il s'en faisait
d'avance une pieuse fête... Il était triste, préoc-
cupé maintenant, inquiet, presque honteux, presque triste.

C'est que le souvenir de sa mauvaise action lui
troublait l'âme ; c'est que l'image du juif Samuel

Meyer empoisonnait tout son contentement ; c'est qu'il se demandait tout bas :

— Ai-je encore le droit d'implorer la bénédiction du Seigneur ?

La cérémonie, cependant, continuait.

Le curé demanda quel nom l'on donnait au bateau.

— La *Jeanne-Marie*.

Puis, quels étaient le parrain et la marraine.

Césaire n'avait plus de parents, même éloignés. Il avait choisi pour parrain et marraine les deux enfants de Pierre Dufay, son premier matelot, son ancien camarade et son ami.

Rien de gentil, rien de souriant comme ce charmant petit gars, comme cette accorte bambine, se rengorgeant tous les deux dans les beaux habits tout neufs qu'ils devaient à la libéralité de leur grand ami Césaire.

Lorsqu'ils eurent hardiment satisfait à toutes les formalités en usage, le curé aspergea la barque d'eau bénite et ils reprirent le chemin de l'église en chantant :

« — L'eau s'élevait jusque par-dessus ma tête ; « j'ai dit : Je suis perdu ! j'ai invoqué votre nom. « Seigneur, et j'ai été sauvé.

« — Tout secours vient du Seigneur qui a fait « le ciel et la terre. » répondirent ensemble le clerc et les enfants de chœur.

De nouveau tous les assistants s'inclinèrent et firent le signe de la croix.

La cérémonie religieuse était terminée.

Restaient les réjouissances mondaines.

Elles commencèrent par une pluie de dragées que la marraine et le parrain, secondés par leur père, par leur mère et par Césaire lui-même, jetaient à profusion à toute la gaminerie trouvillaise.

Durant près d'une heure, ce fut un pêle-mêle général, un tohu-bohu réjouissant, un véritable carnaval maritime avec force bousculements, force cris et grands éclats de rire.

Puis, tout l'équipage de la *Jeanne-Marie* s'achemina bruyamment vers la maison de Pierre Dufay, dont la digne ménagère, d'après l'ordre exprès de maître Heurtevent, avait préparé le festin.

Dans tous les ports de mer, en Normandie surtout, il n'est pas de fête complète sans qu'on ne mange et, bien entendu, qu'on ne boive.

Le repas fut des plus pantagruéliques et des plus joyeux. Un repas de matelots baptisant une barque, c'est tout dire.

Le patron seul restait silencieux et sombre. On lui en fit le reproche. Pour s'étourdir il but, et comme sa gaieté ne se retrouva pas au fond des premiers verres, il but encore, il but toujours.

Césaire était un homme sobre. Césaire avait

horreur de l'ivresse ; il s'enivra cependant, il parvint à se mettre en joie, comme tous les autres, mais sa joie à lui était factice, tourmentée, presque sinistre.

Lorsque l'aube blanchit les vitres, on était encore à table.

Alors Césaire eut une fantaisie étrange.

— Enfants, dit-il, voici le jour et la marée. Embarquons pour notre première pêche.

— Mais, observa Pierre, c'est aujourd'hui dimanche !

— Eh bien ?

— La messe !

— Bah ! si le vent le permet, nous irons à la messe au Havre... à midi... d'ailleurs, je le veux !

Les uns consentirent par obéissance, les autres par l'entraînement de l'ivresse.

Césaire était cependant un pieux marin. Mais la foi n'existe que dans les cœurs purs, et le sien ne l'était plus. Ce matin-là, d'ailleurs, bien que sans se l'avouer franchement, il aurait eu presque peur d'aller à l'église.

On embarqua.

Il ventait une bonne petite brise du nord-est, le ciel était sans nuage, la mer presque bleue.

La *Jeanne-Marie*, alerte et pimpante, sortit gaillardement du port, ainsi qu'une mouette à son premier vol hors du nid.

16.

De même, elle gagna le large.

Le vieux Pierre maugréait tout bas.

C'était la première fois de sa vie peut-être qu'il allait en mer un dimanche.

— Qu'as-tu donc, vieux marsouin ? fit enfin Césaire.

— Il me semble entendre les cloches de Trouville qui nous appellent... et qui nous reprochent de manquer à la consigne du bon Dieu! Ah! Césaire! Césaire! je suis ton ami... mais ce que tu nous fais faire là ne portera pas bonheur à ta barque!...

Césaire ne répondit que par un : Va-t'en au diable! et s'éloigna.

La mauvaise humeur de son vieux matelot l'irritait singulièrement.

En revanche, le mousse Grain-de-Sel était d'une gaîté folle. Sans cesse il sautait de l'avant à l'arrière ; sans cesse il jetait au vent des quolibets et des rires, que répétaient à l'envi les autres matelots, presque tous encore un peu gris de la veille.

Cette bruyante joie déplaisait également au patron, et davantage encore lui portait sur les nerfs.

Pour s'en délivrer, pour ne plus l'avoir dans les oreilles, il multipliait les manœuvres, il déployait une activité fébrile.

Enfin, on se trouva assez au large pour jeter le filet.

Le beau *chalut* tout neuf ne ramena que du varech et des pierres.

Le vieux matelot adressa à son patron un regard significatif: le mousse Grain-de-Sel osa plaisanter encore.

Césaire se prit d'une grande colère, d'une colère *étrange*, comme on dit sur la côte normande.

Puis, il donna l'ordre de pousser plus au large.

Au bout d'une heure environ, une rafale soudaine s'éleva, tellement imprévue, tellement violente, qu'elle emporta du même coup toutes les voiles.

— Là! s'écria le vieux Pierre, là, qu'est-ce que je disais?

— Voiles pas payées... voiles qu'emporte le vent! ricana Grain-de-Sel.

Césaire, tout d'abord atterré, se retourna furieux vers l'enfant.

— Qu'as-tu dit, méchant moussaillon?

— J'ai cité le proverbe: eh! pardine! patron, vous le connaissez comme moi: Voiles pas payées, voiles...

Un vigoureux coup de poing l'interrompit.

Le pauvre enfant roula sur le pont, avec du sang au visage.

Césaire eut un retour spontané sur lui-même. Il courut au mousse, il se pencha vers lui, il le releva dans ses bras.

L'enfant était pâle, inanimé.

— Je l'ai tué! frémit Césaire.

— Non! non! il revient à lui! s'empressa de répondre Pierre, dans le regard duquel avait passé tout d'abord un douloureux reproche. Mais là, franchement, patron, quand on est à la tête d'un poignet comme le vôtre, faut pas frapper si fort.

Grain-de-Sel avait rouvert les yeux, se souvenait...

— Ah! patron, patron, qu'est-ce qui aurait jamais cru pareille chose de vous, qui avez été le matelot de défunt mon père?... Et tout cela pour un vieux dicton qui n'est fait que pour les voleurs!...

— Tais-toi, mon pauvre Grain-de-Sel... Ah! tais-toi!

Césaire, en même temps, lui glissait un écu dans la main.

— Là, m'en veux-tu encore?

— Vous en vouloir... Oh! non, patron... car il y a une larme dans vos yeux... et cette larme-là, voyez-vous bien, ça me ragaillardit bien davantage encore que la pièce d'argent!

Césaire, s'essuyant les yeux, embrassa le mousse.

— Oh! pour le coup, c'est par trop payé! s'écria Grain-de-Sel, déjà redevenu tout joyeux. Qu'est-ce que c'est après tout, pour un moussail-

lon, qu'une calotte? A ce prix-là, j'en recevrais
tout le jour durant... Ohé! ohé! voilà de quoi
acheter des *biaux* rubans pour ma sœur Catherine!...

Cependant, le canot venait d'être mis à la mer;
tant bien que mal on parvint à rattraper les
voiles.

Mais la marée restait perdue; on regagna Trouville.

Minuit sonnait au moment où la *Jeanne-Marie*
accosta le quai.

Chacun regagna son logis.

La scène du mousse avait complètement rafraî-
chi, rasséréné l'esprit de maître Heurtevent. De
plus, il se sentait brisé de fatigue, altéré de
repos.

— Comme je vais bien dormir! se disait-il.

Dans cette espérance, il pressa le pas vers sa
maisonnette, ouvrit vivement la porte, la referma
de même, alluma un flambeau, de suite se coucha.

Ainsi que chez la plupart des pêcheurs trouvillais, le lit se trouvait dans la salle basse, dans
cette même salle où avait eu lieu l'entretien de
maître Heurtevent et de l'huissier Bridot.

Au moment où Césaire allait éteindre la lumière, son regard rencontra la chaise où le man-
dataire de feu Samuel Meyer s'était assis, la table sur laquelle il s'appuyait en parlant. Rien

n'avait été dérangé depuis ce moment-là, tout se trouvait exactement à la même place.

Césaire n'osa pas souffler la chandelle.

— Il n'en reste plus qu'un petit bout, se dit-il, ce n'est pas la peine.

Puis il se tourna vers la muraille, se plongea sous sa couverture et ferma les yeux.

Il y eut quelques minutes de profond silence.

Le pêcheur, cependant, restait éveillé.

Chose étrange ! il tombait de sommeil et ne pouvait dormir.

Vainement il s'obstina à demeurer immobile, à ne pas relever ses paupières, à ne vouloir plus penser.

Sa conscience veillait.

Il espéra se tromper lui-même.

— C'est que je ne suis pas allé à l'église ce matin, se dit-il. — Dieu ne veut pas qu'on lui manque... Allons ! allons... je m'en vais lire la messe dans mon lit... Après le *Domine salvum,* espérons que je dormirai...

La bibliothèque du pêcheur se trouvait précisément au fond de l'alcôve. C'était un simple rayon de bois blanc, où se prélassaient fort à l'aise cinq ou six vieux bouquins : un *Robinson Crusoé,* qu'il avait eu jadis comme prix à l'école ; deux volumes dépareillés de l'*Histoire des voyages,* quelques anciens almanachs, un catéchisme et finalement le paroissien désiré.

Il le prit, se tourna vers la lumière, s'accouda sur son oreiller.

C'était un grand et gros eucologe, relié en basane noircie par le temps, fermé par deux agrafes de cuivre, imprimé en gros caractères noirs et rouges, avec des pages de plainchant.

Césaire l'ouvrit au hasard; le hasard est souvent le ministre de Dieu.

En tête de la première page sur laquelle tomba le regard du coupable, il y avait écrit :

> Le bien d'autrui tu ne prendras
> Ni retiendras à ton escient.

Césaire, écartant peu à peu les mains, laissa glisser le livre jusqu'à terre; mais ce livre tomba tout grand ouvert à la même page !

Et comme, dans le vieux missel, les commandements de Dieu se trouvaient imprimés en texte alternativement noir et rouge, les deux vers qui captivaient fatalement le regard du pêcheur lui semblaient comme flamboyer, rouges qu'ils étaient, entre quatre autres lignes noires.

Ce fut en vain que la lumière s'éteignit, le septième commandement ne s'éteignit pas.

Bien plus, il sembla grandir encore, puis jaillir en feux follets du livre, se multiplier à l'infini, se jouer dans les ténèbres comme si la main phosphorescente de quelque invisible démon l'eût partout retracé... au plafond, sur le parquet, sur les murailles !

Césaire ne pouvait même plus fermer les yeux !

Dire ce qu'il souffrit ainsi durant une heure, durant un siècle, ce serait impossible.

— J'ai froid ! se dit-il enfin, un peu de feu me remettrait peut-être ?

Il sauta hors du lit, alluma une chandelle neuve, remit, non sans que sa main tremblât, l'eucologe sur la planchette, et s'en alla jeter une bourrée dans l'âtre.

Bientôt le bois sec pétilla, flamba.

Césaire se sentit soulagé, il eut un premier moment de bien-être.

Assis, ou plutôt accroupi sur une chaise basse, juste en face des chenêts, les deux coudes sur les genoux, le menton dans les mains, il ne regardait, il ne voulait regarder que la flamme.

Tout à coup, quelque chose de noir, quelque chose comme une chauve-souris tombant dans l'âtre, passa devant ses yeux.

C'était la facture brûlée, c'était la feuille de cendres qui, la veille au matin, s'était envolée par la cheminée. Elle redescendit à la même place dans le feu, elle y reprit sa forme première, elle y retrouva les mots et les chiffres que le coupable croyait avoir anéantis pour toujours :

Doit Césaire Heurtevent à Samuel Meyer.

. . . .

Ci. . . . . 2,000 fr.

— Mais je suis donc ensorcelé! gémit-il avec effroi. Mais je suis donc damné!

Et durant tout le reste de la nuit, ainsi qu'une cariatide vivante, il demeura dans la même posture, dans la même immobilité, sous le poids du même souvenir.

Le jour enfin parut.

Césaire ouvrit un instant la fenêtre, et baigna son front brûlant dans l'air frais du matin.

Puis il retourna s'étendre sur son lit, il parvint à y trouver enfin un sommeil lourd, fiévreux, tout plein de visions et de cauchemars.

C'était le fantôme du juif Samuel Meyer!... c'était le regard étrange de l'huissier Bridot!... c'était la facture accusatrice!... c'était le commandement vengeur!...

Et puis son crime qui se trouvait découvert... la foule qui le poursuivait de ses huées... les gendarmes qui l'arrêtaient... la prison... le tribunal... le bagne... l'échafaud... l'enfer!...

Au réveil, le malheureux se releva, brisé, alourdi, profondément triste.

17

Le restant du jour se passa à réparer les voiles.

Au moment même où le soleil disparaissait à l'horizon, la *Jeanne-Marie* reprit la mer.

Il y eut temps contraire ; la pêche fut mauvaise ; le poisson se vendit mal ; tout alla de travers ; une sorte de fatalité semblait décidément s'appesantir sur le pauvre Césaire !

De même les jours suivants, de même les suivantes nuits... et cela durant tout un mois.

Aussi le caractère, la santé du patron de la *Jeanne-Marie*, commencèrent à s'altérer sensiblement. Lui, jadis si bien portant, si gaillard, si bon garçon... il devint languissant, sombre, fantasque, brutal.

Ses matelots ne le reconnaissaient plus. Leur ancienne familiarité, leur franche amitié d'autrefois s'en allait en décroissant de jour de jour. Ils évitaient le patron maintenant, ils le craignaient, ils ne le servaient plus qu'à contre-cœur.

La *Jeanne-Marie* ne tarda pas à devenir la plus triste barque de toute la flottille trouvillaise.

Un dimanche au matin, à la suite d'une discussion soulevée par la paye, le vieux Pierre Dufay lui-même parla de demander son congé ; un ami de vingt ans !

Depuis une semaine déjà, le mousse Grain-de-Sel, presque un enfant d'adoption, ne faisait plus partie de l'équipage.

Césaire voyait, comprenait tout cela, et s'en affligeait sincèrement. Lors de sa dispute avec le vieux Pierre, il lui avait demandé pardon, il l'avait embrassé, il pleurait. Ce fut lui qui alla rechercher Grain-de-Sel : à l'enfant, au vieillard, à tous, il promit de redevenir le même homme qu'autrefois.

Eh ! mon Dieu ! chaque matin, chaque soir, après sa prière, il se le promettait, il se le jurait à lui-même. Vaine résolution, vains efforts : sa conscience était implacable ! A terre, dans tout et partout, elle lui rappelait la dette qu'il n'avait pas payée, qu'il avait niée ; elle l'irritait, elle l'enfiévrait, elle l'exaspérait, par un incessant remords. En mer, dans le bruit des vagues, dans le souffle du vent, dans le cri de la mouette qui passait au-dessus de sa barque, il croyait entendre ce nom, toujours ce nom :

— Samuel Meyer !

Alors, il s'enveloppait dans son caban, il se prenait le front dans les deux mains, il se disait :

— O mon Dieu ! je n'ai pourtant qu'une seule faute à me reprocher..., je ne suis coupable que d'un seul tort envers mon prochain... deux mille francs ! Comme vous m'en punissez, ô mon Dieu ! Pour ces deux mille francs, vous m'avez repris mon sommeil, la paix de l'âme, ma bonté naturelle, mes amis, toute ma prospérité, toutes mes joies, tout mon bonheur! Je les paye bien cher, ces deux mille francs-là! Ah! si j'avais su ce qu'il en coûte pour cesser, même un instant, d'être honnète homme! Ah! si c'était à refaire!

Il pleurait à sanglots.

Dans ces terribles moments, l'idée d'une restitution se présentait parfois à son esprit, mais une fausse honte le retenait. Comment avouer?... Comment s'y prendre?... Il n'osait pas.

La belle saison, cependant, touchait à son terme; la Toussaint arriva.

Ainsi que nous l'avons dit au début, maître Heurtevent honorait d'une pieuse vénération la mémoire de sa mère, Jeanne-Marie, dont la tombe était à Lisieux. Jamais — hormis pendant qu'il était au service, — Césaire n'avait manqué à la sainte visite du jour des morts.

C'était plus qu'un devoir cette fois, ce serait peut-être une consolation!

Hélas! la fatale influence à laquelle il était en proie, sembla vouloir lui disputer jusqu'à cette espérance.

Un de ces forts coups de vent qui signalent d'ordinaire l'équinoxe d'automne avait emporté la *Jeanne-Marie* jusqu'aux parages de Dunkerque.

En dépit de tous ses efforts pour lutter contre la mer, Césaire ne put être de retour que vers le 5 novembre.

— C'est trois jours trop tard, se dit-il. Mais n'importe... j'irai. Parfois, dit-on, le bon Dieu permet aux morts de réconforter les vivants, de les conseiller, de les remettre dans le vrai chemin. Une prière là-bas m'obtiendra peut-être le pardon, me rendra peut-être à moi-même! Allons au cimetière de Lisieux. Quelque chose me le dit là, je ne puis plus être sauvé que par ma mère!

Et, laissant sa barque sous la direction du vieux Pierre, il partit.

III

Rien de verdoyant, rien de frais, rien de joli comme les environs de Lisieux.

De quelque côté que se tourne le regard, c'est la vallée d'Auge, un paradis normand.

Une multitude d'usines, coquettement assises au bord des ruisseaux, égaient de toutes parts la prairie; sur les gracieux coteaux, pittoresquement accidentés de bouquets d'arbres, s'élèvent de charmantes villas, d'où la vue domine les plus riantes perspectives qui soient sous le ciel.

Le cimetière se trouve placé dans une de ces situations-là : c'est presque un bois, presque un parc.

L'hiver déjà s'approchait, mais la robuste végétation normande sait résister aux premiers froids. Si le vent roulait à terre des feuilles mortes, il en restait aux branches bien davantage encore, et septembre, ce grand coloriste, les avait revêtues de toutes les chaudes nuances de sa merveilleuse palette. Il y avait de l'or dans les arbres, il y avait du bronze, il y avait de la rouille, il y avait de la pourpre, il y avait du feu.

De même dans l'herbe des tombes, de même dans leurs dernières fleurs : lauriers-thyms, asters et chrysanthèmes.

C'était, du reste, une belle matinée d'automne, tiède et douce... douce comme le dernier sourire d'une année qui s'en va. Un peu de soleil, un peu de brume ; du silence, du calme, de la mélancolie.

Durant plus d'une heure, Césaire Heurtevent resta agenouillé devant l'humble croix qui portait ce nom : *Jeanne-Marie*. Il avait laissé retomber ses mains des deux côtés de son corps immobile ; ses yeux se levaient vers le ciel ; de grosses larmes coulaient sur son visage. Il ne priait plus, il ne pensait même pas ; il attendait.

Enfin il se releva, un peu plus calme peut-être, mais étrangement engourdi, presque découragé : l'âme de sa mère ne lui avait pas encore répondu.

Un secret pressentiment du cœur lui disait cependant qu'elle était là, qu'elle le voyait, qu'elle allait se manifester à lui.

Il y a de merveilleuses impressions, un vague magnétisme dans les cimetières.

Le fils de Jeanne-Marie se mit à marcher lentement, au hasard, comme promené par une invisible main, comme en rêve.

Au détour d'un rideau de cyprès, il se trouva tout à coup devant un espace libre, une sorte de petit pré dans lequel paissait, au piquet, une grande chèvre noire, qui bêla tristement à son approche.

Par delà ce terrain, que n'habitait encore aucune dépouille mortelle, il y avait d'autres cyprès, d'autres tombes, comme éloignées à dessein, comme exilées dans un angle du cimetière.

Machinalement, Césaire alla jusque-là.

Plus il s'avançait vers ces sépultures proscrites, plus elles lui semblaient avoir un aspect particulier, une apparence étrangère. Sur la plupart, des caractères inconnus, des inscriptions indéchiffrables. Quelques tombes, cependant, avaient des épitaphes françaises, des noms qu'on pouvait lire.

Devant l'une de celles-ci, devant la plus récente de toutes, Césaire se recula tout à coup, en jetant un cri d'effroi.

Cet autre cimetière, c'était le cimetière israélite ; ce tombeau... c'était celui de Samuel Meyer !

Dire ce qui se passa alors dans l'esprit de Césaire... impossible. Ce fut de la stupeur, presque du délire ; le spectre du juif se dressait devant lui !

Il eut l'idée de tomber à genoux pour lui demander pardon ; il voulait fuir, et cependant il restait immobile à la même place, dans la même attitude, comme s'il eût été changé en statue... la statue du remords.

Combien de temps se passa-t-il ainsi ? Lui-même n'aurait su le dire.

Un léger bruit de pas, s'approchant par le chemin qu'il venait de suivre, le réveilla enfin de cette invincible torpeur ; mais il n'osa pas encore bouger, pas encore retourner la tête pour voir qui c'était.

Une ombre, s'allongeant à son côté sur le gazon, dépassa bientôt la sienne. C'était une femme toute vêtue de noir, une svelte et pudique jeune fille qui guidait par la main un petit garçon, également en deuil. Les deux orphelins allèrent s'agenouiller devant la tombe de Samuel Meyer.

Césaire recula sans bruit, tourna par le premier sentier du cimetière juif, et vint se blottir derrière un cyprès pour regarder de face la jeune fille.

Elle avait à peine vingt ans. L'admirable régularité de ses traits, sa brune pâleur, les noirs reflets de son épaisse chevelure naturellement on-

dée, sa calme simplicité, sa grâce un peu sévère
peut-être, tout réalisait en elle le type des vierges
bibliques. Elle avait la beauté de Rachel, elle
avait la douceur de Ruth.

Lorsque ses longues paupières se soulevèrent
enfin, lorsque ses grands yeux noirs apparurent
tout pleins de larmes et se dirigeant avec une fer-
vente mélancolie vers le ciel, le rude matelot sentit son cœur comme se fondre dans sa poitrine.

Quant à l'enfant, c'était le plus charmant petit
israélite qui se puisse imaginer... le dernier des
fils de Jacob.

Il en rappelait non-seulement le souvenir, il en
portait aussi le nom, car sa sœur lui dit :

— Benjamin, il faut prier pour ton père !

— Dis la prière, répondit-il, et je la répéterai,
Noémie.

Noémie aussitôt commença à haute voix le *De
profundis* hébraïque, mais lentement, doucement,
afin que son petit frère pût mieux lui faire l'écho.

Le charme de cette langue inconnue, de ces
deux voix réunies dans une même plainte, plon-
geait dans un douloureux recueillement le pêcheur de plus en plus attentif.

Et, tout en écoutant, il se disait :

— Je me souviens... je me souviens... Bridot
m'avait donné à entendre qu'il laissait des enfants... Bridot m'avait parlé de sa fille... Oh ! ma

mère... ma mère... n'est-ce point vous qui me donnez cette réponse?...

Les enfants de Samuel se relevèrent enfin, sortirent du cimetière.

Sans se rendre compte de ce qu'il espérait, de ce qu'il voulait, Césaire les suivit de loin.

Tous les trois, ils atteignirent ainsi le faubourg, ils s'engagèrent dans la ville.

Pour tous ceux qui aiment les larges rues parfaitement alignées et les grandes maisons neuves, Lisieux n'est et ne sera jamais qu'un affreux bourg normand.

Il me plaît à moi, précisément à cause de son aspect gothique, de ses vieilles constructions en bois, de ses ruelles étroites et tortueuses.

C'est presque une antiquité, une antiquité vivante.

Il y a surtout un quartier, il y a surtout une rue qui n'a changé en rien, qui conserve encore fidèlement le pittoresque cachet du moyen âge.

Cette rue se nomme la rue aux Fèvres.

Elle n'a guère plus de trois mètres de largeur; elle est bordée de maisons vermoulues, accidentées, titubantes, qui s'affaissent sans façon les unes sur les autres, qui des deux côtés se penchent en silhouettes bizarres, et dont les surplombantes toitures, presque réunies au-dessus de la montée caillouteuse, semblent éternellement vou-

loir s'embrasser. Il n'a jamais fait jour là-dedans. La nuit, par un clair de lune, c'est quelque chose d'incohérent, de fantastique. On se
croirait à Francfort, rue des Juifs, à l'heure du
sabbat.

Gardez-vous, cependant, de rire. Au milieu
même de ce cloaque informe, se trouve un bijou,
une perle. Je veux parler de cette maison tout en
beau chêne noirci par le temps, et dont les pou-
trelles sculptées, les élégantes fenêtres en croix,
la charmante petite porte ogivale, l'exquise orne-
mentation renaissance, tout enfin jusqu'au pignon
coquet, excite et captive l'admiration du touriste.
C'est un meuble gothique cette maison-là, un gi-
gantesque bahut, une merveilleuse crédence; elle
serait digne de figurer au musée de Cluny.

Revenons à Césaire Heurtevent.

Toujours sur les pas de la belle juive, il atteignit la rue aux Fèvres; il s'y engagea à sa suite.

Vers le milieu de la montée, devant la maison
que nous venons de décrire, une vingtaine de personnes étaient rassemblées qui grouillaient et
parlaient avec une certaine animation.

A l'approche de la jeune fille en deuil, toutes
les voix firent silence, et ce fut avec un unanime
respect que chacun s'écarta sur son passage.

Elle disparut sous la petite porte sculptée en
ogive,

Alors seulement Césaire se ressouvint que c'était la maison de Samuel Meyer.

Mais pourquoi ce rassemblement? Que faisait là tout ce monde?

Césaire traversa les premiers groupes, et, s'approchant davantage de la maison, remarqua que les volets étaient hermétiquement fermés, bien que la porte du magasin restât entr'ouverte.

Il fit encore un pas, se grandit pour voir par-dessus les têtes.

Deux grandes affiches jaunes frappèrent ses regards.

En haut de ces affiches, il y avait imprimé :

« *Vente par suite de décès.* »

Puis au dessous, écrite à la main, toute une longue nomenclature, non-seulement des marchandises restées en magasin, mais encore de l'ameublement et des ustensiles de ménage.

Rien n'était oublié dans l'énonciation, rien ne semblait devoir échapper à l'enchère.

— Mais chez qui va-t-on vendre ainsi? ne put s'empêcher de dire à haute voix Césaire.

— Eh parbleu ! répondit quelqu'un, chez Samuel Meyer.

— Mais sa fille, mais ses enfants sont donc réduits à la misère?

— Oui, mais c'est volontairement... ils auront sauvé l'honneur de leur père !

Celui qui venait de répondre ainsi, c'était l'huissier Bridot.

Césaire ne put se défendre de rougir en le reconnaissant.

— Bien le bonjour, maître Heurtevent! fit le vieux praticien, dont le regard semblait plus pénétrant, plus malicieux que jamais.

Le pêcheur détourna la tête, et du doigt montrant l'affiche :

— Est-ce possible? balbutia-t-il, est-ce donc vrai qu'ils en sont réduits-là!

— Je vous l'avais fait pressentir à Trouville, répond Bridot. On devait plus à mon pauvre Samuel qu'il ne devait assurément lui-même; et si ses écritures eussent été tenues en règle, sa famille aurait pu vivre après lui dans une honnête aisance. La déloyauté de ses débiteurs ne l'a pas permis, ils ont nié... tous nié... les misérables! Je ne parle pas pour vous, maître Heurtevent... bien entendu... Le fils de votre digne mère est un homme qu'on croit sur parole. Mais voyez un peu le mal que produit une mauvaise action! En s'appropriant une petite part du bien d'autrui, on se dit : « Je ne fais pas un grand tort..., il n'y paraîtra guère... » On ruine une famille, on déshérite de pauvres enfants: on les voue à la misère, au déshonneur!

— Au déshonneur?

— Eh! eh! c'est précisément le cas où nous nous trouvions. Samuel ne laissait plus qu'un actif insuffisant ; la faillite allait flétrir sa mémoire. Sa fille s'est dévouée pour qu'il n'en fût pas ainsi. Elle a sacrifié le bien qui lui venait de sa mère, le modeste avoir qui assurait son avenir, son bonheur peut-être... car la seule dot sur laquelle elle puisse maintenant compter, c'est l'estime des honnêtes gens. Oh!... c'est une héroïque et sainte fille que Noémie Meyer!

— Mais que va-t-elle devenir... si l'on vend tout... tout!

— Soyez sans crainte... il lui reste un vieil ami... un second père... qui ne l'abandonnera pas, et qui s'appelle Joseph Bridot. Au revoir, maître Heurtevent, au revoir!

Et le digne homme entra à son tour dans la maison.

La vente commençait.

Césaire resta là, regardant, écoutant... comme satisfait de se condamner lui-même à ce spectacle, comme heureux d'une souffrance qui lui semblait un trop juste châtiment.

— Oh! oui, se disait-il tout bas, oui, Bridot avait bien raison de le dire, les auteurs de cette ruine sont des misérables... des misérables!

Lorsque le commissaire-priseur en arriva à mettre en vente les objets qui devaient avoir ap-

partenu plus particulièrement à Noémie Meyer :
le piano, deux robes de soie, quelques dentelles,
ses pauvres petits bijoux de jeune fille, Césaire
porta vivement la main à son côté gauche ; c'était
là, c'était sur son cœur que frappait le marteau
d'ivoire !

Et dans ce supplice, cependant, il trouvait une
sorte de volupté, de vague espérance. Plus de
doute : c'était bien sa mère qui l'avait amené là,
pour lui faire comprendre toute l'étendue du
crime, et pour lui inspirer le courage de la réparation !

Cette réparation... quelle serait-elle ? Césaire
n'avait encore à cet égard aucune idée précise, et
ne se sentait même pas impatient d'en avoir. Mais
c'était avec certitude, avec confiance, qu'il restait
là, qu'il attendait.

La vente enfin se termina. Acheteurs et curieux
s'éloignèrent,

Hormis toutefois deux hommes, que le type de
leurs physionomies faisait reconnaître facilement
pour deux coreligionnaires du défunt.

— Isaac, fit le plus âgé d'un ton de reproche,
tu m'avais promis de t'en revenir avec moi ?

— Père... répondit son compagnon d'une voix
attristée, presque suppliante, attendons au moins
le retour du commissaire-priseur. Il est là haut,
chez elle...

— Soit..., je veux bien t'accorder cela. Mais n'oublions pas ce qui a été convenu entre nous, ce que tu m'as juré...

— Je m'en souviens, père!...

Le père se mit à marcher devant la maison; son allure était celle d'un homme mécontent de lui-même, mais qui s'obstine, bien qu'à regret, dans une pénible résolution.

Quant au fils, il venait de s'adosser à l'un des montants de la porte restée entr'ouverte. Son visage très-pâle, la morne fixité de son regard, certaines contractions de ses lèvres, tout en lui attestait un désespoir profond, une grande et muette douleur.

Évidemment il s'efforçait de ne pas pleurer.

C'était, d'ailleurs, un jeune homme accompli, un bel israélite de vingt-cinq ans.

Au bout de quelques minutes, le commissaire-priseur sortit et commença de descendre la ruelle avec la démarche précipitée que donne une récente émotion.

Isaac et son père avaient pris place à ses côtés.

Le jeune homme n'osait pas interroger.

— Eh bien? fit le vieillard.

— Eh bien! tout y a passé, mais tout sera payé... heureusement... car elle ne parlait de rien moins, au cas où la vente n'eût pas suffi, que de se mettre au service pour compléter la somme.

— C'est une honnête fille... dit le père.

— Pauvre Noémie !... dit Isaac.

Et Césaire n'entendit plus rien.

Du reste, il n'avait prêté qu'un intérêt secondaire à cette scène. Toute son attention restait concentrée sur la petite porte ogivale. C'est par là, lui disait un secret pressentiment, que vont ressortir les enfants de Samuel Meyer.

Bientôt, effectivement, Noémie Meyer reparut, appuyée sur le bras de son vieil ami Bridot.

Elle était résignée, calme ; elle avait même un sourire, ce sourire que donne la satisfaction du devoir accompli.

A quelques pas en arrière, s'avançait une vieille servante, qui d'une main portait une petite valise, de l'autre guidait les pas du jeune Benjamin.

Césaire, afin de ne pas être aperçu, s'était rejeté dans l'ombre d'une porte voisine.

Lorsque le triste cortége fut passé, il avança peu à peu la tête, et jusqu'à l'angle de la ruelle aux Fèvres, il suivit du regard les exilés.

Puis, tout à coup, se redressant de l'air d'un homme que grandit une inspiration généreuse, une volonté forte, il s'élança à grands pas sur leurs traces.

IV

Bridot demeurait en dehors de la ville, dans
une jolie maisonnette normande, égayée par des
encadrements de briques, par des volets verts,
par les arbres et par les fleurs d'un assez grand
jardin. Tout cela lui appartenait.

Au coup de sonnette du maître, la porte s'ouvrit toute grande. Une bonne et souriante ménagère s'empressa sur le seuil... Mme Bridot.
Avant de laisser entrer les orphelins, elle les embrassa tous les deux. Ce baiser-là équivalait à
une seconde adoption, une adoption maternelle.

Ce premier groupe disparut, après quelques
bonnes paroles du maître de la maison.

Puis, faisant passer devant lui la servante, il
allait à son tour gravir les degrés.

Une voix l'arrêta tout à coup, la voix de Césaire.

— Monsieur Bridot, disait le pêcheur, il faut
que je vous parle à l'instant... il le faut !

Avant d'aller plus loin, deux mots, s'il vous
plaît, sur M. Bridot.

Sans vouloir prétendre que les huissiers se re-
c rutent nécessairement parmi les cœurs de roc

on nous accordera néanmoins que le hasard qui préside aux destinées humaines avait donné la preuve d'un singulier caprice en faisant un huissier de ce tendre cœur.

Bien souvent, à son préjudice, il avait retardé protêts et saisies. Parfois, au moment de vendre le mobilier de quelques pauvres diables, on l'avait vu payer leur dette de sa propre bourse... y compris les frais. Cela passait aux profits et pertes.

Il est vrai qu'en revanche, Bridot se montrait sans pitié pour les débiteurs déloyaux ou récalcitrants, pour tous ceux qui, ayant les moyens de payer, cherchaient à frauder l'échéance. Quand il s'agissait surtout de sommes réclamées par de petits fournisseurs besoigneux, par des ouvriers dont le salaire était le pain, par de pauvres vieux parents tout honteux d'avoir à poursuivre des enfants ingrats... oh! oh! le doux Bridot devenait pire qu'un diable!

Ces jours-là, monsieur son père s'épanouissait d'orgueil. C'était un riche cultivateur, un cultivateur normand. Son rêve de toute sa vie, à cet ambitieux paysan, avait été que son fils écrivît sur du papier timbré, qu'il arborât un panonceau de cuivre à sa porte, qu'il fût huissier. Huissier!... quel honneur pour la famille!

Victime de cette idée fixe, Bridot fils s'était rési

gné. En dépit de quelques premières répugnances,
il avait pris l'habitude de sa profession; il y faisait
le plus de bien, le moins de mal possible; et pour
se dédommager de ses rigueurs obligatoires envers quelques-uns, envers tous les autres il se
montrait tel qu'il était réellement, tel que la nature l'avait créé, c'est-à-dire obligeant et bon
comme personne.

Puis, s'il venait à rencontrer un homme vraiment digne d'intérêt, vraiment laborieux, vraiment honnête, — et c'est surtout à travers le papier timbré qu'on juge bien les hommes, —
l'obligeance de Bridot devenait de la passion, du
dévouement, une chaude et sincère amitié.

C'est précisément ce qui lui était arrivé à l'é-
gard de Samuel Meyer. Fils unique de parents
pauvres et presque infirmes, Samuel Meyer avait
consacré toute sa jeunesse à rendre leurs dernières années heureuses. Un peu plus tard, il
s'était marié. Pour élever convenablement sa fille,
pour lui conquérir une petite fortune, on l'avait
vu réaliser des prodiges d'activité, d'économie,
d'intelligence. Sans aucune espèce d'éducation
première, sans même savoir ni lire ni écrire, il
était devenu presque un négociant, le plus modeste sans contredit, le plus primitif qui se pût
voir.

De très-petits bénéfices le contentaient; sa

prodigieuse mémoire lui tenait lieu de livres de commerce; ses jambes et ses bras étaient ses commis; sa toute naïve probité faisait sa seule sauvegarde. « Quand on est ignorant, disait-il. et quand le ciel ne nous a pas créé malin, le plus sage est de se montrer deux fois confiant, deux fois honnête. Qui diable oserait voler un pauvre homme comme moi! » On sait ce qui devait en advenir, et malgré tous les avertissements de l'ami Bridot!...

Au début de cette amitié, Mme Bridot, très-zélée catholique, n'avait pu se défendre de quelques scrupules de conscience : un juif!

Mais son digne époux, qui parfois aimait à jouer l'avocat, s'était empressé de lui répondre :

— Jadis, madame Bridot, les juifs ont pu être répulsifs, hargneux, sordides, rapaces, déloyaux, indignes d'estime; mais c'étaient la persécution, l'injustice et la déloyauté même des siècles ignorants qui les rendaient ainsi.

« Aujourd'hui que le préjugé ne les proscrit plus, aujourd'hui que la loi leur reconnaît libre place au soleil, aujourd'hui qu'ils ont des droits et par conséquent des devoirs, ce sont des hommes tout comme les autres.

« Je dirai plus : soit qu'ils sentent avoir une revanche à prendre, soit qu'ils veuillent se montrer reconnaissants envers l'époque civilisatrice qui

les a affranchis, ils se distinguent par une émulation toute particulière.

« Grands hommes d'État, grands financiers,
grands artistes, se comptent dans leurs rangs par
centaines. Mais, objecterez-vous peut-être, ce ne
sont là que des exceptions glorieuses! Erreur,
madame Bridot, erreur! Les juifs, à tous les degrés de l'échelle sociale, remplissent honorable-
ment leur rôle, et, pour ma part, je n'ai jamais eu
qu'à me louer de mes relations avec eux : témoin
Samuel Meyer.

« Gardons-nous donc bien de juger le sac d'a-
près une ancienne étiquette. Est-ce à dire que je
suis un Turc, moi, parce que je suis huissier?
Plus de haines surannées, plus de gothiques an-
tipathies! Ne nous montrons pas moins généreux
que le code envers ceux qui sont, ainsi que nous,
les enfants d'Adam, et tendons-leur franchement
la main, comme à des frères qu'un bon vent nous
ramène... Il n'y a plus de juifs d'ailleurs, madame Bridot... il n'y a plus que des israélites! »

En dépit de cette éloquence conjugale, Mᵐᵉ Bridot ne fut pas convaincue; bien que soumise en
apparence, elle resta sur la réserve.

Mais lorsque son digne mari, le lendemain
même de la mort de Mᵐᵉ Meyer, lui eut amené
les deux orphelins en pleurs, lorsqu'elle put ap-
précier l'aimable vertu de Noémie, sitôt qu'elle

eut pris joie à embrasser les fraîches joues de Benjamin, l'excellente femme oublia bien vite qu'ils étaient d'une autre religion que la sienne.

Et si parfois ses anciens scrupules lui revenaient à l'esprit :

— Oh ! mon Dieu ! murmurait-elle en regardant, en embrassant encore cette jeune fille si belle et ce si charmant bambin... Oh ! mon Dieu ! tous ceux-là ne sont-ils pas vos enfants, qui sont faits à votre image ?

Mme Bridot, d'ailleurs, n'avait jamais connu les douces joies de la maternité ; et c'est si bon, même au déclin de la vie, même avec les enfants des autres, de pouvoir se dire : Enfin je suis mère !

Bridot, qui assistait à toutes ces scènes et qui se rendait un compte exact de ce qui se passait dans l'âme de sa femme, ne se gênait nullement pour pleurer à grosses larmes. Maintenant il pouvait se montrer sensible tout à son aise, il n'était plus huissier.

Ma foi ! non... Bridot père n'étant plus, Bridot fils s'était empressé de vendre sa charge, et, bien qu'il ne fût pas très-riche, — de tels hommes font rarement fortune ! — il vivait tout bonnement en rentier lexovien.

A l'aide de l'héritage paternel, il s'était fait bâtir la riante villa que l'on sait ; il l'avait embellie, meublée à son goût. La culture de son jardin suf-

fisait presque seule à ses plaisirs, voire même à
son orgueil. Ses roses et ses œillets étaient les
plus renommés de tout l'arrondissement; ses pê-
ches et ses poires lui avaient valu des médailles
d'honneur à tous les comices agricoles de la Normandie.

Ajoutez à cela quelque petit reliquat conten-
tieux, pour utiliser les deux ou trois cartons verts
qu'il avait rapportés de son étude, et pour obliger
d'anciens clients : témoin son rôle dans la succession de Samuel Meyer; de nombreuses excursions
à la recherche de toutes sortes d'antiquités, car
notre ex-praticien se piquait d'être collectionneur;
un peu de pêche à la ligne durant l'été, l'automne
un peu de chasse; quant à l'hiver, grand feu, table friande, cave d'amateur, quelques bons livres
et quelques vieux amis; parfois une partie de boston, parfois quelques heures de musique. Il
jouait de la flûte... Enfin une excellente santé, une
humeur toujours allègre... Et Bridot s'estimait le
plus heureux citoyen du monde. M'est avis que ce
bonhomme était un grand philosophe, un grand
sage !

Bonhomme... entendons-nous cependant? Au
besoin, il savait retrouver bec et ongles. Ses yeux
le disaient assez; on se souvient comme ils avaient
inquiété Césaire, ces yeux-là. C'était, du reste, la
seule chose par où Bridot tint de son père... des

yeux farfouilleurs, des yeux malins, des yeux normands !

Un dernier trait : Bridot, sans qu'il s'en doutât,
était un artiste. Je n'en veux d'autre preuve que
le remarquable cabinet de travail dans lequel il
venait d'introduire maître Heurtevent. Curieuses
tapisseries, gothiques vitraux, sévère ameublement en vieux chêne restauré avec infiniment de
goût, vieilles faïences aux vives couleurs, rares
émaux, ivoireries précieuses, il y avait de tout là-
dedans : un petit musée.

Aussi Césaire se sentit-il d'abord embarrassé,
tant par la vue de toutes ces choses étranges pour
lui que par le regard plus étrange encore de leur
propriétaire, qui, magistralement assis dans un
grand fauteuil sculpté, lui répétait pour la troisième fois au moins :

— Mais expliquez-vous donc, maître Heurtevent ! Qu'y a-t-il pour votre service ?

Césaire enfin releva la tête, et de l'air d'un
homme qui prend bravement son parti :

— Monsieur Bridot, commença-t-il, je viens
vous demander deux services.

— Voyons d'abord le premier, monsieur Césaire.

— Voulez-vous me prêter deux mille francs ?

— Deux mille francs... à vou !

— A moi... Et pas un sou de plus, pas un sou
de moins, c'est mon chiffre.

18

— Ah! ah!

Après un temps, le vieillard ouvrit en silence l'un des tiroirs de son bureau, — bureau pareil au fauteuil, — et présenta, toujours sans parler, deux billets de banque au jeune homme.

— Merci! accepta sans plus de façons Césaire.

— Passons à la seconde demande, reprit Bridot.

— Je voudrais parler à Mlle Noémie Meyer.

— Mais pourquoi?

— Vous le saurez... vous le verrez sitôt que vous m'aurez conduit auprès d'elle.

— Soit!

Bridot se leva, fit signe au pêcheur de le suivre, et le conduisit au salon.

Le salon avait été meublé d'après le goût particulier de Mme Bridot.

Cette bonne dame aimait le rococo, le pompadour.

En mari galant, l'ex-huissier s'était mis en quatre pour satisfaire ce caprice, et le dieu des chercheurs d'antiquailles avait couronné ses efforts.

Il avait trouvé, déniché, exhumé..... où cela? je ne vous le dirai pas au juste; un peu au château du marquis de Brunoy, un peu au château d'Aguesseau, un peu au château de Lassay, qui fut celui de Sophie Arnould, un peu partout dans les alentours, de ravissantes boiseries du dix-huitième

siècle, un clavecin, une bibliothèque, des étagères
et des tables en bois de rose, un sopha, des chaises et des bergères qui n'eussent pas déparé le
boudoir de la Dubarry, un délicieux cartel de
Boule, deux coupes rocaille et deux bijoux de
flambeaux dorés, toutes sortes de coquettes fan-
taisies en laque, en incrustations, en pâte tendre,
en vieux Sèvres, en vieux Saxe, etc., sans omettre
deux excellentes copies de Lancret, un Watteau,
trois Lantara authentiques, quelques gravures
mignardes et quelques pastels du bon vieux temps.

Mais, dira-t-on peut-être, voilà bien des mer-
veilles chez un simple bourgeois de Lisieux!...
Sans qu'on s'en doute, en province, il y a beaucoup de ces intérieurs-là, et chez de bonnes gens
qu'on ne range pas parmi les plus riches.

Ils s'y sont pris à l'époque où toutes ces choses,
aujourd'hui si chères, se donnaient encore pour
rien; ils ont eu du flair, de l'activité, de la patience et surtout l'amour du logis.

Revenons au salon Bridot.

De ses hautes fenêtres, que drapaient d'ancien-
nes soieries brodées à la main et s'harmonisant
on ne peut mieux avec tout le reste, on apercevait
d'abord une riante terrasse toujours garnie des
fleurs les plus nouvelles; au bas de la terrasse le
jardin, — on sait ce qu'était le jardin Bridot, —
au-delà du jardin, la vallée d'Auge !

Impossible de rêver une plus agréable retraite.

En ce moment surtout, — il était environ trois heures, — le soleil déjà sur son déclin prêtait un indicible charme à la vallée, chatoyait dans le jardin, empourprait la terrasse, et jusque dans le salon, jetant des reflets orangés, allumait comme une sorte d'auréole au-dessus de la noire chevelure de Noémie Meyer, assise avec Mme Bridot sur le sopha ; l'enfant jouait entre elles.

Tout ce luxe guilleret, toutes ces mièvreries, toutes ces couleurs faisaient encore mieux ressortir la triste pâleur, la virginale mélancolie, la touchante simplicité de l'orpheline en deuil. Jamais, non jamais, elle n'avait été plus belle !

Aussi Césaire, qui ne l'avait encore vue qu'à distance, en resta-t-il, tout d'abord, interdit, émerveillé.

De son côté, la jeune fille demeurait surprise et comme confuse de la brusque apparition de cet étranger.

Dans ses grands yeux noirs et doux, il y avait la craintive inquiétude du regard de la gazelle alarmée par un bruit lointain.

— Noémie, expliqua Bridot, voici M. Césaire Heurtevent... qui désirerait un instant d'entretien avec vous.

En même temps, il adressait un signe imperceptible à Mme Bridot.

La bonne dame comprit, et d'un geste tout maternel appelant l'enfant :

— Viens, mon Benjamin, fit-elle... viens dire bonsoir au soleil !

Et laissant entr'ouverte la porte de la terrasse, elle emmena dans le jardin le petit frère.

Pendant ce temps-là, Bridot avait fait rasseoir Noémie ; après quoi présentant à Césaire un fauteuil, dans un autre il prit place.

Mais le pêcheur refusa du geste, et, debout devant la jeune fille :

— Mademoiselle, dit-il, j'avais cru ne rien devoir à votre père... je me trompais... voici les deux mille francs !

Il lui tendait les billets de banque, tout à l'heure empruntés à Bridot.

Étonnée, Noémie restait immobile.

— Prenez ! insista le pêcheur avec une brusquerie suppliante. Mais prenez donc... puisque j'ai reconnu mon erreur... puisque je me souviens maintenant.

— La facture était trop récente, observa la jeune fille, pour qu'il me soit permis d'admettre...

— Récente... interrompit Césaire... qu'en savez-vous ?

— Moi-même je l'avais écrite.

Il devint très-rouge.

— Elle remontait à deux mois à peine, pour-

suivit l'orpheline, et pour un patron de barque...
permettez-moi de vous le dire... le paiement d'une
telle somme.....

Une seconde fois, Césaire ne laissa pas achever.

— Soit! fit-il. J'étais parfaitement certain de
ne pas avoir payé. J'ai menti! mais je me repens,
je restitue... Prenez!

Il était très-pâle maintenant, il courbait le
front, il avançait en tremblant la main qui tenait
les billets.

— Songez-vous bien à ce que vous dites, monsieur? ne put se défendre de demander Noémie,
de plus en plus surprise.

— Oui... oui!... balbutia le pêcheur avec un
douloureux effort. Vous avez exigé cet aveu...
vous devez être satisfaite maintenant. Mais prenez donc!

Et, dans un mouvement d'impatience qui sembla le transfigurer, il releva soudain la tête.

Refusant du geste les billets, la juive répondit :

— Non, monsieur... car vous avez la figure
d'un honnête homme, et je ne veux pas vous
croire... je ne vous crois pas!

Quelque chose comme un sanglot étouffé fut la
seule réponse de Césaire.

— D'ailleurs, reprit Noémie, comment ce prétendu repentir vous aurait-il été inspiré? Pourquoi reviendriez-vous ainsi?

— Mais sachez donc, s'écria le rude matelot d'une voix toute attendrie, sachez donc que j'étais ce matin au cimetière, quand vous avez pleuré!... que j'étais tantôt dans la rue aux Fèvres, lorsque vous êtes ressortie, proscrite et dépouillée, de la maison de votre père !

Un amer sourire se dessina sur les lèvres de la jeune fille.

— Ah! fit-elle, comme se parlant à elle-même. Ah!... je comprends !

— Que comprenez-vous donc? questionnèrent à la fois Césaire et Bridot.

— Mon père a sans doute rendu quelque service à M. Heurtevent... et, je le devinais bien à l'expression de ses traits, il est reconnaissant, il est bon...

— Mais enfin...

— Par malheur — et que cet aveu, monsieur Césaire, rachète votre généreux mensonge — par malheur je suis trop fière pour accepter une aumône !

— Une aumône ! Ah ! pouvez-vous croire?...

— Un service... je le veux bien : mais quant à consentir...

— Pourquoi pas? intervint Bridot.

— Ce ne sera qu'un prêt, imagina Césaire. Vous me rendrez cela... plus tard.

— Monsieur Heurtevent, répliqua la jeune fille

avec une dignité douce, dans notre famille on n'emprunte qu'avec la certitude de pouvoir rembourser un jour, et nous sommes maintenant trop pauvres pour qu'il me soit permis d'espérer jamais de m'acquitter envers vous.

— Ainsi, même à ce titre, c'est un refus!

— Positif. Oui, monsieur Césaire. Oh! n'insistez pas.. M. Bridot vous le dira : je tiens un peu de mon pauvre père, et quand une fois il avait répondu non...

— Ne le dites donc pas ce mot! s'écria Césaire. Réfléchissez, mademoiselle, réfléchissez encore ; si ce n'est pour vous, que ce soit pour votre frère. Cet argent, vous en aurez besoin, il vous le faut, il est à vous. Oui... croyez que je suis un voleur ou que je suis un ami généreux, peu m'importe... mais acceptez, je vous en supplie... je vous en supplie!

Il avait des larmes plein les yeux, il venait de tomber à genoux.

Elle se leva, et d'une voix profondément émue :

— Merci! dit-elle. Oh! monsieur, croyez que je vous suis bien reconnaissante de votre offre et de votre insistance, et que je ne l'oublierai jamais... jamais!...

Et comme il la conjurait encore, comme il lui tendait toujours les deux mille francs, elle se pencha tout à coup vers lui, elle sembla vouloir enfin les prendre.

Mais non : laissant s'échapper les billets, elle ne saisit que la main ; sur cette large et rude main, elle mit un baiser rapide.

Puis, à la hâte et tout étonnée, toute confuse :

— Pardon, je crois que mon frère m'appelle !

Et elle s'enfuit par le jardin.

Debout à quelques pas de lui, Bridot le regardait en silence.

Toujours à genoux, toujours tourné vers la porte du jardin, le pêcheur laissa peu à peu retomber sa tête sur sa poitrine, et le long de son corps ses deux bras qui, longtemps après que l'orpheline eût disparu, semblaient vouloir la retenir encore.

Il demeurait ainsi, plongé dans un abattement profond, dans une morne désespérance.

— Césaire ?... dit enfin Bridot.

Comme réveillé par cette voix, il se releva à demi, se retourna.

Bridot lui tendait la main.

— Quoi ! fit le pêcheur, vous aussi ! Mais vous ne voulez donc pas me croire non plus ?... mais vous ne savez donc pas...

— Je savais tout, interrompit avec une amicale émotion le vieillard.

Sa main cherchait celle du coupable.

— Merci ! Oh ! merci ! s'écria Césaire avec une reconnaissance étonnée :

Puis, se redressant de toute la hauteur de sa
taille et de sa volonté :

— Oh ! nous serons deux maintenant, reprit-il,
car vous m'aiderez, n'est-ce pas ?... car vous comprenez bien que je ne puis pas garder cet argent.
Il me brûlerait la main... cette main sur laquelle
se sont posées ses lèvres... Oh ! je la couperais,
si j'avais du cœur !

— Calmez-vous ! disait Bridot ; calmez-vous,
mon ami. Quand, avec une loyale nature comme
la vôtre, on s'est abaissé jusqu'à commettre une
faute... une seule, on s'en relève deux fois honnête homme !

— Ce n'est pas de cela qu'il s'agit, répliqua
brusquement le pêcheur. Il s'agit de la contraindre à reprendre ce que je lui dois, il s'agit de lui
donner, s'il le faut, tout ce que j'ai ! Oui... ce serait là peut-être la vraie réparation. Tant pis pour
moi ; si j'ai fait cause commune avec des coquins,
je veux payer pour eux tous... et seul lui rendre à
elle tout ce qu'elle a perdu ! Oh ! oh ! vous ne me
connaissez pas encore, monsieur Bridot ? J'ai pu
manquer de courage depuis un mois, être timide
ce matin, manœuvrer avec maladresse... Mais
Césaire Heurtevent est un de ces matelots que
fortifie la tempête et qui, lorsqu'ils se sont une
fois dit : « J'arriverai là ! » y marchent malgré
vent et marée. Voyons, monsieur Bridot, voyons...

vous êtes homme d'expérience, vous connaissez
la loi : il doit y avoir des moyens de doter, d'en-
richir une jeune fille pauvre... et cela malgré sa
fierté, malgré son obstination, malgré tout! il y
en a, dites?

— Je n'en connais pas, dit en souriant Bridot.

— Pas un!... insista Césaire avec une animation toujours croissante.

Quelque peu étourdi par l'imprévu, par l'impétuosité de cet abordage moral, Bridot se laissa
entraîner à répondre :

— Si fait... il en est un... mais impossible dans
la présente espèce.

— Lequel?

— Impossible, vous dis-je !

— Dites toujours.

— Un mariage... vous voyez bien qu'il n'y faut
plus songer.

— Pourquoi pas? fit le pêcheur avec un grand
calme.

Bridot bondit de deux pas en arrière, et seulement alors comprit toute l'étendue de son imprudence.

Césaire paraissait de plus en plus sérieux. Césaire semblait réfléchir.

— Ne vous arrêtez pas à cette folie! se récria
vivement l'ex-huissier. Je ne sais vraiment pas
comment cette idée m'est venue... Je parlais en

général, mon pauvre ami... Mais songez donc...

— Que c'est une demoiselle accomplie et que
je ne suis qu'un grossier matelot, interrompit
Césaire comme continuant à haute voix sa pensée... qu'elle ne me connaît pas, qu'elle ne m'ai-
mera jamais... Oh! je ne m'illusionne pas, allez!
Mais vous figurez-vous, par hasard, que j'aie
l'ambition de devenir son mari? Non, non! je serais pour elle un frère, un serviteur, ce qu'elle
permettrait que je fusse; mais voilà tout. Il faut
la sauver de la misère... Eh bien! sans être un
richard, je suis à mon aise... je lui abandonnerai
tout ce que je possède et je partirai. Oui, c'est
cela, je me ferai recevoir au long cours, je reste-
rai presque continuellement en mer, j'irai lui gagner de l'argent... encore... toujours! Elle sera la
femme du capitaine Heurtevent, elle aura tout ce
que donne la fortune... une fortune dont le petit
Benjamin aura sa part. Elle l'aime bien, son frère:
qu'elle accepte par dévouement pour lui. Chacun
le nôtre! Et ne m'objectez pas qu'elle est juive...
Son Dieu, pas plus que le mien, ne saurait mau-
dire une union semblable!

En parlant ainsi, Césaire n'était plus le même
homme. Les épreuves qu'il venait de subir, la
pureté du sentiment qu'il exprimait, la tendresse
même qui prêtait une sorte de charme à son inspiration généreuse, semblaient l'avoir ennobli

tout à coup, le rendaient vraiment beau, vraiment éloquent.

Dans son regard, dans sa voix, dans son attitude, il y avait quelque chose de si convaincu, de si solennel et de si loyal, que Bridot, saisi d'étonnement, s'était laissé peu à peu gagner par cette entraînante et simple logique : la logique du cœur.

— Au fait..., se prit-il à murmurer tout en regardant avec plus d'attention le pêcheur, au fait, ce serait peut-être le plus sage!

— Elle est là dans le jardin, reprit vivement Césaire. Allez tout lui dire.

— Comment!... comment cela... sans réfléchir... à l'instant!... se récria le bonhomme Bridot.

— A l'instant! fit l'expéditif marin. Ma proposition est de celles qui sont réalisables ou qui ne le sont pas, qui s'acceptent ou se refusent sur l'heure. A quoi servirait d'attendre? Dans quelques jours, dans quelques mois, nous ne nous connaîtrions pas davantage. Et puis, il me semble qu'il y a le doigt de Dieu dans tout ceci! Allez, monsieur Bridot, allez comme si vous aviez le vent dans vos voiles. Je ne lui demande pas, d'ailleurs, une réponse immédiate, positive. Qu'elle me fasse seulement savoir qu'elle ne me juge pas tout à fait indigne de lui donner mon nom!

Poussé, supplié, séduit, le bonhomme Bridot résolut enfin de tenter l'aventure.

— Soit ! fit-il en sortant du salon... Soit, puisque vous l'exigez ainsi !... C'est bien bizarre, bien étrange, bien fou... mais parfois ces excentricités-là réussissent et portent bonheur. A bientôt donc, mon ami, à bientôt !

Il traversa la terrasse, il disparut par l'un des escaliers tournants qui formaient le perron.

Césaire, brisé par tant d'émotions, se laissa tout d'abord tomber dans un fauteuil.

Puis, se redressant tout à coup, il courut regarder à la porte-fenêtre.

Vers le fond du jardin, sous un berceau de clématite, devant lequel le petit Benjamin se roulait dans le sable, Noémie Meyer et Mme Bridot étaient assises.

Déjà l'ex-huissier s'approchait. marchant avec une certaine lenteur réfléchie ; parfois même, il s'arrêtait un instant et gesticulait, comme un ambassadeur qui prépare son discours.

Césaire se sentit pris d'une impatience fiévreuse, d'une de ces anxiétés qui tuent.

Il se mit à marcher à grands pas dans le salon, il revint comme malgré lui vers la porte vitrée.

Bridot allait atteindre l'ombre projetée par la clématite ; déjà, pour saluer les deux femmes, il retirait sa casquette.

Le pêcheur s'étreignit à deux mains le front, la poitrine.

Puis, une idée soudaine sembla lui frapper l'esprit.

Il venait de remarquer que, dans cet endroit, le jardin n'était borné que par une haie à laquelle s'adossait précisément le berceau ; que, de l'autre côté de cette haie, il y avait un fossé ; que, de l'autre côté de ce fossé, c'étaient les champs, la campagne ; de plus, que la nuit commençait à venir. Aussitôt, Césaire bondit en arrière, traversa le salon, le péristyle, et, sans même répondre à la servante qui, tout étonnée, courut après lui, s'échappa brusquement de la maison.

Une fois dehors, il remonta quelque peu la route, puis s'arrêta, pour bien s'assurer que personne ne pouvait le voir.

Alors il revint sur ses pas, se jeta dans le champ, gagna la haie, descendit dans le fossé, longea le haut-bord avec la silencieuse allure d'un braconnier, d'un Peau-Rouge.

Toujours voûté en deux, il parvint ainsi jusqu'à l'endroit que surmontait le berceau. Là, se redressant avec plus de précautions encore, il s'étendit à plat-ventre contre le talus, il avança la tête entre les herbes, il écarta sans bruit les basses branches de la clématite, et, retenant son souffle, il écouta, regarda...

V

Grande fut la surprise de Noémie Meyer, plus grande encore la stupéfaction de la digne Mme Bridot, lorsqu'après un exorde des plus habiles, son éloquent époux en arriva au fin mot de l'épineuse commission dont il s'était chargé : la demande en mariage.

Il y eut d'abord un silence. Un tel silence, que si les esprits eussent été moins absorbés, les oreilles auraient peut-être entendu battre à travers la haie le cœur de Césaire.

— Comment ! put se récrier enfin Mme Bridot, comment, mon ami, c'est vous qui osez nous dire de pareilles choses ! Mais vous êtes devenu aveugle, monsieur Bridot ! mais vous n'avez donc jamais regardé celle à qui vous proposez de devenir la femme d'un matelot !

À cette apostrophe conjugale, l'ex-huissier ne put se défendre de rougir quelque peu ; il riposta néanmoins et avec une certaine verdeur :

— Un matelot... oui, madame !... Mais ce matelot est l'un des plus beaux gars que je connaisse, et son éducation, son caractère, ses sentiments, la petite fortune qu'il possède déjà, celle qu'il ne saurait manquer de conquérir...

Ce fut Noémie elle-même qui l'interrompit, mais pour lui venir en aide :

— Madame Bridol, dit-elle avec une extrême douceur, avec une calme et modeste gravité, — ma chère madame Bridol, vous avez vraiment trop favorable opinion de mon pauvre mérite, et vous n'estimez pas assez M. Césaire Heurtevent. Bien que je ne l'aie vu que durant quelques minutes, je crois l'avoir jugé, bien jugé. C'est un noble cœur... et nous devons envisager avec égards, avec respect, sa généreuse demande. Pour ma part, elle me touche profondément, elle m'honore.

Plus encore étonné que sa femme, Bridol s'empressa de mettre à profit la brillante péroraison qu'il avait préparée d'avance. Il fit un tel tableau de la situation présente de Noémie et des incertitudes de son avenir, il plaida la cause du patron de la *Jeanne-Marie* avec tant de persuasion, tant de chaleur et de cordialité, que Césaire lui-même, de l'autre côté de la haie, ne put se défendre de murmurer tout bas :

— Oh ! le digne homme... le digne homme !

Comme dernière argumentation triomphante, il parla de Benjamin, il fut inopinément appuyé par l'enfant lui-même.

Entendant qu'il était question de lui, le petit

frère s'était peu à peu rapproché, et comme Bridot venait de s'écrier : « Vous l'aimez ! » il sauta
tout à coup sur les genoux de Noémie, il lui jeta au
cou ses deux petits bras, en disant :

— Oh ! oui, sœur... ça, c'est bien vrai, ça... tu
m'aimes !...

Deux larmes emperlèrent aussitôt les longs cils
noirs de l'orpheline. Elle embrassa l'enfant, elle
s'écria :

— Pardon... pardon, mon frère !... Pour toi surtout, pour ton avenir, je devrais accepter, je le
voudrais... Malheureusement, je ne le puis pas...
je ne suis plus libre !...

— Plus libre? répétèrent d'une même voix
M. et Mme Bridot.

— Oubliez-vous donc.... fit avec un douloureux
effort la belle juive, oubliez-vous Isaac Boërmann?

— Noémie !..... s'écrièrent les époux Bridot,
comme honteux d'avoir ravivé quelque récente
blessure. Noémie, ne nous en veuillez pas...

— Vous en vouloir ! répliqua-t-elle, en leur
prenant les mains. Ne sais-je pas que vous n'avez
en vue que mon intérêt, l'avenir de mon frère ?
Mais vous ignorez nos mœurs, nos croyances, qui
ont traversé des siècles ; mais vous ne connaissez
pas la force du lien qui m'unit à Isaac. Nous sommes fiancés devant notre Dieu.

— Permettez... permettez !... hasarda timide-

ment Bridot, j'ai bien souvenir que tels étaient
les arrangements d'autrefois ; mais je n'oublie pas
non plus qu'après la mort de mon excellent ami
Meyer, lorsque le père Boërmann apprit que vous
étiez ruinée, sans dot, sans ressource aucune, il
exigea... si je ne m'abuse... une rupture, une séparation. Je crois même me rappeler qu'Isaac lui-
même...

— Eh qu'importe !... reprit avec une tendre
fierté la jeune fille. Son père ordonnait, le devoir
d'un fils est d'obéir, et moi-même j'ai dit à Isaac :
Soumettons-nous au destin ! Mais si nos mains
sont désunies, il n'en est pas de même de nos
cœurs ; Dieu nous garde nos anneaux dans le ciel.

Il serait impossible de peindre avec des mots
la touchante simplicité, la grandeur vraiment biblique de Noémie Meyer en parlant ainsi. Elle n'a-
vait pas même élevé la voix ; son émotion semblait
si profonde qu'elle montait à peine à ses lèvres.
Ce n'était pas de l'exaltation passionnée ; c'était
de la foi, c'était bien de l'amour !

Mais comme ce calme, comme ce recueillement,
comme cette extase allaient bien à sa beauté !
tout à l'entour d'elle, le crépuscule faisait ressortir les lignes si pures de son admirable visage, un
peu plus pâle que de coutume ; quelques derniers
rayons, teintés de rose, s'attardaient comme à
plaisir dans les ondes épaisses de ses cheveux

noirs, et ses grands yeux, presque fixes, semblaient s'agrandir encore.

Elle poursuivit :

— Nous n'avions pas même l'âge de mon petit Benjamin que déjà l'on nous répétait :

« Vous êtes destinés l'un à l'autre, enfants, ai« mez-vous !

« Nous n'avons fait qu'obéir, ce n'est pas notre faute.

« Elevés ensemble, ensemble nous nous sommes développés comme deux rameaux d'une même branche. Nos jeux, nos impressions, nos goûts, nos sentiments, tout fut pareil.

« Notre avenir semblait tout tracé d'avance, et comme sur une douce route, bien droite, bien unie, bien ombreuse, nous y marchions déjà par la pensée, la joie sur le visage et la main dans la main.

« Il y a un mois — oh ! mon Dieu, oui... rien qu'un mois !... — nos deux noms étaient affichés à la porte de la synagogue, notre maison nous attendait, toute souriante ; et sous le regard heureux d'Isaac, j'achevais la broderie de mon voile de mariée !...

« Comment dans ce ciel si pur éclata-t-il un orage ? Comment nous fûmes réveillés de ce beau rêve ? Vous le savez. M. Boërmann a dit : « Je ne veux plus. » Tout est là ! S'il meurt sans m'avoir rappelée vers lui, Isaac et moi nous ne chercherons même pas à nous revoir... car, même lorsqu'un père n'est plus, il faut encore se soumettre à son arrêt : c'est la loi !...

« Il ne nous reste qu'une bien faible espérance en ce monde ; dans l'autre, nous sommes certains de nous retrouver. Ce n'est qu'une question de temps ; nous attendrons ! Mais quoique séparés en apparence, il est tout à moi, je suis toute à lui.

« Tu vois bien, mon Benjamin, que je ne puis pas te sacrifier ce qui ne m'appartient plus ! Ne crains rien cependant.. je saurai t'élever, va, mon enfant !... Je te promets le dévouement, l'abnégation d'une veuve pour son fils unique. Tout ce que le travail et l'intelligence d'une femme peuvent gagner, économiser... tu l'auras, petit frère.

« Mais ne me demande pas de trahir ma foi, de désespérer Isaac, de devenir la femme d'un autre... Oh ! je ne le pourrais pas, d'ailleurs... j'en mourrais !... j'en mourrais !... »

Et, cédant enfin à son émotion, la jeune fille fondit en larmes.

A cette vue, l'excellente Mme Bridol n'y put tenir davantage.

Elle se rapprocha vivement de Noémie, elle la pressa contre son sein, elle la couvrit de baisers tout en lui criant du fond du cœur :

— Ma fille !... mon enfant ! tais-toi... pardonne-nous. Il ne sera plus question de cela... jamais !

— Jamais ! répéta Bridot, non moins attendri
que sa femme. Jamais... n'en parlons plus.
Voyons, Noémie, du calme. Il est temps de rentrer... les nuits sont fraîches. Emmène-la donc,
madame Bridot, mais par la petite porte de la
tourelle. Vous comprenez ! il est encore au salon...
il m'attend.

— Dites-lui bien, fit en se retournant l'orpheline, dites-lui que mon refus n'est ni de la fierté
ni de l'indifférence : que je lui suis reconnaissante, et que toujours il aura place dans les prières de la pauvre Noémie !

— Oui... oui... s'évertuait à répondre l'ex-huissier. Mais sois donc tranquille, mon enfant, je
sais ce qu'il faut lui dire...

Cependant, lorsque les deux femmes se furent
éloignées avec Benjamin, lorsqu'il se retrouva
seul, son embarras fut bien autre encore pour le
retour qu'il ne l'avait été en arrivant.

— Bah ! se dit-il enfin, lui... c'est un homme !

Et, tout en préparant un second discours, il remonta la grande allée, il rentra dans le salon.

On se souvient que, depuis longtemps déjà, Césaire ne s'y trouvait plus.

L'ex-huissier tourna deux ou trois fois sur lui-
même ; puis il s'arrêta tout à coup devant la porte-
fenêtre, suivit du regard la haie, cligna de l'œil

de l'autre côté du berceau ; et comme il était Normand, il devina tout.

D'ailleurs, quelques mots de la servante le confirmèrent dans son idée.

En conséquence, il ressortit par la porte qui donnait sur la route, remonta jusqu'à l'angle du jardin, sauta dans le champ, et ne tarda pas à retrouver Césaire.

Le pêcheur était maintenant assis, les jambes pendantes dans le fossé ; ses mains à l'abandon arrachaient machinalement des herbes ; sa tête retombait, comme affaissée, sur sa poitrine. Il semblait tellement absorbé, tellement songeur, qu'il n'avait pas même entendu venir Bridot.

Celui-ci fut contraint de l'appeler plusieurs fois par son nom. Enfin il releva les yeux.

Son visage, blême et morne, était inondé de larmes.

Bridot crut devoir commencer son discours.

— Césaire... mon digne ami... mon pauvre garçon...

D'un geste douloureusement impératif, le pêcheur l'interrompit brusquement.

Puis, déjà debout et très-calme :

— Monsieur Bridot, demanda-t-il, où demeure M. Boërmann ?

— Sur la grande place de Lisieux... juste en face la cathédrale.

— C'est bien... merci.

Et, laissant le bonhomme tout intrigué, Césaire disparut à grands pas dans la brume.

VI

Moitié israélite et moitié allemand, Boërmann était un honnête homme, un bon père, mais avant tout un fort négociant en toiles.

Durant tout le jour, l'activité régnait dans sa maison : la maison Boërmann père et fils et compagnie !

Puis, lorsque les commis s'étaient retirés, lorsqu'on avait clos les magasins, le patron se complaisait à rester encore une heure dans sa caisse, à revoir les écritures de la journée, à discourir en lui-même sur le présent et sur l'avenir de son commerce.

Il en était ainsi ce soir-là.

Tout à l'extrémité d'une longue salle, dans la pénombre de laquelle on entrevoyait des pyramides de ballots, deux lampes brûlaient, de l'autre côté d'une légère cloison dont la partie supérieure était un grillage de cuivre.

Cet étroit compartiment. — la caisse, le sanctuaire! — avait deux seules ouvertures du côté
de la galerie, à savoir une porte presque invisible, un guichet implanté sur une planchette de
chêne à laquelle le passage de l'argent avait donné
le poli, le luisant de l'ébène.

A l'intérieur, une seconde porte communiquait
dans l'intérieur des appartements.

Le parquet, un peu plus exhaussé que celui du
reste de la salle, supportait trois tables, deux
chaises et un fauteuil de cuir vert. Ce fauteuil
était placé devant la table du milieu, sur un assez
large piédestal, d'où le patron dominait toute la
perspective : une sorte de trône commercial.

Aux deux tables inférieures, — qu'on aurait pu
comparer aux tabourets réservés pour les princes
du sang, — s'asseyaient Boërmann fils et le premier commis, celui-ci à gauche, celui-là à droite.

L'heure à laquelle le premier commis se retirait,
avait sonné depuis longtemps déjà : sa chaise
était symétriquement rentrée sous sa table, sa
lampe était éteinte.

Les deux autres éclairaient donc la place de
Boërmann père et celle de Boërmann fils.

Ils étaient là tous les deux, silencieux au milieu du silence, et penchés chacun sur le grand-
livre ouvert devant lui.

En dépit des abat-jour verts qui restreignaient

le cercle lumineux, quelques vagues reflets s'éga-
raient çà et là, aux angles de la cheminée à la
prussienne, sur le cartel suspendu à la muraille
et sur le grand calendrier verni qui lui faisait vis-
à-vis, dans les ferrures bronzées du coffre-fort,
dans les interstices du grillage et jusque parmi
les blanchâtres enveloppes des premiers ballots
empilés dans la grande salle.

Les lampes donnaient en plein sur les pages
consultées par les deux travailleurs, sur leurs
mains, sur le bas de leur visage; les yeux et le
front se perdaient quelque peu dans une demi-
teinte à la Rembrandt.

La plume à l'oreille, le sourire épanoui, le doigt
à la base d'une longue colonne de chiffres, Boërmann père semblait tout à l'orgueil de l'ambition
satisfaite. On eût dit le dieu du commerce en personne.

Hélas! il n'en était pas ainsi d'Isaac.

Triste et pâle, le jeune israélite cherchait vainement à dissimuler sa souffrance.

Un hasard fatal venait de remettre sous ses
yeux l'ancien compte de feu Samuel Meyer.

Il détourna vivement la tête : les larmes n'aiment pas à tomber sur les chiffres!

Boërmann père, cependant, voyait et comprenait à la dérobée tout cela.

Tantôt il se contentait d'en hausser les épaules

avec un dédaigneux sourire ; tantôt, plus ému
qu'il ne se l'avouait à lui-même, il se surprenait à
murmurer tout bas :

— Pauvre garçon !

Mais, inflexible comme Brutus, il se gardait
bien de parler haut.

Tout à coup le bruit d'un pas lointain réveilla
les profondeurs obscures de la galerie.

Une espèce de domestique, tour à tour homme
de peine et commis, ne tarda pas à s'avancer.

— Monsieur Boërmann, dit-il, il y a quelqu'un
qui demande à vous voir.

— Un client ? fit le patron avec une accentuation toute particulière.

— Je ne l'ai pas encore vu ici, monsieur.

— Il est déjà bien tard... les magasins sont
fermés... Son nom ?

— Césaire Heurtevent, répondit lui-même le
pêcheur qui, se dégageant de l'archipel formé par
des ballots, apparut inopinément dans la partie
lumineuse.

Boërmann aussitôt se leva, salua, sourit.

Ce même salut, ce même sourire, il les faisait
depuis une quarantaine d'années cent fois par jour.

S'inclinant à peine, Césaire arriva jusqu'au guichet et posa la main sur la tablette.

— Vous désirez me parler, monsieur ? demanda
le négociant après un silence.

— Oui, monsieur, mais à vous seul.

— Eloignez-vous, François... laisse-nous, Isaac.

François s'est éclipsé déjà ; Isaac, sans prononcer un mot, disparut par la porte intérieure.

Durant ce temps, Boërmann avait ouvert la petite porte grillée ; tout en offrant au visiteur inconnu la chaise du premier commis, il se rasseyait lui-même dans son fauteuil vert, avec l'attitude de l'attente.

— Monsieur, débuta Césaire, qui des yeux avait suivi le jeune homme, votre fils a bien du chagrin !

Une grimace de mécontentement se dessina sur le visage du négociant, et pour décliner ce genre d'entretien, il répondit :

— Les toiles sont rares en ce moment. Néanmoins, la maison Boërmann peut vous offrir...

— Vous ne voulez plus le marier avec Mlle Noémie Meyer, interrompit le pêcheur, uniquement parce que son père ne lui a rien laissé... n'est-il pas vrai, monsieur, parce qu'elle n'a plus de dot ?...

— Uniquement, monsieur... et à mon très-grand regret. Mais permettez-moi de vous dire...

— Quelle dot exigeriez-vous pour consentir au mariage ?

— Mais, monsieur...

— Je parle très-sérieusement; répondez de même...

— Il me semble cependant que...

— Répondez, vous dis-je... et peut-être n'au-rez-vous pas lieu de vous en repentir... Quel est est votre chiffre ?

— Monsieur..., autrefois, nous étions convenus de trente mille francs.

— Trente mille francs... soit...je vous les don-nerai, moi.

— Vous, monsieur !

— Mais à une condition... c'est que, vis-à-vis de tout le monde, vous m'en garderez le secret: c'est que Mlle Noémie elle-même ignorera toujours la véritable cause de votre revirement à son égard. Je veux qu'on ne puisse l'attribuer qu'à une généreuse impulsion de votre cœur, qu'au désir de voir votre fils heureux. Vous voyez, monsieur, je vous réserve le beau rôle.

— En effet, nonobstant...

— Nonobstant...

— De quel droit?

— Ah ! il faut des explications !

— Mais...

— Sachez donc que j'avais de nombreuses obli-gations à Samuel Meyer, que je suis un des au-teurs de sa ruine, que je l'ai volé...

— Monsieur! se récria Boërmann de plus en plus ébahi.

Césaire ne parut tenir aucun compte de cette interruption, il poursuivit :

— Je m'en suis accusé à sa fille, elle ne m'a pas cru. J'ai voulu l'indemniser, elle a refusé mon argent, elle le refuserait encore. Ce n'est donc qu'à son insu que je puis m'acquitter envers elle, et vous seul m'en offrez les moyens. Comprenez-vous maintenant ?

— Pas trop! pas trop! fit naïvement Boërmann, car enfin, l'affaire restant ignorée, la somme ne se trouvant pas portée sur mes livres, quelle garantie auriez-vous que...

— Oh! l'interrompit Césaire avec un calme effrayant, si le mariage ne se faisait pas tout de suite, je vous tuerais!

A cette déclaration si catégorique, Boërmann bondit hors de son fauteuil.

— Ne craignez rien, sourit amèrement le pêcheur, je sais que vous êtes un honnête homme, et j'ai pleine confiance en vous. Répondez-moi franchement et par un seul mot : oui ou non ?

— Dame! monsieur, si tout cela est bien réel...

— Oui... ou non ?

— Oui.

— Parole d'honneur ?

— Parole d'honneur!

— C'est bien, monsieur... je vous remercie; avant huit jours vous aurez l'argent.

Et, grave comme il était venu, Césaire Heurte-vent s'éloigna.

Boërmann avait traité bien des affaires en sa vie, mais jamais aucune de cette façon-là.

Aussi, fut-il longtemps à se remettre.

— Bah! conclut-il, c'est un fou... il ne reviendra pas.

Le père d'Isaac se trompait.

Césaire était déjà reparti pour Trouville, et, chemin faisant — c'était à pied, par une belle nuit toute semée d'étoiles, — il songeait aux moyens de réaliser immédiatement la dot de Noémie Meyer.

Il connaissait un sien confrère auquel la *Jeanne-Marie* avait, comme on dit, donné dans l'œil, et qui ne manquerait pas d'en offrir un bon prix, argent comptant.

Quant à sa maison — la maison où il était né, où sa mère avait fermé les yeux! — elle touchait précisément à la propriété d'un riche Parisien, impatient de s'agrandir, et qui s'estimerait fort heureux de l'acheter au taux qu'on en demanderait.

Le pêcheur en demanda juste ce qu'il lui fallut pour compléter son chiffre.

Cinq jours après, il était de retour à Lisieux et se représentait chez Boërmann, à la même heure que lors de sa première visite.

Seulement, comme il connaissait la maison, il n'eut plus recours au domestique, il alla tout droit au guichet.

Les deux Boërmann étaient encore là, le fils tout à sa douleur, le père tout à son calcul.

Césaire frappa tout à coup sur la planchette et dit :

— C'est moi.

Après un premier étonnement, Boërmann éloigna Isaac et fit entrer Césaire.

Sans qu'un seul mot se prononçât entre eux, le pêcheur sortit de sa poche un portefeuille, et sur le coin de la grande table, compta l'un après l'autre trente billets de mille francs.

La lampe éclairait cette scène muette.

Les deux hommes enfin relevèrent la tête et se regardèrent.

— J'ai votre parole, fit le pêcheur.

— Je la tiendrai, répondit le négociant.

Puis, sentant le besoin de s'excuser vis-à-vis de cet homme, dont la simple grandeur le faisait si petit :

— Il ne faut pas m'en vouloir, ajouta-t-il avec une animation factice. Je suis père... vous comprenez... Ma belle-fille devait avoir une dot... Que

diable! c'est l'usage, c'est la loi, c'est la significa-
tion de la pièce d'argent que...

— A quand la demande en mariage? interrompit fort à propos Césaire.

— Ce soir même, s'écria Boërmann; à l'instant... Qu'est-ce que je demandais, moi... le bonheur de mon fils.

Il cherchait déjà sa canne et son chapeau, il
appelait à toute voix Isaac.

— Je serai devant la maison Bridot, dit en se
retirant Césaire.

Il traversa rapidement la ville, et vint se placer
derrière l'un des grands arbres de la route.

C'était, d'ailleurs, une noire nuit.

Deux seules fenêtres étaient éclairées, celles du
cabinet de travail de Bridot.

— Ils sont tous là! se dit le pêcheur, fermement convaincu que son instinct ne le trompait pas.

Bientôt retentit sur la route un bruit de pas,
qui rapidement s'approchaient: Césaire ne tarda
pas à reconnaître les deux Boërmann.

Le père, d'une voix essoufflée, s'évertuait à toutes sortes d'explications plus embrouillées les
unes que les autres.

Son fils ne l'écoutait même pas, il semblait fou de
bonheur. Ce fut lui qui atteignit le premier la
maison Bridot, qui sonna.

Contraint de presser encore le pas, de courir, Boërmann père arriva enfin, s'essuyant le front, hors d'haleine.

La porte s'ouvrit et se referma sur eux.

Alors seulement Césaire se hasarda à traverser la route, et, gagnant sans bruit la maison, vint écouter aux persiennes, à travers lesquelles filtrait la lumière.

Il n'entendit d'abord qu'un murmure confus... puis, tout à coup, un grand cri de joie.

Cette exclamation, c'était Noémie qui l'avait jetée.

Césaire porta la main à son cœur; l'écho avait répondu là.

Au bout d'une heure environ, un bruit de chaises dérangées s'étant fait entendre, le pêcheur se recula vivement dans l'ombre des grands arbres.

Les deux Boërmann ressortirent de la maison.

Puis, sur le seuil exhaussé de quelques marches, Noémie apparut. Son admirable visage resplendissait d'espérance.

A ses côtés se tenaient M. et Mme Bridot, tous deux superbes de contentement.

— Isaac! murmura la jeune fille au moment où s'éloignait son fiancé.

Il était déjà revenu vers elle, et s'inclinant sur la main qu'elle lui tendait, il y mit un long baiser.

Le flambeau que tenait en arrière la servante.

éclairait doucement ce tableau, lui prêtait un indicible charme.

— Voilà qui vaut bien mes trente mille francs!... pensa Césaire.

La porte enfin s'étant refermée, tout rentra dans l'ombre, et l'on n'entendit plus qu'un double bruit de pas sur le chemin.

Césaire aussi se remit en marche, mais avec plus de rapidité. En passant à côté de Boërmann père, il lui dit à voix basse :

— Je suis satisfait... c'est bien !

— Qu'est-ce donc? demanda Isaac, qui n'avait entendu qu'un murmure.

— Rien, répondit le père, c'est le souffle du vent dans les feuilles.

Comme Césaire rentrait à Lisieux, la diligence de Cherbourg relayait. Une place était vacante sur l'impériale : il y monta.

Le surlendemain, il s'engageait comme matelot à bord d'une frégate en partance pour les Indes.

Au moment où la côte de France disparut à ses yeux :

— Samuel Meyer, murmura-t-il, nous sommes quittes !

VII

Sept ans se sont écoulés.

Césaire Heurtevent a trois fois fait le tour du monde, mérité par sa bonne conduite le grade de quartier-maître, gagné la médaille militaire en Crimée, la croix de la Légion d'honneur à l'attaque des forts de Peï-Ho.

Malgré tout cela, il n'ose pas encore, il ne veut pas se permettre la douce joie de revoir son pays natal.

Il n'en est pas bien éloigné, cependant ; un heureux hasard vient de le ramener sur la côte normande, à l'endroit même du départ, à Cherbourg.

Certain soir, une lettre lui arrive, une lettre datée de Trouville, une lettre de son vieux Pierre Dufay.

« Maître Heurtevent, écrivait-il, j'ose croire que vous n'avez pas perdu souvenance d'une chose, à savoir que vous êtes parrain de ma fille aînée ; or, la présente est pour vous aviser que, sous trois jours, Césarine épouse Grain-de-Sel, notre ancien mousse, qui est maintenant un gaillard comme vous et moi. Ça leur porterait mal-

heur, à ces deux enfants, si vous n'étiez pas là.
En conséquence de quoi, après-demain j'irai vous
espérer au Havre, dans les eaux de l'escale du
vapeur de Cherbourg. Ah! si tu manquais à l'appel, Césaire, ta filleule ne te le pardonnerait pas,
et moi, ton vieux Pierre, je dirais que tu n'es pas
un ami. »

Emu par cette sommation naïve, maître Heurtevent n'eut qu'un moment d'hésitation et s'embarqua le lendemain au point du jour sur le *Co-
libri*.

Huit heures plus tard, comme le paquebot s'a-
marrait au quai du Havre, Césaire s'entendit
appeler par la voix amie de Pierre Dufay.

Le vieux matelot se trouvait sur une barque de
pêche, dont la grand'voile portait ces deux lettres : T. R. Trouville.

Chose étrange! cette barque rappelait celle que
Césaire avait jadis fait construire avec tant
d'amour.

Coque, mâture, agrès, couleurs, tout identiquement semblable. On eût dit la *Jeanne-Marie*
elle-même !

Mais la *Jeanne-Marie* toute neuve encore, toute
pimpante et toute virginale comme il y avait
sept ans.

Pour surcroît d'étonnement, l'arrière étant venu
à virer du côté du paquebot, Césaire aperçut ce

même nom, ce nom sacré, *Jeanne-Marie*, se dessinant en blanches lettres sur le noir brillant de la poupe.

Aussi, dès que le canot, — son ancien canot, — l'eut conduit à bord, dès que la rude accolade du vieux Pierre lui permit enfin la parole, il s'empressa de demander :

— Mais quelle est donc cette barque?

— Est-ce que, par hasard, tu ne la reconnais pas?

— Si fait... mais non, c'est impossible! Ma *Jeanne-Marie*, à moi, doit être maintenant une vieille barque.

— Bah! bah! il en est des fines barques comme des jolies filles : on en voit d'aucunes qui semblent toujours à leur premier printemps!

— Enfin... à qui appartient ce bateau?

— A toi... pardine!

— A moi... tu es fou!

— Pas tant que tu le crois, patron. On t'expliquera tout ça demain... demain...

— Mais...

— Mais tu ne vois donc pas la filleule qui te tend les bras depuis un quart d'heure?

Effectivement, Césarine avait voulu venir au-devant de son parrain, et dans sa belle toilette de mariée, s'il vous plaît.

M. Grain-de-Sel aussi était là, se prélassant

dans sa nouvelle veste d'Elbeuf, avec un bouquet à la boutonnière et toutes sortes de rubans longs d'une aune.

On s'embrassa, on se prit les mains pour mieux s'admirer, on s'embrassa de rechef. Il ne fut plus question que des souvenirs du passé, du bonheur présent, des espérances à venir.

Durant ce temps, poussée par un vent des meilleurs, la *Jeanne-Marie* filait comme une mouette, à tire d'ailes.

Bientôt Césaire distingua la verte côte villervillaise, bientôt l'élégante plage, les longues jetées en bois et le joyeux quai de Trouville!

C'était son pays, son berceau! C'était son enfance et sa jeunesse!

Les larmes lui vinrent.

Mais on ne le laissa guère s'attendrir : il se faisait tard, et déjà M. le maire attendait.

De même on s'empressa vers l'église, de même encore vers le repas.

C'était dans cette même salle où, sept années auparavant, Césaire avait si lugubrement présidé le repas du baptême de sa barque.

Il se montra franchement joyeux cette fois : sa conscience était sans remords.

Je crois même que, les émotions du retour aidant, peut-être aussi l'entrain des convives, peut-être encore une certaine préméditation toute par-

ticulièrement malicieuse de son vieux Dufay, je
crois que maître Heurtevent s'enivra.

Mais ce n'était plus la sombre et hargneuse
ivresse d'il y avait sept ans : c'était une bonne et
rieuse griserie couleur de rose.

— Ah çà ! demanda-t-il au moment de la retraite, où vas-tu me coucher... mon ami Pierrot ?

— Eh ! parbleu... chez toi !

— Chez moi? mais je n'ai plus de chez moi.
mon pauvre vieux.

— Bah ! bah ! Qui sait? Viens toujours...

Pierre Dufay le prit par un bras, Grain-de-Sel par
l'autre, et tous deux le reconduisirent, en remon-
tant un chemin qu'il connaissait bien, jusqu'à certaine maisonnette qui n'était autre que la sienne.

Oui... sa maisonnette d'autrefois. celle que si
souvent il avait regrettée!

Non-seulement elle était encore debout, mais
rajeunie. renouvelée, coquette et charmante ainsi
que la barque.

— Jésus, mon Dieu! s'écria Césaire dont le visage épanoui resplendissait de joie; Jésus, mon
Dieu!... est-ce que je dors les yeux ouverts?...

— Figurez-vous ça, patron, et bonne nuit...

— Bonne nuit! ricanèrent pour toute réponse
ses deux amis, qui le firent entrer dans la maison
bon gré mal gré. le portèrent tout vêtu sur la couchette.

Puis, refermant derrière eux la porte, ils s'éloignèrent avec empressement, surtout Grain-de-Sel : madame l'attendait !

Resté seul et sans lumière, maître Heurtevent accepta philosophiquement cette situation de conte de fées. Il s'étendit plus à l'aise, il s'endormit.

— Ces fous ont, ma foi ! raison, pensait-il; ne nous éveillons pas !

Quelques minutes plus tard, il était réellement endormi.

Endormi d'un bon sommeil, tout plein de songes caressants, dans lesquels repassa plus d'une fois l'image bien-aimée de sa mère souriante.

Au réveil, il regarda longuement autour de lui, il se frotta les yeux, il en vint à se dire :

— Ah çà ! est-ce que le repas d'hier était celui du baptême de ma barque... Est-ce que j'ai toujours mes vingt-cinq ans ?...

Hélas ! non. En remettant sa veste d'uniforme, il y retrouva les deux galons d'or, la médaille et la croix... preuves irrécusables qu'il avait vieilli !

Et cependant, c'était bien sa maison... sa maison telle qu'il l'avait vendue, telle qu'il l'avait quittée depuis sept ans et plus !

Rien ne semblait changé... Tout était encore à la même place.

Il parcourut lentement l'étage supérieur, et re-

descendit de même dans la salle basse ; il toucha,
il reconnut les moindres objets meublants, tout,
jusqu'à la branche de buis bénit... qui ne datait
évidemment que des derniers Rameaux.

De plus en plus confondu, de plus en plus songeur, Césaire se laissa tomber sur un siége, et
s'accouda sur le bahut.

Alors seulement, il remarqua que l'un des tiroirs de ce bahut était entr'ouvert et qu'il en res-
sortait à demi quelques papiers.

Il les déploya machinalement ; il les lut.

C'étaient les factures de la reconstruction de la
Jeanne-Marie... factures acquittées seulement de
la veille ; c'était l'acte de rachat de la maison... rachat effectué, il y avait au plus trois mois.

Et tout était à son nom ; rien qu'à son nom !

Au moment même où il se creusait l'esprit pour
deviner le mot de cette énigme, on frappa.

— Entrez ! fit-il du même ton que lorsque jadis
était entré l'huissier Bridot.

Cette fois encore, c'était lui.

Un peu plus grisonnant, un peu plus voûté, un
peu plus vieillard peut-être... mais toujours aussi
vif, aussi guilleret, aussi malicieusement bonhomme que par le passé.

A son bras s'appuyait une jeune femme, admi-
rablement belle.

Ai-je besoin de la nommer?

C'était madame Isaac Boërmann, c'était Noémie Meyer !

— Ah ! je comprends... murmura Césaire, ébloui, charmé.

— Oui, maître Heurtevent... dit-elle, oui, à l'heure de sa mort, mon beau-père m'a tout appris, mais à moi seule. Se cachant même de son fils, il m'a remis la somme qu'il se repentait d'avoir autrefois exigée, acceptée ; il m'a laissé mission de la restituer au bienfaiteur inconnu, à l'ami généreux qui s'était appauvri, exilé, pour que je fusse heureuse !

— Mademoiselle... madame... balbutia le pêcheur, qui déjà fléchissait le genou.

— Ce n'est pas à vous de remercier, reprit vivement la jeune femme. Et d'ailleurs, je n'ai nul mérite en ceci : c'est M. Boërmann qui avait ordonné tout, c'est M. Bridot qui a tout fait.

— Eh ! eh ! se récria gaiment l'alerte vieillard. Eh ! eh ! ça n'était pas des plus faciles, ma toute belle ! Vous-même, vous lui aviez jadis donné l'exemple de la fierté, de l'obstination... il n'eût jamais voulu reprendre son argent. Mais la barque à laquelle il avait donné le nom de sa mère, mais la maison où fut son berceau... c'est bien autre chose, n'est-ce pas, Césaire ?... Aussi tu ne refuseras pas... ça lui ferait trop de peine !

Le pêcheur regarda la fille de Samuel Meyer, et répondit :

— J'accepte.

— Merci! fit-elle, merci... mais adieu! Mon mari ignore même que je vous connais... nous ne devons plus nous revoir.

— Adieu donc! murmura douloureusement le pêcheur. Adieu, madame!

Elle lui tendait la main, qu'à peine il osa serrer dans la sienne.

— Quant à nous, disait Bridot, nous n'en resterons pas là, maître Heurtevent. Je suis votre ami, je le serai toujours et m'en honore. Au revoir donc, Césaire, au revoir!

La jeune femme prit de nouveau le bras du vieillard, et tous deux ils sortirent.

Debout sur le seuil de sa maison, Césaire regarda s'éloigner Noémie, et quand elle eut disparu... disparu pour toujours:

— Comme je l'aimais! murmura-t-il en essuyant une larme. Oh! comme je l'aime encore! Mais j'avais failli... C'est là mon châtiment... Le ciel est juste!...

LE MENSONGE D'UN AMI

I

Non loqueris falsum testimonium.

Un joyeux rayon de soleil éclairait l'atelier de Claude Gilbert, jeune peintre d'un vrai talent.

Il achevait en ce moment le portrait d'une ravissante jeune fille, assise non loin de là, dans une attitude gracieuse et pensive.

Son père, M. Stanislas Clérambaud, un bon gros bourgeois, allait et venait, regardant tout, touchant à tout, parlant de tout : un tatillon, un important, un bavard.

A peine l'artiste lui répondait-il par quelques brèves politesses. Il paraissait tout entier à son travail, à son modèle, peut-être bien encore à quelque secrète pensée, qui parfois jetait sur ses traits, en pleine lumière, comme une ombre de tristesse.

La jeune fille aussi semblait triste, ou du moins recueillie. C'était tout au plus si de temps en temps, relevant à la dérobée ses longues paupières, elle dirigeait vers le jeune artiste un pudique regard, rempli d'une fraternelle sympathie, d'une douce pitié.

Souvent aussi, plus souvent qu'il ne le fallait au simple point de vue de l'art, Claude Gilbert se laissait aller à de trop longues contemplations. Il admirait, respectueux et rêveur, comme en face d'une madone de Raphaël ou de Murillo.

Blonde, avec un teint de lys, un incarnat de rose, de grands yeux bleus, limpides et purs comme ceux des enfants, Mlle Clérambaud se distinguait par des traits fins et délicats, une grâce exquise, un sourire d'ange ; en un mot, l'idéal d'un artiste.

Quant à Claude Gilbert, c'était un assez joli garçon, un peu trop timide peut-être, mais très comme il faut dans ses moindres allures, et qui plaisait surtout par son air de bonté, de sincérité, de franchise. On devinait sous ses cheveux noirs un noble esprit, sous sa brune vareuse un cœur loyal.

Évidemment, pour quiconque les eût observés ainsi, ces deux beaux et naïfs enfants, qui se connaissaient depuis quelques jours à peine, qui, aussitôt après l'achèvement du portrait, allaient cesser de se voir, c'était avec une égale mélancolie que l'un et l'autre ils sentaient s'approcher l'instant de cette séparation, peut-être éternelle.

— Deux heures ! s'écria tout à coup le père, ce doit être fini, c'est fini...

— Cependant, monsieur...

— Il n'y a plus de cependant ! J'ai déclaré que cette séance serait la dernière et qu'elle ne durerait que jusqu'à deux heures précises. Or, je ne reviens jamais sur mes décisions : exact et ponctuel. Allons, Nanine, allons... remets ton chapeau, vivement. Nous partons ce soir même pour les bains de mer.

— A Dieppe, monsieur? hasarda Claude Gilbert.

— Peut-être... ou bien à Saint-Valery, à Fécamp, à Trouville... que sais-je encore, moi? J'ai l'habitude de ne jamais me décider qu'à la gare. Allons, mademoiselle Nanine, allons donc !

— Voilà, mon père, voilà, répondit la jeune fille en se hâtant avec une certaine lenteur.

Gilbert se taisait.

— Quant à vous, monsieur l'artiste, reprit Clérambaud, vous avez six semaines encore pour retoucher vos étoffes et vernir le tableau. Je ne le ferai prendre qu'à mon retour, et, par la même occasion, peut-être vous confierai-je aussi mon portrait!... car vous avez du talent... oh! oh! je m'y connais, je me crois un véritable amateur. En attendant, voici le prix convenu... Bien le bonsoir!

Il venait de déposer un rouleau de vingt-cinq louis sur la table; il ouvrit la porte, invitant du geste sa fille à le précéder.

Sur le seuil, Nanine se retourna pour saluer Claude.

Les deux jeunes gens échangèrent un dernier regard.

Puis la porte se referma.

— Je ne la verrai plus! murmura l'artiste.

Et se laissant tomber sur un escabeau, la tête plongée dans ses deux mains, il se prit à pleurer comme un enfant.

Tout à coup la porte se rouvrit, laissant entrevoir un nouveau visage à la rousse chevelure, au nez retroussé, au sourire franchement jovial.

— Bernardet! fit Gilbert qui venait de relever la tête.

— Oui, l'ami Bernardet, qui vient comme à l'ordinaire te remonter le moral en t'apportant une bonne provision de gaieté.

Puis remarquant la mine éplorée de son camarade :

— Oh! oh! reprit-il, ce ne sera pas facile aujourd'hui. Qu'as-tu donc?

— Elle est partie! répondit l'artiste.

— Et tu n'as rien dit au sieur Clérambaud?

— Que voulais-tu que je lui dise?

— Parbleu! l'éternel duo du *Bouffe et le Tailleur :*

> Monsieur, vous avez une fille?
> — Parbleu, monsieur, je le sais bien, etc., etc.

La scène obligée de toute demande en mariage.

— Y songes-tu? Son père est riche, très-riche... et moi, je suis pauvre, inconnu, sans talent.

— Dis sans réputation, et par ta faute encore. Tu doutes sans cesse de toi-même, tu manques d'audace, tu te perds avec ta timidité maudite, et tandis que beaucoup d'autres, qui sont loin de te valoir, s'avancent à toute vapeur sur la route de la fortune, toi, tu mets des mois à perfectionner de petits chefs-d'œuvre que notre ami Samuel te paye au plus quelques louis. Bref, tu ne comprends pas le charlatanisme, tu nies la réclame : tu n'es pas de ton siècle!

— C'est vrai, mais que veux-tu? quand on est seul et que personne ne vous aime !

— Ingrat! et moi?

21

— Pardon! oui, tu es mon ami, Bernardet, mon sincère ami; tu voudrais me voir heureux. Mais je ne te connais que depuis quatre ou cinq ans, depuis mon arrivée à Paris. Bien avant ce temps-là, j'avais été sevré de toutes les douces affections qui sourient à l'enfance, à la jeunesse, et qui donnent confiance en l'avenir. Je n'ai pas connu mon père : il était mort avant ma naissance, et j'étais encore au berceau lorsque je perdis ma mère. Le seul parent qui me restait, qui me reste encore, c'est un vieil oncle, riche, mais égoïste, despotique et morose... M. de la Renardière... un ancien armateur de Granville.

— De Granville... tiens! notre ami Mulot, le paysagiste, vient de partir précisément pour Granville.

— C'est là que je fus élevé. Mon oncle me destinait au commerce. Moi, j'avais la passion de l'art; je désirais être peintre. De là, toutes sortes de discussions et de découragements. Je résistai néanmoins, car, bien que timide, je ne manque pas d'une certaine énergie lorsque je sens avoir raison, lorsque j'ai la foi. Mon oncle, enfin, me chassa, me déshérita, me maudit. Oh! c'est peut-être cela qui me porte malheur.

— Pauvre Claude! es-tu naïf!....

— J'arrivai à Paris avec quelques écus dans la poche, et je me mis courageusement à l'œuvre. Il y en a qui prétendent que j'ai réussi, que je parviendrai... C'est possible. Mes goûts sont des plus modestes. Je me contentais du strict nécessaire, lorsque le hasard amena chez moi M. Clérambaud et sa fille. Sa fille... oh! depuis ce jour-là, l'ambition m'est venue! j'ai rêvé la gloire, la fortune...

— Eh bien! c'est un rêve qui me semble des plus réalisables.

— Avec elle, oui... Mais sans espérance de l'obtenir, je ne puis plus rien, je ne suis plus rien.., car si son père soupçonnait mon amour, il se rirait de moi... un pauvre artiste!

— Et l'héritage de notre oncle la Renardière!

— Oublies-tu donc qu'il m'a renié pour son neveu? Vingt fois je lui ai écrit, je lui ai souvent envoyé des tableaux... Tableaux et lettres, il m'a tout renvoyé, sans avoir lu celles-ci, sans même regarder ceux-là. Oh! non, non pas! Quant à son amitié, comme à sa succession, c'est bien fini!

— Il peut devenir plus traitable à sa dernière heure. ou bien encore mourir sans testament... qui sait? Espère!

— Oh! Dieu m'est témoin que je n'ai jamais désiré cela, que maintenant encore je ne le demande pas... Mais cependant. si j'étais riche, si j'avais le château de la Renardière, si je pouvais obtenir Nanine... ou du moins prétendre à sa main... Oh! même avant de la demander, je le sens là, mon grand tableau deviendrait bien vite un chef-d'œuvre et je m'improviserais un nom!

— Essaye toujours... courage!

— Impossible! Je suis un homme désespéré, vois-tu bien; je suis un homme mort!

C'était un simple plumitif que l'ami Bernardet, un modeste employé dans une compagnie d'assurances; mais il avait le cœur bouillant, ingénieux, audacieux; mais il aimait avec passion son pauvre Claude, il en faisait sa gloire, il eût tenté pour son bonheur des choses impossibles.

Aussi se promenait-il à grands pas dans l'atelier, dépité, désolé, exaspéré de l'état de prostration dans lequel il voyait Gilbert.

Tout à coup il s'arrêta, il bondit, joyeux et frémissant comme Archimède au moment où celui-ci s'écria : « J'ai trouvé! » Puis, comme honteux de sa témérité, il sembla se dire : « Non! non! ce serait par trop fantaisiste. » Ensuite il se prit à sourire de rechef à ce projet insensé sans doute. Enfin, il allait y renoncer peut-être, lorsque Claude laissa échapper un sanglot.

— Ma foi! tant pis! murmura Bernardet, il est permis de mentir pour le bon motif. *Alea jacta est!*

Sur cette péroraison, résolu comme un grand

homme qui va risquer un coup d'Etat, il revint
auprès de Gilbert, le prit dans ses bras, le dor-
lota, le câlina comme un enfant malade ; il parvint
à lui arracher une promesse de se remettre au
travail, à le faire sourire... Mais, hélas ! de quel
sourire !

— A ce soir, dit-il enfin, en ressortant de mon
bureau, et, par parenthèse, je suis joliment en
retard, comme toujours... je viendrai te prendre
pour que nous dînions gaiement ensemble. A ce
soir !

Et il sortit ; mais non sans s'être convaincu,
par un dernier regard, que, sans un subterfuge
héroïque, il n'y avait plus rien à espérer de
Claude.

Quelques minutes plus tard, Eustache Bernardet — j'avais oublié de vous dire que Bernardet
s'appelait Eustache — entrait dans un cabinet de
lecture où, tout d'un trait, il écrivit la lettre suivante :

« Mon cher Mulot,

« Il s'agit de sauver notre ami Gilbert. Adresse-
lui de Granville, courrier par courrier, une mis-
sive des mieux calligraphiées, annonçant que son
oncle Potin de la Renardière vient de mourir subitement en lui laissant tout son bien : vingt-cinq

mille francs de rente. Signe cela : Dumont, Durand ou Dubois, *notaire*, et surtout garde-toi d'hésiter. J'attends cette lettre après-demain matin, et je serai là quand elle arrivera, pour en modérer les effets. Inutile de t'en dire davantage. Tu me connais ; tu désires aussi le bonheur de Claude, et tu me remercieras plus tard de t'avoir associé à cette audace amicale. Aie donc confiance aveugle, et surtout pas de retard. »

Eustache Bernardet cacheta cette lettre, y mit l'adresse du paysagiste Mulot, et, pour plus de promptitude, courut à la grande poste, ce qui le mit davantage en contravention relativement à l'heure de son bureau. Mais, bah ! c'était dans ses mœurs.

En face de la large boîte, quelque chose comme une vague hésitation arrêta sa main... mais il crut entendre passer dans l'air le sanglot de Claude, et, fermant l'oreille aux derniers conseils de la sagesse, il laissa tomber la lettre, en se disant :

— A la grâce de Dieu, qui protège le talent méconnu, l'amour sincère, et même les folies de l'amitié !

III

Le soir de ce même jour, en revenant à l'atelier, Eustache retrouva Claude assis à la même place, devant le portrait de Nanine.

— Eh quoi! Gilbert, tu n'as pas travaillé?

— A quoi veux-tu que je travaille?

— Mais à ton grand tableau. Oublies-tu donc que l'exposition ouvre dans six semaines?

— Six semaines! murmura tristement Gilbert; c'est dans six semaines aussi qu'elle revient, elle!

— Raison de plus pour être prêt à la recevoir avec quelques lauriers au front.

— Ce ne sont pas des lauriers qu'exigerait son père, ce sont des billets de banque.

— Termine tes petits sujets et laisse-moi les négocier... je gage que notre ex-camarade Samuel doublera pour le moins son prix, pourvu que je lui tienne la dragée un peu haute.

Gilbert secoua la tête d'un air encore plus découragé que le matin.

— Allons, viens dîner... c'est moi qui paye! conclut Eustache.

Claude se laissa faire.

Pour le réconforter, pour le ragaillardir, Bernardet demanda du vieux bourgogne et du champagne.

Au dessert, Gilbert n'était guère plus gai qu'auparavant.

Néanmoins, son ami lui arracha la promesse qu'il allait se remettre au travail.

Mais le lendemain soir, dès le premier regard, il lui fut bien facile de constater que les choses étaient à peu près dans le même état que la veille.

Il tenta quelques reproches.

— J'ai essayé, répliqua douloureusement Gilbert, mais que veux-tu? c'est fini... je ne peux pas! je ne peux pas!

— Allons! pensa Bernardet, il est grand temps que la lettre arrive.

A huit heures du matin, Eustache se promenait devant la maison, attendant la venue du facteur.

Le facteur parut enfin; il apportait la lettre de l'ami Mulot.

Bernardet s'en saisit, annonçant que lui-même il allait la monter à Gilbert.

Dans l'escalier, cependant, averti par une sorte de crainte instinctive, il se disait :

— La lui remettrai-je?... Ça dépendra de l'état dans lequel je vais le trouver, ce pauvre garçon!

Il ouvrit brusquement la porte de l'atelier.

Claude était debout auprès de la table, dont il

se hâta de refermer, en tressaillant, le tiroir.

— Eh bien, comment vas-tu ce matin, Gilbert?

Gilbert ne répondit pas, mais son visage parlait pour lui.

Il était pâle, défait, hagard. Evidemment, il n'avait pas dormi.

Eustache lui prit la main : cette main était brûlante.

— Mais tu veux donc te laisser mourir !

— Mourir ! répliqua Claude avec un accent étrange et en se laissant tomber sur un siége, oui, mourir?

Incontinent, comme mû par un ressort, Eustache lui présenta la lettre.

— Fou que tu es! dit-il, quand je t'apporte peut-être de bonnes nouvelles.

L'artiste prit machinalement la lettre, l'ouvrit de même, et la lut à demi-voix, sans paraître tout d'abord la comprendre.

Mais en arrivant au chiffre de vingt-cinq mille livres de rente, le jour se fit soudainement dans son esprit. Il jeta un grand cri, voulut se relever, mais retomba, les bras à l'abandon et le visage inondé de larmes.

— Comment! se récria Bernardet, comment... c'est ainsi que tu accueilles la fortune ; il me semble, cependant, qu'elle arrive à propos.

— Oh! oui, bien à propos! murmura l'artiste

en ouvrant le tiroir qu'il venait de refermer tout à
l'heure. Tiens! ajouta-t-il en montrant un pistolet,
tiens... ce soir même, j'allais me faire sauter la
cervelle!

IV

Le plumitif frissonna de la tête aux pieds, et
seulement alors, comme à la lueur d'un éclair, il
entrevit tous les périls de son mensonge.

Que serait-ce donc quand il faudrait détromper
Claude!

Impossible, car ce serait le replonger dans un
désespoir bien autrement terrible encore, ce serait le tuer!

Il fallait donc se taire, ou du moins gagner du
temps.

Oui... mais par quel moyen? comment?

Tandis que ces premières difficultés surgis-
saient à l'esprit épouvanté de l'imprudent Eustache,
tandis qu'il posait cette brûlante question, Gilbert
allait s'agenouiller devant l'image de celle qu'il
aimait, en lui disant :

— Je suis riche maintenant... tu peux être
à moi!

— Sans aucun doute, répondit Bernardet; mais

j'espère bien que tu la mériteras autrement que
par le prestige de l'argent. Fi donc !... n'être heureux que de par l'argent, toi, artiste !... Veux-tu
m'en croire? ne divulgue pas cet héritage, ne t'en
sers que pour te redonner le feu sacré, la confiance et l'audace qui te manquaient... achève ton
grand tableau... *improvise*-toi de la gloire, gagne
une seconde fortune à force de travail, à force de
talent, et dans quelques semaines, dans quelques
mois, seulement à son retour...

— Avant tout je veux la revoir! interrompit
Claude en se disposant à sortir.

— Y songes-tu? se récria Bernardet; mais elle
n'est plus à Paris, et tu ignores...

— Je sais l'adresse de M. Clérambaud, j'y ap-
prendrai peut-être où je puis les rejoindre.

— Mauvais, très-mauvais! voulut objecter Eustache. Il ne faut pas abuser de cet héritage, il
faut attendre, suivre mon conseil. Il est très-bon,
mon conseil; mais songes-y donc, réfléchis...
c'est bien plus magnanime, bien plus artistique,
bien plus digne de toi. L'avenir, le bonheur ne
peuvent plus t'échapper... Patiente et travaille...
Car, enfin, pourquoi désirais-tu la fortune? Rien
que pour recouvrer l'espérance, l'élan, l'inspiration... Et moi, tout naturellement, j'avais calculé,
j'avais cru...

— Tout ce que tu voudras... oui... oui, tu as

raison... Mais elle, d'abord elle... et j'aurai du
génie ! Aux bains de mer, ils sont aux bains de
mer... Qui m'empêche d'y aller aussi, d'y travailler ? Je ne dirai rien, soit... sinon à son père et à
elle. Oui, c'est cela... Va chercher quelqu'un pour
qu'on emballe toutes mes toiles... Fais ma malle,
et la tienne aussi, car je t'emmène... ça te fera
du bien... Oh! que je suis heureux!... Je cours et
je reviens... A bientôt, au revoir !

Et Gilbert disparut, refermant la porte au nez
d'Eustache.

— Eh bien! fit alors celui-ci, me voilà joli garçon ! Comment me tirer de là ? Que faire ?

Il faut renoncer à peindre la consternation,
l'ahurissement de l'ami Bernardet.

Au bout d'un quart d'heure, cependant, comme
c'était une nature ingénieuse, active et se complaisant aux luttes où l'on risque le tout pour le
tout, il reprit quelque sang-froid, et se dit :

— Analysons la situation et jugeons-la... cartes
sur table. Deux partis me restent à prendre. D'a-
bord, lui tout dire ? Il ne faut pas même y songer.
Ce serait sa mort, et bon gré mal gré je veux qu'il
soit heureux! D'un autre côté, si je persiste dans
mon subterfuge, qu'arrivera-t-il ? Impossible de
l'empêcher de partir, et dès ce soir. Soit! nous partons. Premier point : les frais de voyage, la question d'argent. Par malheur, je ne gagne que cent

francs par mois, et nous sommes au vingt-cinq ;
il ne me reste que trois francs cinquante. C'est
insuffisant !... Ah ! Gilbert a reçu cinq cents
francs de M. Clérambaud, ci : cinq cents francs.
Mais pour aller aux bains de mer et pour y vivre
à deux, dont l'un se croit demi-millionnaire, ça
n'irait pas loin... Eh ! mais, au fait... je suis rentier aussi, moi : j'ai cent écus de rente, sur lesquels ce brave israélite de Samuel m'a déjà
avancé cinq ans... Il ne demanderait pas mieux
que de m'acheter l'inscription, il me l'a déjà pro-
posé plusieurs fois, et dans cette folle partie où
j'ai risqué la vie de Claude, c'est presque un devoir de jouer aussi mon argent... et mon temps.
Je demanderai un congé, afin de ne pas perdre
ma place. Il ne me restera plus que ça peut-être,
et j'y tiens. Nous voici donc partis ; nous arrivons, nous nous installons... qu'en adviendra-t-il ?

Bernardet fit une pause, médita durant quelques secondes, puis, se lançant de nouveau dans
le champ des suppositions :

— L'essentiel, reprit-il, c'est que la vérité ne
se découvre qu'en temps et lieu. Par bonheur,
Gilbert ne demandera qu'à ne pas se mêler d'affaires, et j'obtiendrai sans peine qu'il me nomme
son intendant, son factotum. J'aurai l'air d'écrire
au notaire... à ce fameux notaire qui n'existe que
dans mon imagination... et d'en recevoir de l'ar-

gent, comme aussi de remplir toutes les formalités de la succession, etc. Pendant ce temps-là,
l'ami Claude aura tout le loisir de faire les doux
yeux, et, stimulé par l'amour, il terminera son chef-
d'œuvre, qui sera notre planche de salut. Quant à
moi, je m'attache au beau-père, je le promène, je
l'amuse, je m'en fais adorer, je le bourre d'enthousiasme pour Gilbert. Comme dénoûment,
grand succès à l'exposition, aveu chaudement enlevé, pardon, mariage et vaudeville final. Voilà...
Je puis commencer sa malle.

Au bout d'une demi-heure environ, Gilbert
rentra.

Ce n'était plus le même homme. Il portait fièrement la tête, son front rayonnait, sa joie faisait
plaisir à voir.

— Voilà pourtant mon ouvrage, se dit Eustache.

— Je sais où ils sont! s'écria Claude.

— Où cela ?

— A Granville.

Bernardet bondit, et resta coi.

— Quelle chance, hein! poursuivit Gilbert.
Dès le lendemain de notre arrivée, je pourrai les
conduire à mon château.

— Gare la bombe! pensa le pauvre Eustache
en laissant tomber toutes les hardes qu'il tenait à
la main.

— Qu'as-tu donc? demanda l'artiste en remar-

quant la stupeur du plumitif; on dirait que ça te
contrarie...

— Moi!... du tout... au contraire.

— Puis, réfléchis donc... nous aurons notre notaire sous la main... Comme c'est commode!.

— Oui... oui... très-commode, en effet...

Et, sentant le besoin de réfléchir au grand air,
Eustache se précipita vers la porte.

— Où vas-tu donc? questionna Claude en le
retenant.

— Où je vais? balbutia Bernardet, à mon bureau. Tu comprends...

— Inutile ; je viens d'y monter en passant.

— Pour demander qu'on me donne un congé de
six semaines?

— Mieux encore : pour obtenir ton congé défi-
nitif.

— Plaît-il?

— Puisque je suis riche, puisque nous sommes
riches, tu n'as plus besoin de ces douze cents
francs-là. Du reste, il paraît qu'on tenait médio-
crement à tes services : on a accepté de grand
cœur ta démission, et même, comme il se trouvait
là précisément un prétendant, un solliciteur, on
l'a installé immédiatement à ta place. C'est lui qui
était content!... Il n'y a plus à s'en dédire, te
voilà libre !

— Libre... Permets, permets donc... Mais je

n'ai pas d'autre ressource, moi... et j'y tenais, à
ma place.

— Je t'en offre une autre... la gérance de mes
biens... six mille francs d'appointements... Mais
remercie-moi donc !

— Merci bien ! merci !

Bernardet s'essuya le front pour dissimuler son
trouble.

— Tout est-il prêt ? demanda Gilbert, pouvons-
nous partir ?

— Partir ?... comme tu y vas, toi ! et de l'argent ?

— C'est, ma foi, vrai ! je n'y pensais pas.

— Je dois y penser, moi... puisque je suis ton
intendant

— Trop juste... à tout seigneur tout honneur.
Eh bien, il faut m'en trouver de l'argent.

— Tu dois bien penser qu'il me faut au moins
quelques jours... une semaine... car ce n'est pas
avec les cinq cents francs que tu as reçus avant-
hier...

— Ces cinq cents francs-là, je ne les ai plus.

— Comment ?

— Tu connais bien le père Virginius, ce pauvre
vieux modèle qui a une mère infirme, une femme
malade, trois enfants...

— Oui... oui, je sais... Eh bien ?

— Je l'ai rencontré tout à l'heure, il m'a de-

mandé cent sous d'avance, et, ma foi! je lui ai
mis dans la main les vingt-cinq louis de M. Clérambaud, pensant qu'il fallait commencer son
métier de richard par une bonne action qui me
porterait bonheur.

— Ah! s'écria Bernardet exaspéré, ah! si nous
y allons de ce train-là!...

— Comment! fit l'artiste étonné, tu me désap-
prouves?

— Une pareille largesse!... Mais, malheureux... dans notre position...

— Avec vingt-cinq mille livres de rente?

— Vingt-cinq mille livres de rente?...

— Tu ne te souviens donc plus... Je ne les ai
donc pas?

— Si fait!... si fait... mais enfin, puisque je
suis ton intendant, il me semble que tu aurais bien
pu me consulter; un intendant, c'est comme qui
dirait un ministre des finances, ça se consulte.

— A l'avenir je te promets de ne plus y manquer. Mais voyons, je tiens à partir dès ce soir, je
le veux.

— Et moi, je ne le veux pas! Ah!... non... non..

— Ah çà! qu'est-ce qui te prend?... je ne t'ai
jamais vu ainsi...

Ne sachant plus que répondre, Eustache feignit de bouder : il alla s'asseoir dans un coin, sur
la malle.

Gilbert, de plus en plus surpris, s'apprêtait à insister pour avoir une explication ; la situation allait devenir plus perplexe.

Fort heureusement pour Bernardet, tout à coup on frappa.

V

Les deux coudes sur ses genoux, les deux mains plongées dans ses cheveux crépus, Eustache se tenait à peu près ce langage :

— A-t-on jamais vu contre-temps pareil ! il faut justement que le Clérambaud se trouve à Granville, à quelques lieues de la Renardière ! Ça devient impossible !... Allons donc ! ce mot-là ne se trouve pas dans le dictionnaire des gens d'esprit ; et puisqu'il n'y a plus moyen de reculer, puisqu'il le faut, en avant tout de même, en avant Je lutterai, je ruserai, j'imaginerai mensonge sur mensonge : il n'y a que le premier qui coûte. Ah ! je me prévois une petite saison de bains qui ne sera pas couleur de rose. Mais, bah ! puisque j'ai fait de Gilbert une espèce de Ravenswood, je serai son Caleb. L'amitié m'inspirera... Et pour commencer, pour avoir en main le budget de mon

dévouement, accomplissons le sacrifice de mon pa-
trimoine... allons trouver Samuel !

Il n'eut pas besoin d'aller bien loin : celui qui
venait d'entrer, c'était le brocanteur lui-même, un
jeune Israélite au type élégant, à la physionomie
intelligente et franche.

— Voilà qui s'appelle arriver à point nommé !
disait Claude en lui serrant la main ; nous avions
besoin d'argent, et nous t'évoquions... fils de
Jacob !

— Présent ! répondit gaiement Samuel, et bé-
nissons tous les deux le temps où nous sommes.
Jadis, à ton évocation, quelque vieux Shylock eût
répondu ; aujourd'hui, c'est un de tes pareils, un
camarade, un ami, qui s'estime heureux de pouvoir t'ouvrir sa bourse.

— Mais en gagnant le plus possible sur ce que
je lui vendrai, n'est-il pas vrai?

— D'accord ! Mais si je faisais de mauvaises
affaires avec les artistes d'avenir, où diable pren-
drais-je l'argent que je ne leur refuse jamais, et
d'avance ? Il faut bien que je fasse fortune aussi.
mon cher Gilbert.

— Moi, à présent, je suis riche !

— Bah !...

— Un héritage superbe... demande plutôt à
Bernardet.

Eustache eut d'abord un accès de toux. Mais

soudainement, et comme s'il venait de lui jaillir
dans l'esprit quelque nouvelle ressource :

— Vingt-cinq mille livres de rente! s'empressa-
t-il de répondre avec emphase, oui... oui... rien
que ça, mon bonhomme !

— Je t'en fais mon sincère compliment, dit Samuel à Claude, aussitôt qu'il eut reçu quelques
explications, et je me hâte de profiter de ton dernier jour de misère. Désormais, rien que par ce
seul fait que tu seras riche, tes œuvres double-
ront de valeur.

— Vraiment?

— Vraiment... et, pour ma part, j'y pousserai
ferme. Tu vois que j'y mets de la franchise. Tes
deux petits tableaux sont-ils terminés ?

— Pas encore. Je les achèverai tout de suite en
arrivant là-bas, et je prends l'engagement de te les
envoyer dans huit jours.

— Tu me les vends donc?

— Sans doute.

— Au même prix que les derniers... cinquante
écus chacun ?

Gilbert allait consentir, mais Bernardet s'inter-
posant tout à coup :

— Cinquante écus! s'écria-t-il, à un homme
qui a vingt-cinq mille livres de rente, et dont je
suis l'intendant... car c'est moi maintenant que ça
regarde. J'en veux mille francs !

— Des deux ?

— Non pas, s'il te plaît ! mille francs pièce.

— Ah ! c'est trop ! fit Claude.

— Tu n'as pas la parole ! interrompit Eustache ; laisse-moi faire et gagner mes appointements. Toi, Samuel, réponds !

— Ecoute, fit le jeune Israélite en souriant, j'ai revendu cinq cents francs chacun des derniers tableaux de Claude, et je ne demande pas mieux de doubler le prix de ceux-ci. Je crois même y parvenir, mais à force de réclames. C'est juste qu'il me reste au moins quelques bénéfices. J'en offre quinze cents francs.

— Tope là ! conclut Gilbert, et merci.

— Bêta ! dit Eustache, j'aurais eu les deux billets de mille... Mais enfin, comme Samuel est un bon enfant, bien moins juif que beaucoup de chrétiens de ma connaissance, je ratifie... et demande à passer à la caisse.

— Venez donc avec moi tous les deux, proposa l'acheteur, nous arroserons le marché d'un verre de champagne.

Gilbert refusa, alléguant ses préparatifs de départ.

Bernardet fut enchanté ; il allait se trouver seul avec Samuel, il pourrait lui négocier son inscription de rente.

Le jeune Israélite accepta, s'offrant à lui verser les fonds le soir même.

— Non, répliqua Bernardet, je désire que tu
me les envoies demain à Granville, et payables
chez un notaire.

— Mais, pourquoi?

— C'est mon idée.

— Soit... et, par la même occasion, je t'adres-
serai les réclames.

Eustache s'en retourna donc vers Claude rien
qu'avec les trois billets de cinq cents francs, et,
les lui montrant d'un air de triomphe :

— Tu vois, dit-il, tu vois ce que tu peux maintenant !

— Grâce à ma fortune.

— Grâce à ton talent! Ne parlons pas de l'héritage, je t'en supplie... Laissons-le dormir... et,
puisque nous en sommes sur ce chapitre, écoute
un peu les conditions que je t'impose.

— Voyons ces conditions.

— *Primo :* Tu ne diras rien à M. Clérambaud
ni à sa fille. J'ai mis dans ma tête que tu serais
aimé pour toi-même. C'est un noble rôle, un rôle
superbe, et je tiens à ce que tu le conserves fidèlement... au moins jusqu'à nouvel ordre.

— Ensuite?

— *Secundo :* Tu vas aujourd'hui même, avant
le départ, me signer une procuration en bonne
forme, et me promettre de ne t'occuper d'aucun
détail de la succession, de ne jamais mettre les
pieds chez le notaire, comme aussi de t'abstenir

de toute visite au château de la Renardière...

— Ah ! quant à cet article...

— J'y tiens essentiellement, quand ce ne serait
que pour laisser refroidir la cendre de ton pauvre
oncle, dont il ne faut pas troubler l'ombre. D'ailleurs, le vieux manoir doit se trouver en assez pi-
teux état. J'irai, moi, mais seul, pour ordonner et
surveiller les réparations urgentes. Et, je t'en
préviens d'avance , ce sera peut-être un peu
long.

— Quelle idée...

— C'est la mienne et je n'en démordrai pas.
Alors seulement que le château sera digne de te
recevoir, je te permettrai d'y faire ton entrée
triomphale avec M. Clérambaud, avec sa fille...
et tes jeunes vassales lui présenteront des bouquets, comme dans un opéra comique. Hein !
comprends-tu?... ce sera charmant... une vraie
surprise que je te ménage. Enfin, et pour conclure, tu vas me jurer tout cela, ou bien je te
donne ma démission, je renonce aux émoluments
que tu m'as offerts, et, comme tu m'as fait perdre
ma place, je reste sur le pavé, je tombe dans le
dénûment, et j'y meurs peut-être, en te donnant
ma malédiction, ce qui te serait un éternel remords. Tu ne peux donc me refuser... Accep-
tes-tu?

Sans y trop rien comprendre, Gilbert finit par

promettre à Bernardet tout ce que celui-ci voulut.
Il était si heureux, Gilbert!

— Allons! se dit Eustache, il restera bien fidèle à la consigne pendant au moins une semaine, et ce sera toujours le temps de me retourner. Allons, en route, Caleb!

Et l'on partit pour Granville.

· VI

Comme bain de mer, Granville ne jouit pas d'une réputation de premier ordre; mais c'est une pittoresque et charmante cité, surtout dans sa partie haute : un vrai nid de pirates. La légende en fait remonter l'origine à je ne sais plus quelle colonie grecque ou phénicienne, dont les Granvillaises surtout ont conservé le type. Elles sont brunes, élancées et fières. Elles se distinguent par une beauté, par des allures qui ne ressemblent en rien à celles des autres Normandes. Elles portent leurs grandes capes noires, elles s'y drapent avec une sorte de majesté, avec une sorte de grâce antique que les étrangères, si élégantes qu'elles soient, ne peuvent que difficilement imiter. C'est comme un souvenir d'une autre patrie, c'est un privilége de race.

Nanine, cependant, y avait réussi. Les soirées étaient fraîches encore, et la brise soufflait, âpre et rude, sur le rocher battu par la mer. Notre délicate Parisienne avait adopté le manteau granvillais, et, sous son ample capuchon, elle était plus jolie que jamais, ce soir-là surtout, assise au bord de la falaise et rêvant en face de l'infini.

Quant à M. Clérambaud, debout auprès de sa fille, il manifestait des admirations dignes de M. Prudhomme.

Deux jeunes gens parurent au détour du sentier.

— Monsieur Claude Gilbert! s'écria soudainement Nanine qui se redressa, rouge comme une cerise, et toute frémissante d'un plaisir ingénu.

— Vous ici, jeune homme! fit avec dignité M. Clérambaud; mais vous avez donc suivi nos traces?

Claude devint aussi rouge que Nanine.

— Un hasard, s'empressa de répondre Bernardet, un simple hasard... Mon ami était loin de vous supposer à Granville, et moi-même je ne l'eusse jamais cru... car c'est ici le rendez-vous des artistes, et non pas celui de l'aristocratie, à laquelle vous avez l'honneur d'appartenir.

Flatté de ce compliment, Clérambaud retira son large panama.

Eustache s'inclina jusqu'à terre.

— En effet... balbutia Gilbert en saluant tour à tour le père et la fille ; mais je suis heureux de cette rencontre... oh ! oui... bien heureux... monsieur... mademoiselle...

Nanine répondit par une gracieuse révérence. Dans ce mouvement, sa cape se prit à flotter autour d'elle, abandonnant à la brise les chastes plis de sa robe blanche et les boucles agitées de sa blonde chevelure. Elle était vraiment adorable ainsi.

Claude ne songea plus qu'à la regarder. Elle aussi, bien que baissant à demi les yeux, elle regardait Claude.

Afin de distraire l'attention de Clérambaud, Eustache poursuivit :

— Mais comment avez-vous donc choisi ce rustique bourg, perché sur un roc sauvage ? Pas de réunion, pas de casino, pas de concerts, pas de bals...

— Si fait ! répliqua le père ; Granville possède un salon où je lis les journaux, où je fais ma partie de piquet, où ma fille prend part à de joyeuses causeries, deux fois par semaine. C'est simple, mais je ne suis pas ennemi de la simplicité. Mes goûts sont artistiques. Du reste, si je me suis décidé en faveur de cette plage, c'est que j'espérais retrouver dans ses alentours une ancienne

connaissance, un vieux gentilhomme de mes amis,
M. Potin de la Renardière.

Claude eut un geste de surprise; Bernardet fit un
tel bond, qu'il faillit tomber du haut de la falaise.

— Qu'avez-vous donc? demanda Clérambaud,
tout étonné.

— Rien... absolument rien... C'est ce nom...

— Connaîtriez-vous celui qui le porte?

— Assurément! répondit Gilbert, je suis son
neveu.

Le geste que venait de lui adresser Eustache,
avait été complètement perdu.

— Vraiment! fit Clérambaud. J'en suis d'autant plus satisfait, que vous allez me donner de
ses nouvelles; car je lui avais écrit, et, le croiriez-
vous? il ne m'a pas répondu.

— Parbleu! s'écria presque involontairement
Bernardet, il est mort!...

— Hélas! oui, je viens d'avoir le malheur de le
perdre, ajouta Gilbert.

— Je ne m'étonne plus! reprit Clérambaud; ce
pauvre la Renardière! Mais, dites-moi donc, il
avait une fort belle fortune, et, puisque c'était votre oncle, vous voilà riche!

— Riche! ne put se défendre de murmurer la
jeune fille.

Et elle échangea avec Claude un regard qui
était tout un aveu.

— Effectivement, répliqua celui-ci, j'ai tout lieu de me croire son unique héritier.

— Je vous en fais mon compliment, mon cher ami ! s'écria Clérambaud, qui lui serra énergiquement la main dans les deux siennes, et qui, dès ce moment, parut le considérer d'un tout autre œil.

Bernardet, cependant, s'était empressé d'intervenir, et, tout en adressant gestes sur gestes à Gilbert, afin de lui rappeler sa promesse :

— L'unique héritier, disait-il, c'est une question. La succession n'est pas douteuse, mais elle me paraît embrouillée, très-embrouillée. C'est pour cela que j'ai accompagné mon ami, qui ne s'y connaît pas. Moi, c'est différent.

— Monsieur est homme de loi ? fit Clérambaud.

— Un peu... beaucoup. Je me suis chargé de cette grave affaire, et, puisqu'on vous en a fait la confidence... ce que je n'aurais certes pas voulu... je vous serai obligé de ne parler de cet héritage à personne... de ne pas même prononcer le nom du défunt. Je ne puis m'expliquer encore, mais puisque vous vous intéressez à Gilbert, motus !... Ne m'interrogez pas... c'est une question de délicatesse... une affaire de famille !

— Soit, consentit Clérambaud, sur lequel les grandes phrases faisaient toujours beaucoup d'effet, soit... Mais il se fait tard, et je crains pour

ma fille les trop vives émanations de l'Océan ; re-
gagnons notre demeure. Monsieur Gilbert, je
vous autorise à offrir le bras à votre modèle.
Quant à nous qui sommes des hommes sérieux,
monsieur Bernardet, nous allons converser ensemble.

Personne ne réclama contre cet arrangement,
et l'on se mit en marche, Nanine souriante et pensive, Claude en pleine béatitude, Clérambaud
toujours solennel, Eustache furieux et lui répondant par toutes sortes de bourdes évasives, tandis
qu'il se disait à part lui :

— Quelle fatalité ! Voilà maintenant qu'il connaît notre oncle et que tout mon échafaudage s'é-
croule dès le premier soir. On dirait vraiment
qu'un mauvais génie s'acharne à me punir de mon
mensonge ? Comment me tirer de là, maintenant ?...
Je marche d'abîme en abîme !

On arriva ainsi jusqu'à la maisonnette occupée
par M. Clérambaud.

— A demain ! dit-il aux deux jeunes gens.

— A demain ! dit Nanine à Claude.

Quand la porte se referma sur elle, il soupira
tout d'abord ; mais, reprenant sa gaieté d'amant
heureux :

— Comme tout s'arrange à souhait ! dit-il. Ah !
ma bonne étoile s'est levée... Nous sommes en
pleine veine, en pleine chance !

— Oui... oui... joliment! répliqua Bernardet.

— Mais qu'as-tu donc? on dirait que tu n'es pas content.

— J'ai la migraine.

Et, sitôt arrivé à l'hôtel, il s'enferma dans sa chambre.

Gilbert ne demandait pas mieux que de rester seul, afin de rêver librement à ses amours.

Eustache songeait à sortir de l'impasse dans laquelle il se trouvait acculé. Son premier plan, déjà si hasardeux, se trouvait réduit à néant. Il était certain que M. Clérambaud avait deviné Claude, et que, grâce au prétendu héritage, les choses allaient marcher toutes seules et très-vite. Viendrait donc bientôt le chapitre des informations, et alors... alors tout se découvrirait, tout serait perdu, même l'honneur!

Bernardet, à cette seule pensée, s'arrachait les cheveux, se donnait de grands coups de poing dans le front pour en faire jaillir une étincelle. Mais il avait beau chercher, il ne trouvait rien... rien qu'une insomnie pleine de fièvre et de désespoir.

Au jour naissant, il s'endormit enfin. Son sommeil ne fut qu'un lourd cauchemar, dans lequel le fantôme de Potin de la Renardière le poursuivit, le harcela par toutes sortes d'avanies et de diaboliques vengeances.

A son réveil, — et le soleil était déjà très-haut sur l'horizon, — il s'informa de Gilbert.

Gilbert était sorti depuis longtemps déjà.

— Pourvu qu'il n'aille pas me faire quelque sottise ! murmura douloureusement Eustache.

On lui remit deux lettres ;

L'une de Claude, qui lui disait : « Je te laisse dormir, et je vais nous chercher une maison ; attends-moi pour déjeuner. »

L'autre portait la signature de Samuel. Il avait tenu sa promesse : l'argent devait être arrivé chez maître Joséphin, notaire à Granville.

En ouvrant sa fenêtre, Bernardet aperçut en face des panonceaux qui brillaient au soleil.

C'étaient, lui dit-on, ceux de maître Joséphin.

— Ah ! murmura-t-il, mes pauvres cent écus de rente me semblent diantrement aventurés ! Mais c'est là le cadet de mes soucis... J'ai bien autre martel en tête !

Quelques minutes plus tard, Gilbert rentra, souriant et radieux comme une aube de printemps :

Il avait trouvé une habitation délicieuse, un petit hôtel du temps de Louis XIII, avec une grande pièce facile à transformer en atelier, un jour admirable, une vue superbe ;

D'autant plus superbe que, des fenêtres de cet atelier, on dominait le jardin de la maisonnette occupée par M. Clérambaud.

— Oh! je comprends, fit Bernardet, tu n'as pas marchandé.

— Ma foi, non. Du reste, ce n'est pas trop cher : douze cents francs pour la saison... J'ai payé d'avance.

— Très-bien ! nous voilà sans argent !

— Il y en a chez mon notaire.

— C'est juste, dit Eustache, qui ne se sentait même plus le courage de gronder Claude. Voici l'étude du susdit tabellion ; il me reste le temps d'y monter avant le déjeuner, et j'y monte.

— Pourquoi n'irais-je pas avec toi?

— Inutile! Souviens-toi de nos conventions, et va faire un bout de toilette, afin de paraître dignement devant ta fiancée!

Gilbert n'insista pas.

Bernardet fut promptement de retour avec un paquet de billets de banque.

Claude, qui, du reste, n'avait nul besoin de cette preuve, en prit quelques-uns et laissa le reste à son caissier.

Puis, d'un air triomphant :

— Quand allons-nous à mon château? demanda-t-il.

— Malheureux ! se récria Bernardet, et ton oncle !

— Eh bien?... oublies-tu donc qu'il n'est plus là pour me chasser une seconde fois de la Renardière ?... et vraiment, je le regrette, car, pour obtenir son pardon, pour reconquérir son amitié, je n'aurais eu qu'à lui présenter Nanine !

A ces mots, Eustache se frappa le front. Il venait d'entrevoir une vague espérance; il se disait :

— Et pourquoi ne ferais-je pas cela, moi? Puisque le mensonge ne me réussit pas, essayons de la vérité... allons droit à cet oncle, et là, franchement, énergiquement, disons-lui tout. Qui sait? c'est peut-être une chance de salut!

Et, ragaillardi par cette idée, Eustache battit un entrechat.

Claude éclata de rire, puis demanda l'explication de cette étrange gambade.

La cloche du déjeuner sonna fort à propos pour dispenser Bernardet d'une réponse embarrassante.

Tout en déjeunant de fort bon appétit, il se confirma de plus en plus dans son projet. Au dessert, il annonça à Gilbert qu'il allait pousser une pointe jusqu'au château de la Renardière, mais seul et pour y tout remettre en ordre, ainsi qu'il avait été convenu à Paris.

Gilbert ne songeait en ce moment qu'à revoir celle qu'il aimait, qu'à s'installer à Granville.

— Ça te prendra bien quelques jours, lui dit Eustache, et j'ai besoin de quelques jours aussi là-bas. Rappelle-toi que tu m'as promis, et sur

l'honneur, de n'y venir qu'avec ton futur beau-
père, et seulement alors que je t'y aurai autorisé.
Ne manque pas à ton serment!

— Allons! puisque tu t'entêtes dans cette fantaisie que je ne comprends guère, je veux bien la
respecter... mais pour quelques jours seulement,
je t'en avertis. Du reste, s'il survient ici quelque
chose de nouveau, je te l'écrirai.

— Où cela? grand Dieu!

— Eh! parbleu... au château même, monsieur
l'intendant.

Bernardet ne trouva rien à répondre. Ce n'était
qu'une première pierre d'achoppement, il y pour-
voirait.

L'essentiel, c'était maintenant de fléchir l'oncle,
et, dans ce cas-là, de le ressusciter au plus tôt,
avec la bénédiction de rigueur.

Qui sait même si ce bienheureux revirement
n'allait pas se réaliser dès le premier assaut, si
Bernardet n'allait pas revenir, et victorieux, dès le
soir même?

Dans cette espérance, il se fit amener un cheval
de louage, demanda le chemin et partit au galop
pour le château de la Renardière.

VII

C'était un de ces vieux manoirs au grand toit de tuiles, aux murailles de briques, aux poutres saillantes, comme on en rencontre à chaque pas en Normandie, mais qui, pour la plupart, ne sont plus aujourd'hui que de simples fermes.

La Renardière pouvait encore prétendre au titre de château, bien que considérablement déchu de son ancienne splendeur. Les mousses et la joubarbe envahissaient le toit ; les murailles étaient sombres et s'écaillaient çà et là ; les persiennes, brisées et vermoulues, ne semblaient que rarement s'ouvrir. Partout des gibbosités, des verrues, des moisissures. Aucun bruit, hormis l'aigre cri d'une girouette aux abois et le coassement des grenouilles dans une pièce d'eau presque entièrement recouverte d'une verdâtre écume. Le jardin, mal entretenu, mal peigné, n'était guère plus qu'une lande aride ; le parc, à l'exception de quelques allées, tendait à devenir un inextricable fouillis, une sorte de forêt vierge. Il y avait dans tout cela quelque chose de renfrogné, de hargneux, de profondément triste.

— Hum! hum! fit Bernardet, gare à moi si le hobereau ressemble à son manoir!

N'osant pas s'aventurer encore dans cet autre château de la Belle au bois dormant, il rétrograda jusqu'au village, et descendit à l'auberge, afin de faire jaser l'aubergiste.

Les renseignements qu'il en reçut, pouvaient se résumer dans ces quelques mots : M. Potin de la Renardière était un ours, qui vivait seul dans son inabordable tanière, en compagnie de sa farouche humeur et de la goutte.

— Diable! se dit Eustache, ce sera plus difficile que je ne le croyais ; mais, bah ! puisqu'il le faut... car il le faut... risquons-nous !

Et, résolu à se présenter comme un marchand de biens qui désirait acquérir la Renardière, il retourna vers le château. Il entra.

— Mon maître ne reçoit personne, lui répondit un vieux domestique, aujourd'hui surtout, car il souffre comme un damné... et, à moins que vous ne soyez médecin...

— Médecin! fit Eustache ; eh ! mais, pourquoi pas ! Oui, oui, je suis quelque peu disciple d'Esculape.

— En ce cas, suivez-moi.

Après avoir traversé plusieurs grandes pièces d'un aspect humide, où le jour pénétrait à peine, Bernardet fut introduit dans un petit salon tout ruisselant de soleil.

Après un premier éblouissement, il suivit du regard le domestique qui s'avançait précautionneusement vers la cheminée.

Devant cette cheminée, où flambait un grand feu, bien qu'on fût en plein juillet, il y avait un gothique fauteuil, auquel on avait adapté de larges oreillons. Dans ce fauteuil grommelait et grondait un gros vieillard emmitouflé dans une longue robe de chambre à ramages ; une casquette de peau de loutre lui descendait jusqu'aux oreilles, et sa jambe droite, enfouie dans des couvertures, reposait sur une chancelière, tout contre l'âtre.

— Un médecin ! s'écria-t-il d'une voix aigre je n'en veux plus... je n'en veux plus !

— Mais, monsieur...

— Assez, Ambroise, assez !

Bernardet crut devoir intervenir.

— Pardonnez-moi, dit-il en s'avançant à son tour, je ne suis point un médecin comme les autres.

Le vieillard se retourna vers lui, avec une grimace des moins hospitalières.

— Est-ce que, par hasard, vous auriez la prétention de guérir la goutte ?

— Qui sait ! fit Eustache, on peut toujours essayer.

— Mais je ne vous ai pas demandé, monsieur...

23

et ce n'est pas pour cela que vous étiez venu, je
suppose.

— Je ne le dissimule point... Mais puisque le
hasard nous amène sur ce chapitre... un hasard
heureux peut-être... causons avant tout de votre
chère santé, monsieur de la Renardière.

Et il s'assit sur un tabouret que venait de lui
avancer Ambroise.

Stupéfait de tant d'audace, l'oncle regarda plus
attentivement Eustache, et, comme quelque peu
radouci par cet examen :

— Au fait, reprit-il, vous m'avez l'air d'un bon
diable de charlatan ! Voyons... allez-vous me tâter le pouls ?... faut-il vous montrer ma langue ?

Bernardet remarqua qu'il ne déplaisait point, et
c'était tout simple : il y avait si longtemps que ce
morose vieillard n'avait contemplé une figure
amie, une mine franchement joyeuse.

Marquant donc un premier point, Eustache répliqua :

— C'est inutile, monsieur; mon système est
purement moral, et je procède par la devise antique : *Mens sana in corpore sano.*

— Ah ! ah ! vous savez le latin ?

— Comme les médecins de Molière, et ceux-là
du moins ont l'avantage de faire rire.

— Rire ! soupira l'oncle; ah ! oui, c'est bien
bon de rire...

Eustache s'empressa de saisir la balle au bond :

— Voilà précisément ce qu'il vous faudrait, monsieur; c'est la base de ma médecine, j'espère bien que nous y arriverons.

— Ce sera difficile, jeune homme... je ne suis plus d'une humeur folâtre.

— Parce que vous vivez seul, et dans un milieu contristant. Écoutez mon ordonnance.

— Dites.

—. *Primo :* vous allez mander sans retard un jardinier, un maître maçon.

— Pour guérir ma goutte?...

— Pour guérir avant tout votre maison, pour rendre à ce vieux castel un air de jeunesse et de gaieté, des murailles roses et blanches, des persiennes vertes, un aspect riant à l'œil, et tout d'abord une girouette neuve qui ne jette plus à travers l'entretien, comme celle-ci, son vieux cri de chouette.

— Le fait est qu'elle m'agace souvent, cette sotte girouette !

— Vous voyez bien ! Mais ce n'est pas tout : il faut que l'intérieur de la maison réponde à son extérieur et soit également renouvelé, rajeuni, comme aussi ses alentours. Des fleurs dans le jardin, des cygnes et des cannetons sur les eaux limpides de l'étang... Croyez-moi, monsieur, ça vaut mieux que des grenouilles... De belles al-

lées ouvertes dans le parc, avec beaucoup d'air et
de soleil... et quand vous vous promènerez dans
ce charmant domaine, de grands et jeunes chiens
qui bondissent en jappant sur vos pas, comme
pour vous dire : « Mais sois donc gai, sois donc
heureux comme nous ! »

L'oncle se retourna tout entier vers Eustache,
et le regardant les yeux dans les yeux :

— Savez-vous bien, dit-il, que jamais personne
ne m'a parlé ainsi. Je reconnais que le tableau
est séduisant... Mais, vous en conviendrez à votre tour, on ne peut pas vivre rien qu'avec des
chiens et des canards.

— Assurément. Une fois le manoir redevenu
hospitalier, vous auriez près de vous des amis,
des parents...

A ce mot, le vieillard laissa retomber sa tête
sur sa poitrine, et devint pensif.

— N'avez-vous donc plus de famille? demanda
Bernardet avec la prudence d'un homme qui sent
bien qu'il se hasarde sur un terrain glissant.

— Non ! répondit brusquement le vieillard.

Puis, tout à coup, portant la main à sa jambe
malade :

— Aïe ! aïe ! grimaça-t-il ; voilà que ça me reprend.

— Toute douleur physique a sa source dans
un mauvais sentiment moral, reprit doctoralement

Bernardet; gageons qu'en me répondant ainsi,
vous obéissiez à quelque secrète pensée de rancune et de colère ?

— Ah çà ! vous lisez donc dans le cœur des
gens? fit l'oncle de plus en plus surpris.

— C'est ma façon de leur tâter le pouls. Je
vous en avais bien prévenu : je suis un médecin
comme il n'y en a guères. Allons ! de la franchise...
Ai-je deviné juste?

— Eh bien, oui; j'avais un neveu, le fils de ma
sœur.

— D'où vient qu'il n'est pas auprès de vous?

— Je l'ai chassé.

— Pourquoi cela?

— Parce que c'était un propre-à-rien, un fai-
néant; il a voulu se faire artiste.

— Ça ne prouve pas qu'il soit paresseux, et
pour peu qu'il ait réussi... Nommez-le-moi ; je
connais beaucoup d'artistes à Paris; c'est ma
principale clientèle.

L'oncle garda quelques instants le silence ; puis,
comme à regret, laissa échapper ce nom :

— Claude Gilbert, répondit-il.

— Claude Gilbert! se récria Bernardet, notre
grand peintre !

— Un grand peintre, mon neveu!...

— Et ce n'est pas moi seulement qui le dis, ce
sont les journaux qui l'impriment.

— Les journaux ?...

Le matin même, dans un *post-scriptum* de sa lettre, Samuel avait annoncé qu'une première réclame avait paru dans le *Constitutionnel,* et le *Constitutionnel* était là, sur la cheminée, encore sous bande.

— Tenez ! reprit Eustache, au hasard !... il me semble que j'ai précisément lu ce matin quelques lignes qui le concernent.

Et, dépliant le journal, il y trouva fort heureusement l'article en question. Il était ainsi conçu :

« Parmi les jeunes peintres d'avenir que la critique a depuis longtemps signalés, Claude Gilbert est assurément celui qui réalise le mieux ses espérances. Nous avons vu tout récemment dans son atelier plusieurs tableaux qui sont de vrais chefs-d'œuvre, et qui lui assurent, à la prochaine exposition, un succès d'enthousiasme. C'est d'une composition, d'un dessin, d'un coloris qui rappellent les grands maîtres. Nous ne craignons pas de l'affirmer, Claude Gilbert sera l'une des gloires de la France. »

— Il y a cela ! dit l'oncle, qui voulut lire une seconde fois lui-même.

— Une des gloires de la France ! répéta solennellement Eustache, au moment où le regard de l'oncle lui parut arriver à ces derniers mots.

— Ah! çà! mais je rêve! murmura le vieillard abasourdi.

— Vous n'avez donc jamais vu de ses tableaux? demanda Bernardet.

— Il m'en a souvent envoyé ici; mais je les lui ai toujours retournés, sans même permettre qu'Ambroise ouvrît la caisse.

— Nous en avons encore un là, dit Ambroise; si monsieur voulait regarder le tableau?...

— Oui, va me le chercher... va!

Le vieil Ambroise, qui, bien évidemment, s'intéressait au neveu de son maître, sortit aussitôt.

Il y eut un silence durant lequel on entendit dans la pièce voisine un bruit de caisse brisée. Puis Ambroise reparut avec le tableau, que Bernardet présenta lui-même à M. de la Renardière, sous son jour le plus favorable.

C'était précisément une vue du château, non pas tel qu'il était maintenant, mais tel que Claude l'avait quitté, il y avait dix ans de cela, avec ses grands airs de riante vieillesse, son parc ombreux, son jardin fleuri, ses eaux transparentes et ses beaux horizons normands. Sur le perron, la mère de Gilbert était représentée, tenant son jeune fils par la main. Sur la première marche, M. de la Renardière lui-même, au retour de la chasse, leur montrait triomphalement un lièvre, après lequel sautaient deux grands épagneuls, anciens compa-

gnons du vieux Nemrod. C'était une calme et ravissante scène que la mémoire de Gilbert avait
fidèlement reproduite, et dans laquelle il avait su
mettre la poésie, toute la tendresse, tout le charme
du souvenir.

— Ah! fit l'oncle ravi, c'est bien... c'est vrai...
ça me rajeunit de dix ans!

— Vous voyez! s'écria Bernardet en s'oubliant
quelque peu ; vous voyez bien que Gilbert mérite
votre pardon!

Le goutteux reprit aussitôt sa physionomie
soupçonneuse et revêche.

— Vous êtes son ami, son complice ! éclata-t-il
soudainement ; c'est lui qui vous envoie!

Eustache comprit qu'il avait été trop vite, et
que le moment n'était pas encore venu d'un aveu
complet, bien loin de là.

Aussi, pour ne pas se fourvoyer davantage, il
résolut de clore subitement cette première tenta-
tive, et, d'un air de dignité blessée :

— Monsieur, dit-il, un tel soupçon m'offense. Je
me retire, et puisqu'il faut renoncer à vous parler
morale, je vous enverrai ce soir une simple potion
pharmaceutique, qui du moins vous rendra le
calme nécessaire pour me mieux juger demain.

Il sortit, assez satisfait de lui-même et de cet
heureux début. Ce n'était point le succès, mais
c'était déjà l'espérance.

En repassant devant la fenêtre du petit salon
où venait d'avoir lieu cette scène, il entendit Ambroise qui disait :

— Faut-il remporter ce tableau, monsieur?

— Non, lui répondit son maître, laisse-le là,
devant moi... ça me fait oublier mon mal... ça me
réjouit le cœur !

— Bravo! pensa Bernardet; tandis que cette
peinture opère sur son esprit, tâchons de lui trouver quelque calmant pour sa goutte. Ou je me
trompe fort, ou c'est là le premier ennemi qu'il
faut vaincre.

VIII

Dans ce but, il retourna sans désemparer à
Granville, se fit indiquer le meilleur médecin, et
l'abordant avec franchise :

— Docteur, lui dit-il, connaissez-vous monsieur Potin de la Renardière ?

— Parfaitement, c'est l'un de mes plus anciens
clients; mais depuis quelques mois nous sommes
brouillés à mort, et je m'en applaudis : un vrai
hérisson... qui s'y frotte s'y pique !

— Moi, docteur, j'aurai plus de patience, et je mettrai des gants.

— Vous êtes donc un confrère?

Bernardet sourit, et, gagné par l'air bonhomme de l'Hippocrate normand, il lui conta toute l'aventure.

— Ma foi! répliqua celui-ci, votre ordonnance en vaut bien une autre, et je souhaite sincèrement que vous réalisiez cette cure miraculeuse. ·

.— Pour m'y aider, docteur, il me faudrait un spécifique quelconque qui le rendît un peu plus traitable.

— Je ne demande pas mieux, et je vais vous donner un mot pour l'apothicaire. Sachez-le, cependant, toutes les drogues de la Faculté n'y feront pas grand'chose, à moins que ce ne soit demain le quatrième jour de la crise.

Eustache s'empressa de porter l'ordonnance chez le pharmacien, qui demanda une heure pour préparer onguent et potion.

Durant cette heure, Bernardet se mit à la recherche de Gilbert.

Il le trouva, ou plutôt il l'aperçut de loin sur la plage, en train d'esquisser un coucher de soleil.

Nanine était assise à côté de lui, travaillant à quelque ouvrage d'aiguille. A quelques pas de là, vers le bord de la mer, M. Clérambaud faisait des ricochets, marque d'une extrême confiance.

— Ne nous montrons pas, se dit Eustache, Claude ne songe qu'à son bonheur. J'aurai tout le temps d'apprivoiser l'ours !

Il reprit le chemin de la Renardière, et, remettant au vieil Ambroise toutes les drogues qu'il rapportait :

— Frictionne vigoureusement ton maître, lui dit-il, fais-lui tout boire, et tâche de le remettre en belle humeur. Nous nous sommes devinés, je le crois du moins... Il s'agit d'une réconciliation avec Gilbert, et tout le monde y gagnera, toi plus que personne.

— Oh ! moi, je l'aime bien, monsieur Claude... et, j'en suis certain, il n'a pas oublié son vieil Ambroise !

— Sufficit ! A demain !

Bernardet passa la nuit à l'auberge, et rêva cette fois que l'oncle Polin, travesti en joyeux Silène, le couronnait de pampres et de roses.

Afin de prolonger ce doux songe, il fit la grasse matinée, déjeuna largement, se donna même une légère pointe, et, leste, guilleret, téméraire, il se dirigea vers le manoir en s'écriant :

— La brèche est ouverte, il s'agit de tenter un premier assaut... A l'assaut !

IX   .

C'était une belle et chaude journée de juillet, au ciel d'azur, aux caressantes brises, au resplendissant soleil. Jamais les fleurs n'avaient exhalé plus de parfums, jamais les feuillées n'avaient retenti de plus de chants d'oiseaux. Il y avait comme de la joie dans l'air.

Bernardet trouva l'oncle dans le jardin; il s'y promenait, appuyé sur le bras d'Ambroise.

— Oh! oh! pensa le plumitif, il paraît que c'était aujourd'hui le quatrième jour. Décidément, la chance semble me revenir.

— Eh! bonjour, monsieur le mystérieux! lui cria le vieillard; mais arrivez donc, que je vous remercie... Je ne souffre presque plus... je me sens tout ragaillardi par ce bon soleil.

— Dame! répliqua Bernardet, c'est que le premier de tous les médecins, le seul qui guérisse à la fois le corps et l'esprit, c'est Phœbus-Apollo, c'est Dieu!

— Oui, reconnut le vieillard en adressant au ciel un regard reconnaissant, oui... Dieu...

— Dieu qui commande le pardon des offenses

et l'oubli des rancunes... alors surtout qu'elles sont injustes.

— Ah! vous allez encore me parler de mon neveu, fit l'oncle dont le front se rembrunissait déjà.

— Pourquoi pas! riposta bravement Eustache, est-ce que vous regrettez ce que je vous ai appris hier?

— Non!... ma foi, non... Son petit tableau m'a souri à mon réveil, et j'ai relu cet article de mon journal. Ça m'a fait plaisir d'y voir son nom... le nom que portait ma pauvre sœur!

— Il le rendra glorieux, monsieur de la Renardière, et pour peu que vous vouliez bien l'encourager, lui rouvrir vos bras...

— Je ne dis pas cela, je ne veux pas le dire. Mais, décidément, vous venez donc de sa part?

— Peut-être...

— Alors allez-vous-en!... c'est une trahison... je refuse de vous entendre!

Bernardet s'inclina respectueusement et feignit de battre en retraite.

Stimulé par Ambroise, l'oncle le rappela.

— Hier cependant, dit-il, vous m'aviez affirmé que tel n'était pas votre but, et cet animal d'Ambroise me racontait tout à l'heure encore je ne sais plus quelle histoire, quel prétexte...

— Oui, dit Ambroise avec un geste qui rappelait à la prudence son jeune complice inconnu, oui, monsieur s'était présenté comme voulant acheter le château.

— Il n'est pas à vendre! interrompit fièrement le farouche propriétaire.

— Tant pis! répliqua Bernardet, car c'est vraiment dommage de le laisser dans cet abandon, au lieu de le restaurer comme il le mérite, et de lui rendre sa gracieuse physionomie, ses beaux jours. Je crois vous en avoir dit hier quelques mots. Ah! si vous pouviez le voir comme je le rêve; tous mes plans sont là, dans ma tête, et j'en ferais la plus délicieuse demeure...

— Vous êtes donc aussi architecte?

— Au besoin, pour vous servir. Voulez-vous que je vous expose mes plans?... Voulez-vous que je transforme par la pensée cette sombre tanière en un paradis?...

— A quoi bon! Dans ce paradis, il faudrait d'autres habitants, de la jeunesse...

— Précisément. La jeunesse, monsieur, la jeunesse... mais c'est ce qu'il faut autour des vieillards.

— Je n'en veux pas! j'en suis jaloux, j'en ai peur. Tenez! tout dernièrement, un de mes anciens amis, que je n'avais pas vu depuis plus de vingt années, m'écrivit qu'il arrivait à Granville et qu'il serait heureux de me serrer la main. Moi

aussi j'aurais été content de renouer connaissance
avec mon vieux Clérambaud...

— Clérambaud !

— C'est son nom. Je partis immédiatement
pour l'aller chercher. J'arrivai à son hôtel comme
il venait d'en sortir. On me le montra de loin,
avec une jeune fille... sa fille... Il a une fille,
lui !... Je les suivis en silence. Elle s'appuyait sur
son bras, et, rien que par le contact de sa jeunesse, elle semblait le rendre alerte et jeune encore. Ils atteignirent la falaise ; elle se prit à marcher plus vite, et son rire clair était comme une
vivifiante chanson. Clérambaud courait et riait
aussi. Il alla s'asseoir dans un replis tapissé
d'herbe verte ; elle prit place à ses côtés, et tel
était le charme de leur entretien que je passai
tout près d'eux sans qu'ils parussent seulement
m'apercevoir. J'entendis quelques-unes de leurs
paroles. Elle lui disait mille choses folâtres et caressantes. Il parut vouloir s'endormir, elle lui fit
un oreiller de son manteau, elle chanta doucement comme pour bercer son sommeil. Oh ! qu'il
était heureux, ce père !... Qu'elle était charmante,
cette jeune fille ! Ce spectacle me fit mal. Je m'en
revins ici, plus seul et plus triste encore, et je
n'ai pas même répondu à Clérambaud, craignant
d'avoir près de moi l'aspect irritant de ce bonheur
que j'envie, que je n'ai jamais connu, que je ne
dois jamais connaître !

Et le vieux célibataire eut le geste d'essuyer une larme, mais qui ne coula pas encore de ses yeux.

— Hourrah! s'écria joyeusement Bernardet; grâce à ce hasard providentiel... nous sommes sauvés!

— Que dites-vous, monsieur? demanda l'oncle.

— Je dis, poursuivit follement Eustache, je dis que bien décidément le ciel nous protège et vous a pris en pitié... je dis que cette même jeune fille que vous avez trouvée si charmante, Gilbert l'aime, elle aime Gilbert, et vous n'avez qu'à dire un mot, un seul, pour qu'elle devienne aussi votre fille...

— Comment cela? comment?...

— Oh! maintenant, monsieur, je puis avouer la vérité tout entière... Ecoutez-moi. Gilbert, votre neveu Gilbert, était amoureux fou de Mlle Clérambaud; mais il était pauvre, et M. Clérambaud lui eût refusé sa fille. Ah! si vous aviez pu voir sa douleur, son découragement, son désespoir. Il voulait mourir... J'ai vu le pistolet... Il allait se tuer, lui, le fils de votre sœur, de cette sœur que vous avez tant aimée! Pour lui sauver la vie, pour lui rendre l'espérance, l'amitié m'a fait imaginer un mensonge, celui de votre mort...

— Ma mort!

— Oui, monsieur, je vous ai tué... pardon! Gilbert s'est cru riche. Il est parti pour Granville, il y a retrouvé celle qu'il aimait; et, pas plus tard qu'hier soir, votre vieil ami, le croyant votre héritier, souriait à son amour, à son bonheur.

— Son bonheur! interrompit amèrement l'irascible vieillard. Ah! oui, je comprends, il se réjouit,..

— Non... car il vous a pleuré, il vous aimait sincèrement, il garde un pieux respect à votre mémoire; et lorsque vous ressusciterez à ses yeux, oh! j'en suis certain, j'en réponds, c'est alors que son cœur se réjouira. Voilà la vérité, la vraie vérité.

— Oh! si je croyais cela, si j'en avais la preuve!...

Tout à coup le facteur rural apparut, présentant une lettre qu'il annonça comme adressée à M. Bernardet, intendant du château de la Renardière.

— Qu'est-ce à dire! gronda le châtelain avec non moins d'étonnement que de courroux.

— Ne faites pas attention, c'est moi! reprit Eustache d'un ton penaud : voilà le mensonge, et seul j'en suis coupable, seul j'en dois être puni. Oh! je l'ai déjà été par ces trois jours de perplexités et de terreurs. Ce n'est point encore assez, d'accord... Infligez-moi n'importe quel châtiment, d'avance je m'y soumets, je l'accepte avec joie... mais grâce, je vous en supplie... grâce pour l'innocent... grâce pour mon pauvre Claude!

En même temps, Eustache avait décacheté la lettre ; il la lut à haute voix :

« Mon bon Bernardet, écrivait Gilbert, je te demande humblement excuse de manquer à mes engagements ; mais Nanine a parlé tout à l'heure d'une promenade à la Renardière. Tu comprends que je n'ai pu m'y refuser. Du reste, M. Clérambaud insistait. Bref, nous partirons demain matin ; nous arriverons presque en même temps que cette lettre. Encore une fois, pardon. A demain. »

— Demain ! fit Eustache épouvanté ; mais c'est aujourd'hui, c'est tout à l'heure...

— Il va venir ! s'écria l'oncle d'un ton menaçant. Oh ! je châtierai tant d'impertinence...

— Monsieur, reprit Bernardet d'une voix palpitante et convaincue, monsieur, si vous vous montrez inexorable, c'en est fait de lui. Il n'existe que parce qu'il croit au bonheur ; il rêve tout éveillé... c'est comme un somnambule qui marcherait sur le bord d'un toit. Si vous le réveillez, il tombe de toute la hauteur de ses illusions, il se tue... Prenez garde... ce sont toutes les joies de votre vieillesse qui mourraient avec lui !... Au contraire, si vous lui rouvrez vos bras, si vous faites en sorte qu'il puisse épouser Mlle Clérambaud, vous ne serez plus seul dans la vie, vous aurez auprès de vous cette jeune fille, qui charmera votre automne, qui deviendra la fée souriante de votre de-

meure transfigurée ; de plus, votre ancien ami
Clérambaud, et votre neveu, qui, en échange de
l'avenir que vous lui aurez donné, vous fera partager son bonheur et sa gloire, oui, sa gloire...
car il a du talent, beaucoup de talent... Quant à
cela, du moins, je n'ai pas menti. Vous m'aurez
enfin, moi, qui suis un bon enfant, un gai compagnon. Je me dévouerai à vous... Nous irons ensemble à la promenade, à la chasse... Je ferai
votre partie de piquet, de boston, de trictrac... je
deviendrai votre boute-en-train, votre architecte,
votre demoiselle de compagnie, tout ce que vous
voudrez. Et plus tard, bientôt, des petites-nièces
et des petits-neveux, toute une ribambelle de ra-
vissants bambins, qui vous grimperont aux jambes, qui joueront avec votre barbe grise, et qui,
chaque matin, chaque soir, viendront caresser,
embrasser leur bon vieux tonton, leur cher grand-
papa. Oh! monsieur, laissez-vous attendrir par
cette séduisante perspective... comparez cette
existence à celle que vous meniez hier encore...
ne soyez pas ingrat envers Dieu ! Je vous en con-
jure à mains jointes, à genoux... Tenez, monsieur... je suis à vos genoux!

Eustache parlait de la sorte, avec une chaleu-
reuse conviction, avec une éloquence entraînante,
avec des larmes dans les yeux.

L'oncle se taisait, quinteux et refrogné comme

toujours. Mais évidemment, quelque chose de nouveau s'éveillait en lui, comme un volontaire attendrissement, comme une émotion croissante.

Tout à coup, on entendit un bruit de voiture, et le vieil Ambroise, tout palpitant d'anxiété, s'écria :

— Les voici ! les voici !

X

M. de la Renardière se releva vivement, et d'une voix aigre encore :

— Ah ! dit-il, je vais lire dans ses yeux s'il est satisfait de me retrouver vivant... Je vais bien voir s'il est vrai qu'il m'aime.

— J'accepte cette épreuve, répliqua Bernardet ; mais s'il en sort triomphant, vous me promettez...

— Rien, monsieur ; je ne promets rien !

Et, d'un pas raffermi, il s'avança à la rencontre des arrivants.

Gilbert accourait le premier ; soudain, il se rencontra face à face avec M. de la Renardière.

A cette vue, il eut tout d'abord un mouvement de recul de stupeur. Puis, convaincu par le témoignage de ses yeux, cédant à l'élan de son cœur :

— Mon oncle ! s'écria-t-il, on m'avait donc

trompé?... Ah! que je suis donc heureux de vous revoir, mon cher oncle!

Et, s'élançant vers lui les bras ouverts, avec toute la fougue de la jeunesse et de la sincérité, à plusieurs reprises il l'embrassa.

Quand le vieillard parvint à se dégager de cette folle étreinte, Bernardet s'empressa de le regarder.

Son visage était inondé de larmes... et, comme si ces larmes eussent effacé tout ce qu'il y avait en lui de rancune et de doute, il souriait d'un vrai sourire paternel.

— Certes, intervint Clérambaud, je m'applaudis également de te trouver vivant... Mais quel était donc l'auteur de cette mauvaise plaisanterie?

— Moi-même, répondit le vieux châtelain; je savais l'amour de mon neveu, et je n'ai pas voulu te revoir avant qu'il fût là, près de moi, dans mes bras, pour te demander la main de ta fille.

— Bravo! s'écria Bernardet. Ah! tenez, monsieur de la Renardière... tenez, vous êtes un brave homme d'oncle!

— Je n'y comprends pas grand'chose, fit Clérambaud, mais nonobstant j'accepte, et de grand cœur. Ma fille, je vous autorise à tendre la main à votre fiancé, si toutefois vous l'agréez pour tel.

Nanine s'avança spontanément, et, ravissante d'émotion, de pudeur, elle obéit.

Gilbert, à son approche, s'était laissé tomber

sur les genoux ; il embrassa cette main, gage de
son bonheur à venir.

— Et moi, ma nièce ? demanda l'oncle. . et moi,
ma fille !

Pour toute réponse, Nanine lui présenta le
front. Tout en y mettant un baiser, le vieillard la
pressa sur son cœur. Puis, se retournant vers
l'ami Bernardet, qui, tout en riant et pleurant à
la fois, se livrait à une délirante sarabande :

— Eh bien, monsieur le docteur, êtes-vous
content de votre malade ?

— Ravi, enchanté, transporté... car je crois sa
guérison complète.

— Aussi j'accepte vos offres, vos plans, et
même vos rêves d'avenir. Je vous garde auprès
de moi comme médecin, comme architecte, comme
intendant, comme ami... mais à une condition...

— Laquelle ?

— C'est que vous ne mentirez plus !

— Jamais !... même pour le bon motif !...

TABLE DES MATIÈRES

LE PUY, IMP. MARCHESSOU.

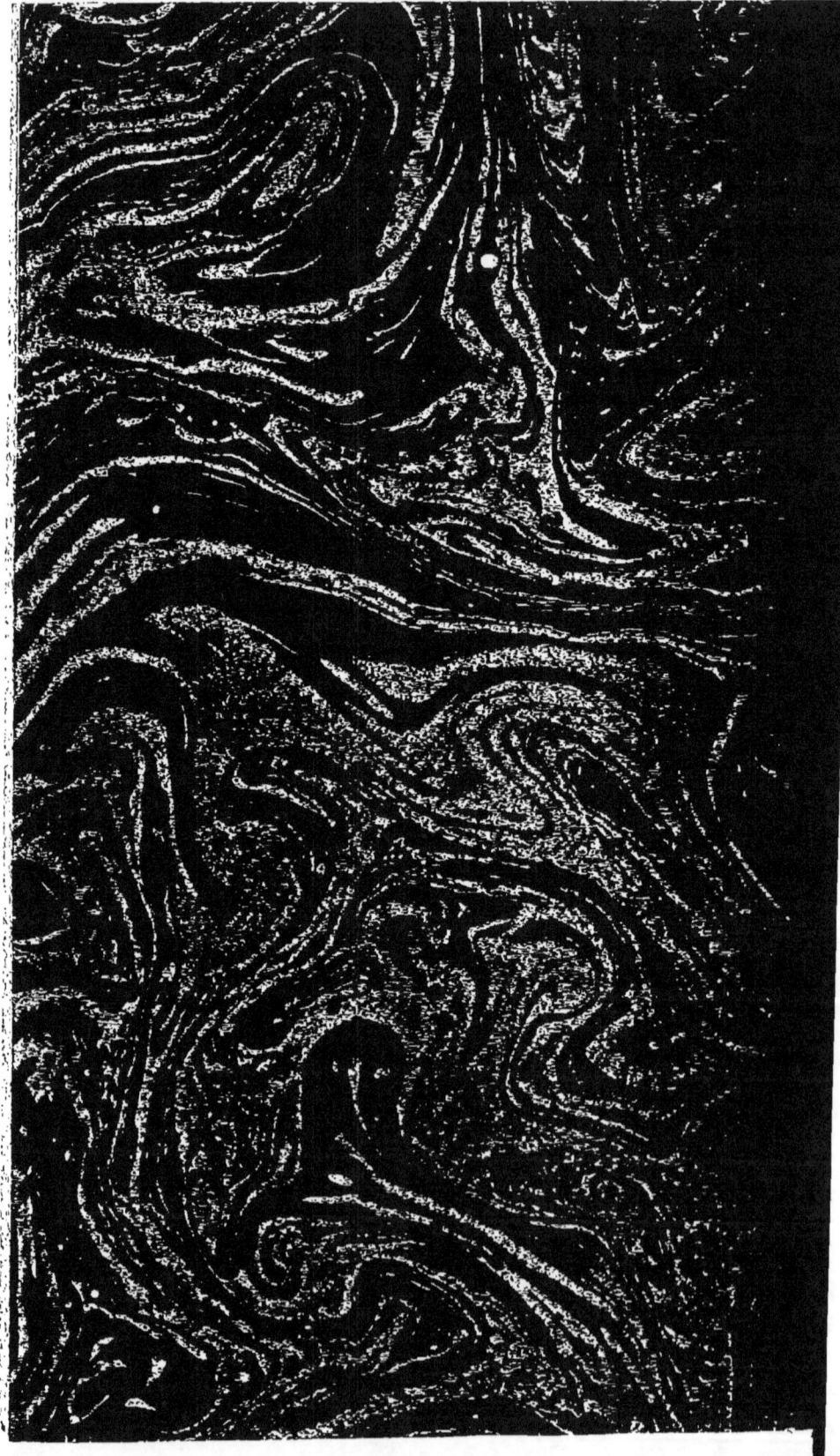

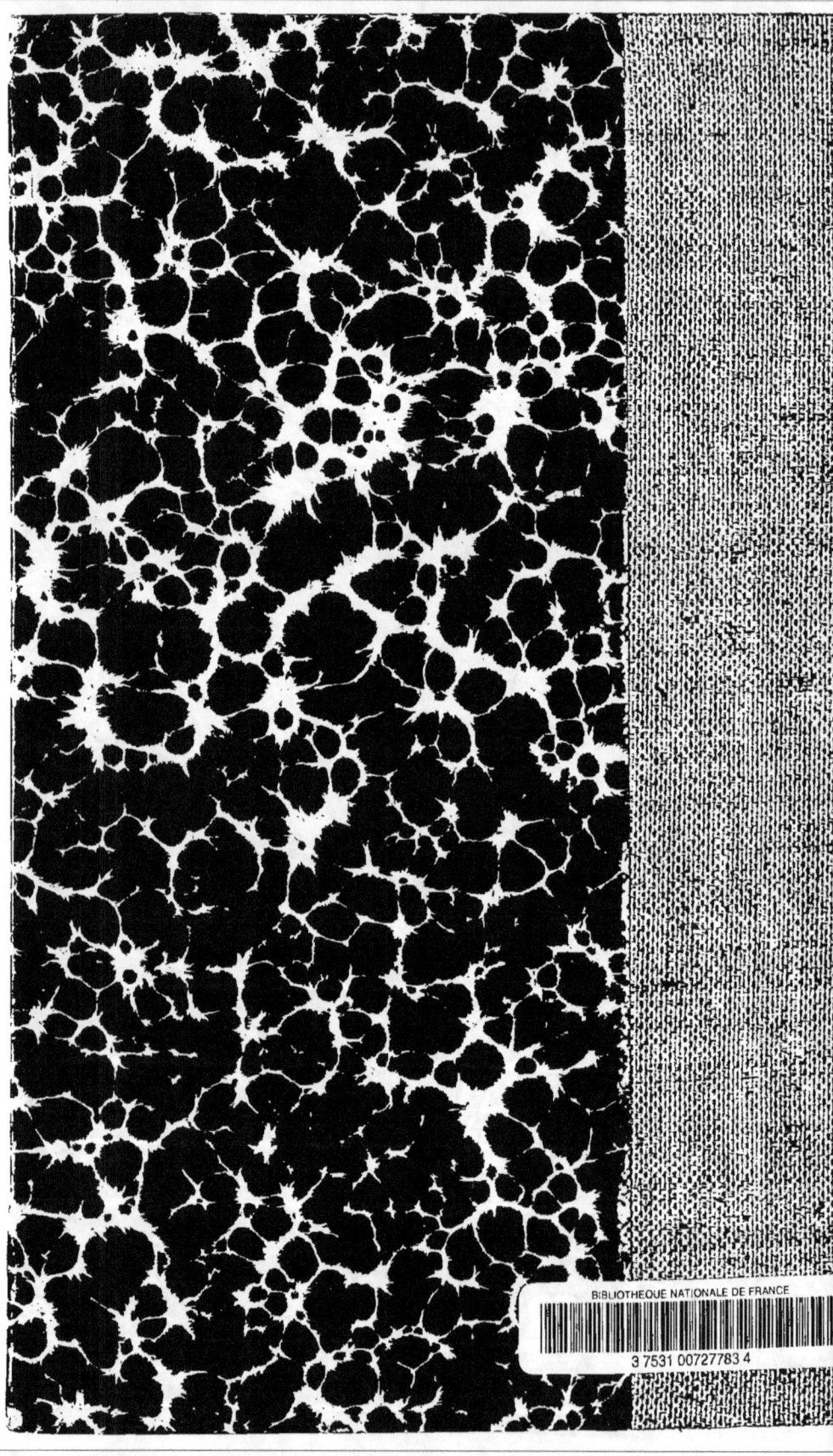

www.ingramcontent.com/pod-product-compliance
Lightning Source LLC
Chambersburg PA
CBHW070545030726
47505CB00001B/166